华纯————著

灼灼其华

文匯出版社

序一

　　华纯，是一位非常少见的使用中日双语写作的跨文化作家。她以其独特的生态和跨国界视角，以其对中日文化交流的贡献，成为新世纪以来日本华文文学的重要角色。她的作品，从长篇小说《沙漠风云》到散文集《丝的诱惑》、诗集《缘侧》等，不仅展现了对环境保护的深切关怀，也体现了对人性、情欲、灾难等主题的深度探讨。华纯的文学创作，如同她在《缘侧》中所描绘的，是一条从客厅到庭院的走廊，引领读者步入自然与文化的和谐共鸣，也是一条通往中日文化深度观察和理解的走廊，透出跨文化理解的亮光。南昌大学许爱珠教授的论文《映日之花别样红》曾研究日本华人女作家在创作上将日本文化的美学融入华文文学创作的问题，指出华纯作品里的"物哀"之美，深化了对生命本质的理解，是日本华文文学中的一道亮丽风景线。日本国士馆大学文学部学者藤田梨那认为，华纯的创作"超越历史和政治意识的局限，从人类与地球的角度认识问题"，善于"在日本俯拾'文明'符号"，通过"典型事项包括自然、民俗、饮食、时尚、风景、文学艺术、建筑等""审视日本人的审美观、精神空间"。复旦大学陆士清教授从中日文化交流的角度出发，赞赏华纯的散文创作"扶桑枫叶别样红"，强调了她在促进两国文化理解中的作用；美国华文评论家陈瑞琳的评价"长袖善舞缚苍龙"

则突出了华纯在海外华文女作家中的独特地位。厦门大学学者林祁也评道：华纯"以双重的'他者'视角去发现与表现'物哀'，在两种文化的碰撞中，笔下既有物哀式的清婉与哀愁，又不失中国传统的'风骨'之豪迈"。凡此种种，华纯的文学创作可视为跨国、跨文化异质背景下的重要文本，其对人与自然文化关系的深刻反思，对絮语散文、小品美文、文化散文、抒情散文等现代散文传统的融合创新，丰富了日本乃至海外华文文学的内涵，也为新世纪以来的日本华文文学研究提供了新的对象和视角。

华纯的文字就如她的生命，有着自由而飘逸的灵魂——总是渗透着一种灵性。这让她的散文灵动而又悠然，犹如一幅幅中国水墨画卷。《灼灼其华》作为华纯最新的散文集，一方面一如既往地体现着上述华纯创作的整体特征，另一方面，又呈现了华纯创作近年的发展，她的散文在内涵上气象更为灵动扩大、在体式上更加自由飘逸，呈现着中日文化中的"空""寂"之美。

它是散点透视的，从尼泊尔的加德满都到不丹的廷布，一篇散文中融合了空间的大范围转换，甚至时间也是散点透视的，在走进当下进行时态的紫阳花丛的同时，也走进了过去时态的文学描写中的紫阳花故事，时空的大幅面转换构成了华纯散文的大气象。

它是隐喻的，一种隐喻式书写让它总是在简单中饱含深意。它是一片片隐喻的词语之林，"五彩斑斓的尾濑沼原""神驰着秋的梦想"，"那里没有城市的忧伤和意气消沉"，读来让人感觉亦真亦幻，辨不清是实写还是虚描；"一路穿过田野和山川溪流"，"在某一停车处弯腰捡了几枚巴掌大的阔叶红枫"，"附近河床上有倒毙的一只死鹿"，"几处开放的红叶景点"，"在一座寺庙里正好遇见十几个僧侣从经堂里鱼贯而出"……离散的语句，散点透视着各种景致和物象，这些笔墨仿佛有意为之，又仿佛无意洒落，构成了绵密的意象丛，探寻于其间，你会自然调动你的第六感，觉察其"隐喻"况味。充分的隐喻性，构成了华纯散文的"诗性之思"的深度，有时甚至是一种启示性"真"的深度。

华纯喜欢花道和茶道，她的散文也如花道、茶道。你看到、闻到的是实有，而真正的"道"，却在你看到和闻到的实有之外的空白处。她给你留了大量的空白，现实当中她的某个朋友，和历史当中的名人，在这里关联，但实实在在的，她把韵味播撒在这些名字、名词的留白处，点到之处，并不留雕琢的笔墨……她深深地领悟了东方美学和思想的空性真髓。《灼灼其华》在这一点上，构成了华纯散文新的美学突破，而其内涵则是生命格局意义上的濡化过程。

这本散文集里，她从自家客厅一角的富士山景、到了伦敦一隅的红茶博物馆、再到喜马拉雅山山间的小镇，从瑞士到美国，从不丹到新加坡和马来西亚。小到一片用来插花的树叶，大到一个国家的历史和未来，客厅的一角和疫情下的地球（疫情在这本散文集中扮演了非常重要的角色，赋予其时间特征），就这样神奇地联系在了一起，这是一种跨国界的书写，一种跨文化交融、跨语言交融的书写。

华纯是多种国际文学组织的创建者、推动者和领导者，她为中日文学交流、日本华文文学和女性华文写作做出过多种贡献，在为《日本华文女作家散文精选集》作序中她写道：用汉文写作不仅仅是倾吐人生的乡愁和悲哀苦乐，更不是为了做出什么闪闪发亮的伟大之举，它是一种对抗疼痛和失败的方式，是用文字点燃真知灼见，直面世界，也直面过去，鼓起生命向前的风帆。

她能这样做皆源自她的一种襟怀，而这种襟怀在她的文字中是有直接体现的。她有着广阔的世界视野，一种从天宇看地球的"经验"，这种跨国界属性的经验，一方面来自她的"地球村环保观"（她是华人作家中非常早接触地球村概念和环保主义思想的人，是中国当代文学中首开生态环境文学之河的作家），另一方面也来自她女性的天性，她拥有对大自然细腻的体察和深深的爱意，她拥有深邃的"情谊"之思——与人的情谊，与物的情谊，与景的情谊，与艺术的情谊。她的文字中充满着女性敏锐的潜在意识和心理"解剖"式的灵动，正是这种灵动让万物灵性复苏，也让语言的能指复苏。

我希望这本散文集，犹如它的名字《灼灼其华》，能在书店和图书馆闪烁，能在读者的书房、案头闪烁，它所打捞的吉光片羽能勾起我们对一个特定时代的世界图景的拼图、一种回忆与怀想的情谊。

葛红兵
2024 年春 于上海

（葛红兵：世界华文创意写作协会会长，上海大学中国创意写作研究院管理委员会主任、教授、博士生导师，中国国家社科基金重大项目首席科学家。）

序二

　　华纯女士的第一部散文集《丝的诱惑》出版于2009年，获得首届中山杯全球华文文学优秀散文奖。华纯女士将其第二部散文集冠名为《灼灼其华》，此语出自《诗经·周南·桃夭》，她以桃花盛开的艳丽茂盛为其散文集命名，恰如其分地表达了该散文集的丰富蕴涵。华纯女士的散文集《灼灼其华》，华而有实，华而有魅，华而有思。真实描述其经历过的人生，真切营构散文的篇章结构，真挚表述其人生的所思所想。俯拾即是，不取诸邻；碧桃满树，风日水滨，形成其自然纤秾的散文风格。

　　华纯在后记里写道：草木物候各有气场，书名《灼灼其华》不仅是对大自然释放爱和善意，也是去遇见有趣的灵魂，碰撞一些很坚硬的东西，凭借向死而生的勇气，深入人间冷暖与悲欢。因此这本图文并茂的书既有结合文化探索的旅途见闻，也有关注人类命运共同体、表达文学情绪的文字思考，想充分地把自己的文化乡愁表达出来。

　　我了解华纯过去曾上山下乡，去农村插队落户。她有一种老知青对于菜园耕耘的情结，关注自然环境问题是她走向文学的一个起点。1986年离开上海赴日本留学的华纯女士，已在日本生活了38年。她曾在东京大学研学图书馆情报学，在日本环保机构供职，在日本大公司的海外事业部工作。后来她创立贸易公司，创作了她的第一部长篇小说。人生坎坷的命运和丰富多彩的生活经历构成了她文学创作源源不断的源流。1998年在作家出版社出版的《沙漠风云》一问世，就引起了国内文学界的重视，在北京召开作品研讨会。接着她写短篇、中篇小说和散文，在报刊杂志上不断发表文字。后来她又写起俳句和汉俳，发表自由诗歌，并研习花道，接受日本文化的陶冶和美学；同时她也读唐诗宋词、学水墨画，传承了中华传统的文化思想。她在台北、香港、日本的人文杂志报刊上有过专栏写作，充分发挥其独特的写作专长。她的散文集《丝的诱惑》触摸日本人的精神空间，以四季不同之景为主线，探视中日文化的交流，反映对自然生态的人文关怀。

华纯女士的这些自叙散文，语言平实生动，感情真挚而温婉，常常有一些真切感人的细节，呈现出隽永含蓄、感人至深的境界。在这部新散文集里，我们更多地看到她的文笔呈现出经历岁月历练后的沉稳与思考。她描述其真实的经历与人生，无论是日本的所见所闻，还是游程的见闻感受，抑或自我遭际与友朋情谊，她都实实在在地写来，不夸饰，不雕琢，不搔首弄姿，不故作多情。她在叙事写人中常常表述其深入的思考，她将记游者的掠影与学者的睿智融为一体，将记述者的描述与人生的感悟融会贯通，将追忆者的追忆与历史的反思交织交汇，阅读其散文总能给人以共鸣与启迪。她在见闻描述中驰骋畅想，在历程记游中引经据典，在人生追忆中抒发真情，因此也呈现其散文的独特魅力。华纯的这些散文写得流畅，写得矜持，她不是大江大河似的波涛汹涌，却如小河小溪般的自然流畅清澈婉转，随着这条小河小溪，可以让读者观赏到绮丽清秀别样的风景。

我更倾向于将华纯女士的这些散文比拟为日本缤纷的樱花和沪上亭亭玉立的玉兰花，华而有实，华而有魅，华而有思，让生命尽情地绽放。这也可视作华纯女士对人生生命与散文创作的追求。阅读华纯女士的散文集《灼灼其华》，可以观照她丰富的人生与深入的思考，可以带来蕴含在灼灼其华中生命的感悟与人生的启迪。

杨剑龙
2024 年 5 月 6 日 于瞻雨斋

（杨剑龙，上海师范大学人文学院二级教授、文学博士、博士生导师，文学评论家、诗人、小说家、散文家。）

目　录

辑一

露珠

喜马拉雅俱乐部

仿佛是一种既真又不太现实的场景，踏上陌生国度的土地，一转眼就被滚滚风尘遮住了视线。突突突的摩托车轰鸣而过，喧嚣而起的尘雾充斥着所有的道路。夜色下灯光照出了各种各样的人。有一辆载着一家老小的二轮车，惊险无比地穿行在马路混乱的洪流中。我举起相机，他们或近或远地向镜头奔袭而来，那是这个国家的常态吗？加德满都，我好奇而又无法猜度地望着它。

我走上了一条近乎宗教朝圣的遥远之路。离开机场经过一个多小时的颠簸，小车拐进了凯悦酒店的铁门，四面高墙隔断了外界的噪声。这时旅行社安排的尼泊尔导游迎了上来，他几乎整个脸挨近我的鼻子，双手合十："那马斯卡（您好），我叫大谷，负责你们在尼泊尔的吃住行和导游。"大谷？怎么是日本名？我看见古铜色脸上凹凸得很深的一对眼睛，与印度人不相上下。他的中文相当吃力，抬高嗓门时必须防备他的唾液飞溅到我脸上。我朝后退一步，他紧跟上一步，如此反复，令我哭笑不得，只得拿过一把椅子请他坐下。按照计划，我们明天一早离开尼泊尔飞往不丹，从不丹返回后才开始游览尼泊尔。幸好，能赶上当晚安排的娱乐节目。大谷让我们放好行李在 7 点 39 分时来到大厅集合，他一脸严肃地说，8 和 12 是不吉利的数字，我报出来的全是吉利数字。

尼泊尔比中国慢 2 小时 15 分钟。我和女儿坐在餐桌前已是饥肠辘辘，有人给我们的眉间点上朱砂痣。这时舞台上载歌载舞，好不热闹。传说印度教中的湿婆有三只眼，当第三只眼睁开的时候，这个世界就会毁灭。因此人们用红粉大米等盖住湿婆的第三只眼。可是印度教说湿婆可以化身为任何人，于是人们又往脑门上涂抹红粉大米，印度教称之为"蒂卡"。蒂卡的鲜艳色彩成了印度教国家的标志。在宗教历史的鸿篇巨帙中，游客有求于导游的海量知识，来神游古往今来。我多么期待大谷能胜任这样的使命，但后来事实证明我不安的预感多半是被说中了。

晚餐的盘子里盛有菜汤、咖喱蔬菜、咖喱牛肉、薄饼、馕、米饭等。尼泊尔香料很提味，我们吃得津津有味。第二天早餐更加丰富，有咖喱三角包、面团炸圈圈、鸡蛋卷饼、momo 等面食小吃。

应该说还没有心理准备，瞬间就受到了深深的震撼。不丹皇家航空 Druk Air 飞往不丹途中，突然呈现几座海拔 8000 米以上的山峰。机上一片欢腾，乘客纷纷拿起手机拍摄世界海拔最高的珠穆朗玛主峰。

距今 2.8 亿年前，珠穆朗玛以至整个喜马拉雅山脉一带，曾经是一片汪洋大海。海里有鱼龙腾跃、生生不息的海洋生物。大约在 3400 万年前，地壳运动使印度洋板块俯冲到亚欧板块，发生了激烈的冲撞，在此作用下凸起新的山脉和高地，形成喜马拉雅山的造山运动，与此同时，古地中海的特提斯海逐渐消失。至今珠穆朗玛峰仍在继续上升，它的身体部分几乎是原始的沉积岩和花岗岩。

拜老天爷所赐，绝佳的天气条件下透过舷窗可以俯瞰横亘东西、绵延数千公里的断裂带。珠峰覆盖着万年积雪，巨大冰川在太阳底下辉耀着光芒。机长报出一连串世界著名高峰的名字，让我们在兴奋中知晓气势磅礴的群峰竞秀、重峦叠嶂的褶皱山脉，竟是地球至今最年轻也是最庞大的新山系。

飞机果然是用极为夸张的急降落姿势，戛然而止于体育场大小的帕罗机场。跑道还不足 300 米，被陡峻高山包围。即使有这挑战性的冒险，机场签证处还是挤满了纷至沓来的欧美旅客。

听过多少遍不丹人的幸福指数为全球第一的神话，首先就被一口流利英语和中文，人又长得高大英俊、彬彬有礼的导游旺迪给折服了。我们似乎是建立了主仆关系，旺迪身穿国王规定的毛织品长袍，向外折出的雪白袖口使人显得非常潇洒。他脚穿皮制长靴，人笔挺地直立着，每到一地就先下车为我们拉门或关门，弄得我要费神去抵抗这种奢侈的服务。不丹限制入境旅游者的总数，对每一个游客征收每日 250 美元"包价"费用。除去当地旅馆和饮食消费之外，这种收费已经给不丹旅游业带来了巨大的收益。

我们很快就去了海拔 3140 米的多雄拉山口。这是从廷布到普奈卡之间的一个景点，在这里可以欣赏喜马拉雅山脉东部的壮丽景色。可是运气不佳，一早云霾遮日，气温骤降，至山顶已看不清108座舍利塔和楚克旺耶纪念碑。咖啡厅里坐满了喝红茶咖啡的人。宽屏幕的玻璃窗外，时隐时现的古松体现了一种庄严神圣的仪式感。

转身下山，有一个宗教的世界在等待四面八方过来的游客和信徒。

不丹的宗教是佛教、印度教和当地原始宗教。

一路参观了久负盛名的佛教寺院扎西确宗。它不仅是首都廷布的政府中心，国王也在这里处理日常公务。扎西确宗矗立在旺楚河西岸，高大的庙宇之间腾起一片祥和之气，不断看到有人虔诚地跪拜顶礼。

由于到处可见国王夫妇作为国民幸福楷模的巨大画像，我不由得要在细节中推敲百姓生活常态。旺迪带我们徒步穿过一大片田野，走进村庄发现许多人家或涂画于墙上、或在户外挂出巨大夸张的阳具。原来这里有一位不丹人崇拜的癫狂喇嘛Drukpa Kunley。他的放荡不羁与降伏恶魔有关。求子心切的女人在殿堂里跪地求拜，喇嘛用模仿生殖器的骨雕敲击她脑袋赐其怀孕。在原始社会，生育本是一件很困难的事，自古以来对生殖能力的崇拜逐渐成为一种信仰。我会想，众生有佛性，但不是佛，还是凡夫。

夜晚吃过不丹火锅后，我们跟随旺迪去逛街买了几张唐卡。在到达的第一天曾去过一所工艺学校，参观制作唐卡的过程。

我问了导游几个问题，外面的街景以及唐卡图案都反映出人生百态和宗教崇拜。人如果生存于一个基本封闭的社会中，因为缺乏与其他社会之间的对照，就会变得知足常乐，获有小小的幸福快乐感。但如果心理参照系数发生了改变，原有的幸福感则会呈现下降之势，此时人的自尊心肯定会受到创伤。旺迪很聪明地回答说，那就顺其自然吧。我又告诉旺迪，旅游最大的收获是捅破大多数人受观光路线制约的局限性。我想在这里遇见一万年前游荡在不丹王国的山魂，这样我才会真正喜欢这个国家。

旺迪听懂了我的意思，决定在天气晴朗时带我们重新登上多雄拉山口。

我在朝圣的山上大喊：我是来瞻仰世界唯一的喜马拉雅雪山。

据说是难得一见的晴天。天际边横跨着一条玉带，喜马拉雅山是自然的造化，是神秘的雪域，它还是宗教历史与文化的象征。不丹人认为雷电霹雳是神龙的啸声，来自苍穹，令人敬畏。我在那面飘扬的国旗下顺着远处起伏的雪线，一层一层，叠加上我走马观花的印象。可这时雨雪雹雾说来就来，瞬间就风雪扑面，冷得直打哆嗦。

似乎还没有看够山景，当我们启程飞回尼泊尔，我给大谷打电话，要求他安排好前往纳加阔特住宿的山中酒店。那家酒店的名称是"喜马拉雅俱乐部"，坐落在温蒂希尔海拔2000多米之处。

没想到，海拔虽然不算很高，路况却非常糟糕。与不丹干净而平坦的山道截然不同，车身在坑洼不平的泥石路上不停地蹦跶，一边是悬崖峭壁，一边是深不见底的渊谷。盘山路上颠簸一个半小时不断出现险情，小车像断了缰绳的野马，横冲直撞，连对面开来的车辆也是这样。拜托，大谷，你跟你们的政府说，不修好纳加阔特的山路不要号召全世界游客来这里观光。后来我看见大谷在下山之前三跪九叩，原来他也提心吊胆。司机昨晚沿着原路回家去了，他留宿在酒店里跟我们不停地说话。

凌晨 5 点我醒来了，天边一点点地浮出喜马拉雅雪山的轮廓，我在阳台上迎接了第一道金色的阳光。我翻来覆去地嚼味这特殊的感觉，从来没有见过这么壮观的美丽景色。气温寒冷，渐渐四肢僵冷中有了一点点温暖上升的感觉。

（此文载于《香港文学》杂志 2020 年 12 月期散文专辑）

镰仓行，与紫阳花相遇

六月的雨，细丝如镰。马路边簇拥一丛丛青蓝或姹紫嫣红，泛起一片氤氲。每每路过，心中就会漾起些许怡悦，些许凉风习习。这时我便想一个人去镰仓散步，众多寺庙正绽放千姿百态的紫阳花，为千年古都增添了迷人的绚烂之色。

周一天气预报有阵雨，略一迟疑还是登上了直行电车。镰仓靠近神奈川县由比之浜，距离东京仅一小时路程。尽管去过数十次，却从未降低过对它的情有独钟。湿气很重，浸入肌肤里。我在座位上闭起眼，想起朗读川端康成的《一只胳膊》能叫人汗流浃背。

"我没戴帽子，头发被濡湿了。从关上正门的药铺深处传来了广播：现在有三架客机，由于烟雾浓重，不能着陆，在机场上空盘旋了三十分钟……我抬头仰望天空，心想，说不定能看到盘旋着的飞机的灯光呢。但却看不见。上空，飞机渺无踪影。连我的耳朵也钻进了低垂的潮气，仿佛发出了类似无数蚯蚓向远处爬行时的蔫呼呼的声响。"

文字的渲染，来自川端康城的一支神笔。

镰仓行，与紫阳花相遇，又会联想起另一延长线上的话题。

渡边淳一的言情小说《紫阳花日记》在中国翻译出版后经

久不衰,似乎反映了现代人的心病。回国逛上海书店,总发现《紫阳花日记》被置于畅销书榜首。小说被归纳为两个字就是丈夫的"不伦"(婚外恋)。平日拈花惹草的丈夫某天发现妻子的枕头底下藏有一本紫阳花日记,可是妻子却绝口不提察觉丈夫出轨。双方陷入了疑神疑鬼的拉锯战。日记本用刺绣紫阳花图案的手绢包起来,故名紫阳花日记。在四季变化的花语中,紫阳花因土壤碱酸性比例不同,易生色变,故被按上"善变、背叛、水性杨花"等贬词。日本称此现象为"不伦"文化。

小说里妻子出于无奈只得佯装不知。丈夫认为男人的幸福,是建立在妻子对男人秘密的不知不觉上。在这个转折点上渡边淳一的手术刀突然停下,把解决病症的答案扔给了读者,究竟是切除夫妻关系中的癌细胞,还是继续维持无性婚姻?

渡边淳一的悲情故事就是这样,从某一点追溯开去都是数不尽的情与性的纠葛。在紫阳花色变的美丽虚影下,假面夫妻似乎算不上丑恶,"不伦"权当游戏,总有它"正当"的理由。因此有人送幽默图,老男人坐紫阳花下捧读谈性色变的小说,预防老年痴呆症乎?

从北镰仓车站下来,沿途有小店出售制作精美的紫阳花明信片。微风中摇曳的风铃垂下白色纸条,书写各种应景俳句或川柳。越来越多的外国人明白日本不仅有樱花季,有秋风染红的枫叶,更兼有夏之初的花团锦簇。紫阳花花期从开花到最后凋零,能持续四五周以上。因此趋之若鹜的各路花客,几乎都做足了功课,知道哪里是捷足先登的重点。

镰仓著名三大景点集中在北镰仓附近。我跟随移动的队伍，先去了最负盛名的古刹明月院。

从门外依次排队进入庭院，只见花海沉浮，到处人头攒动。园林各处种植 2500 株"姬紫阳花"，正在盛开之际，密密麻麻，美不胜收。走过了小桥流水，抬头望见山门小径两侧斜坡，簇拥清一色的绣球，浮出清水芙蓉般的气质，人称"明月蓝"，不禁令人心动。纯粹的"明月蓝"也呈现深浅与高低之分，间有一二株变色，亦是原生蓝衍生的擦边球。这时，空中落下一阵小雨，用伞接住，晶莹水珠从花瓣上滴落下来，蜗牛爬过枝叶，留下浅浅痕迹。空灵澄静的这一意境，在镰仓俯拾皆是，会带来哪一种禅机呢？

明月院里最为出名的地方，是方丈堂的一扇圆形"参悟之窗"。走进堂前枯山水庭园，立刻天地有别。古人常说"鹤千年，龟万年"，草坪有石雕玉兔起身作揖："明月几时有？把酒问青天。"曼妙仙境便是明月院的最高境。仅仅借这"参悟之窗"向外张望一眼，就令人深深惊喜，以为飞进了天上蟾宫，看见许多奇花异草，果真不虚此行！

我踮起脚尖，看清楚若隐若现的远景中间是紫色花菖蒲，与"明月蓝"相映成趣。据说，透过这扇明窗，明月院的四季就像一幅画悬挂屋内。如此简朴的美学设计，置于坐禅之堂，便已足够。

接着，我离开了明月院，朝成就院走去。途中雨渐停，受过洗礼的花卉在阳光下熠熠生辉。渡边淳一的言情小说有迹可

寻，紫阳花在六月天发生了诡异的变化。古树苍天的深寺禅院，迂回路转的参拜小道，冷不丁会冒出妖娆倾色的一簇绣球。而另一面是居高临下三面靠山、一面壤接大海的镰仓风景。湛蓝天空底下，热情的风吹拂海浪，试图洗净尘世铅华。这像是渡边小说里人物记忆的那一片海。

为了看清那一片海，有很多中国旅客特意跑到成就院探寻究竟，未料昔日的惊艳景象已经不见。2011年日本发生特大地震，成就院主持大慈大悲，将所有的紫阳花移植到受灾地域宫城县三陆町。幸好我的电脑里还珍藏着过去拍摄过的美图。

在渡边小说里，即使是优美如画的风景，与之对照的也是纷杂无奈的人间纠葛。据一位做足旅游功课的人讲，御灵神社门口的车站是小资们必停之站。看似是体验沿着海岸行驶的电车呼啸而过，其实轨道旁边盛开的紫阳花才是重点。除了有人期待浪漫情怀之外，还有一种被安利的"物哀"美学，诠释人生禁断之恋。

《失乐园》后，箱根和镰仓几乎变成"不伦"文化的重灾区。镰仓挺适合言情小说家居住，封面不断替换主题男女。近年随着流行《倒数第二次恋爱》（最后から二番目の恋）和《昼颜》等电视剧，公共空间终于出现了比较认真的话题，探讨道德伦理与自然属性之间的矛盾。

渡边淳一在世时说，"不伦"让小说里的男女充满了活力。他力图证明，婚外恋可以引出一种从精神到肉体、没有功利主义的纯爱。

大河时代剧或老电影里常见的镜头：妻子明明遭受痛苦，却要笑着原谅丈夫有了外遇。观众被迫接受这种陈腐的社会价值观。但是渡边淳一的去世，似乎给此画上了句号。最近经常听到社会舆论的矛头指向绯闻中的明星和社会名人。曾几何时，对那些"不伤害当事人且不危及他人"的不伦事件的宽容，已经逐渐转换为日本公共空间的不容也不接受。科学检验已经证明紫阳花的叶子含有毒素。但这和道德观没有关系，只或可隐喻，"不伦"之花再怎样美丽，也都会有毒。渡边淳一不会想到，日本社会居然出现了那么多的单身族，进入"不结婚、不生育、不买房"时代。三分之一的家庭在银行没有储蓄，社会经济结构改变了意识流。20世纪八九十年代出生的日本人，对《紫阳花日记》的谈性色变，十分淡漠。

　　总之，日本文学作品里对紫阳花下偷情男女的耽美倾向，渐渐像泛黄的照片，失去了昔日的光环。

　　我在车站附近寻到一家茶馆，盘腿坐着，眼睛望着远处。突然心生感谢。川端康成在1947年迁居镰仓长谷，直到最后含煤气管自杀，在许多作品里写下了他的审美情趣，从物到心，从心到物，最后到达物心两忘的境界。我似乎又见着了他对无魇的美的猎奇眼光。在这样的地方，所葬名人众多，铃木大拙、岩波茂雄、小津安二郎、西田几多郎等，在漫长的岁月中，在旅途尽头，淡淡地化成了一阵风，一块石头，一泓清水。

（原文载于2017年7月5日上观新闻）

辑一——露珠

远州森町的枫红之路

　　秋冬之际最值得狩猎的景色，莫过于漫山遍野的枫红似火了。有人说世界上怕是没有其他国家可以和枫叶之国加拿大媲美。北美友人打过两针疫苗后在脸书上鼓动去邻国坐观光火车，穿越秋日枫红可一路饱览丹霞般的绚烂色彩，不料报名者蜂拥而至，就像是反转新冠疫情之束缚的破茧而出，熊熊点燃了大家心里的一把火。

　　我想起多伦多最美的 Maple Road，秋风吹落枫叶，人走在路上发出簌簌的声响，四周的树被彩笔涂抹成鲜红，山峦色彩斑斓，层林尽染，确实是终生难忘的视觉饕餮。不过我心里还会感慨一句，一定是上帝拿着调色板，特别恩赐加拿大的安大略省和魁北克省了。遗憾的是，美加两国的陆路边境一直关闭了近 20 个月，直到今年 11 月才得以开放。这时气候已经寒冷，枫叶也差不多凋落，友人的加国枫路之旅终究没有实现，只能寄托于明年了。

　　此时，气温缓慢下降的日本，人们的枫叶之旅正如火如荼。由于新冠病毒感染人数急剧下降，全日本地区疫情不断走向清零，安全指数上升，大大鼓舞了人们乘机结伴出游的兴致。像青森八甲、日光、京都等名山名园都是最有人气的赏枫首选。

日本列岛丝毫不逊色于加拿大，大自然点缀的枫红与古朴寺院、日本庭园相映生辉，有些地方的风景更是美得令人屏息。世界宗教历史文化的分布沿传，在东西方的地理版图上划出了不同特色，大量的人文景观覆盖其上，旅游者亲历其中，总能收获眼角一块瑰丽。

想夸一下我最近去过的一个小众景点。

远离城市喧嚣的森町位于静冈县西部的山间地带，自然资源丰富，素有远州小京都之称。每年11月到12月，小国神社和大洞院会迎接各地游客纷至沓来。过去本人孤陋寡闻，对静冈县的了解仅限于短歌中吟唱的"山属富士，茶属静冈"，以及日本数一数二的温泉海岸线热海与伊豆。恰逢周女士在森町购置了房产，盛情邀请我们去，便有了这意外的捷足登入。

森町离东京不远，乘坐新干线大约两小时抵达掛川站，再转乘天竜浜名湖铁道到达远州森站，借自驾车可以一路驶进幽深老林的山中秘境。

森町拥有众多寺院和神社，从沿街零落的格子户町屋和路边半掩的地藏石像来看，能推测历史上是农业经济比较发达的鱼米之乡，出现过繁荣的兴盛时期。周女士带领我和名古屋过来的两位好友，先去探访曹洞宗古寺大洞院。这是一座在南北朝时代应永十八年（1411年）开山的名刹。由于日照时长适宜，又不似京都名园那样人流如潮，游客尽可展开360度视角，观赏红、黄、绿叶夹杂在一起，在阳光下熠熠如炽的美景。突然发现站在太鼓桥边上的董老师，被身后一片枫林映照得满面红光，三位女士立刻手机抢拍特写镜头。我们反复说这张如何如何好，董老师也不仁让，大家一时不亦乐乎。此刻钟楼传出了举臂一击的悠长鸣响，心中自然而然散去了疫情生活一些旮旮旯旯投下的阴影。

登石阶而上，高台上的僧堂和法堂，应该是供着开山鼻祖的尊像，但是大洞院最著名的人物不是他们，而是入口处一块墓碑上的石松。出生于森町的石松是 19 世纪前半叶的人物，其父是经营东海一带金融业的老板清水次郎长，一次石松代父亲去金刀比罗宫呈上香典，归途路上遭强盗残杀。这里就长话短说，20 世纪 50 年代此地突然刮起了一股风，有人相信崇拜石松能带来赌博好运，帮助消灾除厄、繁荣商运和传宗接代，因此用刀具在石松的墓石上刮下边角，众人纷纷仿效，墓石很快被破坏得面目皆非。1977 年重新造碑后又受到多次刮损，至 1979 年不得不第三次更换了墓碑，也就是我们今天所看到的模样。即便如此，仍然有迷信的人偷偷切刮，令人好气又好笑。据说石松这样的人物是否真实存在也尚存许多异议。

接下来我们来到当地赫赫有名的小国神社。这里有一座千年古刹，与周围 30 万坪（约 100 万平方米）土地的原生古杉林相得益彰。在擎天古树下，午后阳光穿过树隙斜照过来，河流云蒸霞蔚，交织出红橙黄绿的幻象。人们身处其中，定会感觉森林之神就隐藏在四周。不由得心中肃然起敬，闭了眼睛合掌祈福。

我们一路快活地穿过了一座座独木桥，最后来到正殿前面的鸟居门下。鸟居是人世和神域的分界线。远远望见正殿的屋顶犹如神鸟展开双翼，参天古树，更添加了神秘气氛。整个小国神社的建筑布局是匠心独运，处处有名人留痕的书翰笔墨。参观这样的地方，要有所了解神道的核心就是大和民族的自然崇拜和祖先崇拜。

源于神道的"十二段舞乐"，是日本指定的重要无形民俗文化财产，这里每年春天都会上演。在巫师和艺人的配合下"追傩""散乐""舞乐"等习俗表演形式起到了延续千年神道信仰的重要作用。那些神灵与生命的轮回之说，上千年以来一直是日本人的精神寄托。日本人认为必须隆重地把死去的动物和植物送往彼岸，它们的灵魂在彼岸安息，才会再让生命回到现世。人反复着生与死，人死了，但遗传因子永远会传承下去，这就是人的永恒。

漫步古树参天的参拜之路，确实能引人遐想森林与人类命运的根本。

离开小国神社，天色已接近黄昏，身上感到了气温寒冷，我们赶紧驾车去买当地的土特产。静冈茶叶，与中国的茶业文化渊源深厚。1241年日本高僧圣一国师从中国宋朝带回茶种，在故乡静冈推广。由于静冈气候温暖，冷暖差较大的山间和丘陵地带非常适合茶叶的生长，其栽培面积和生产量很快成为日本第一。我们试喝了好几种免费供应的样茶，一边往手提包装入各种伴手礼物，一边就觉得周女士移住此地，确实有福气有眼光。

晚饭后，董老师和罗小姐驾车回家，我跟随周女士来到她的一户建新居。宽敞的客厅打开了电器火炉，变得十分温暖。桌上摆上酒和几碟小吃，就着小酌微醺，两人打开了话闸……

其实我俩是因为爱好登山运动在微信上有了来往。东京奥林匹克大会期间，周女士发起户外野营行走，目标是穿过青森和秋田的高山地带，夜间自带帐篷宿夜。计划周密、经验丰富的周女士给了我非常精明能干的印象，未料日本在这时突然卷入第五波新冠疫情，东京人都吓得不敢外出，以致这个徒步旅行的日程只得取消。周女士在朋友圈里发布了她驾车出发去北海道的消息，那时受台风影响，夜间气温突然降至摄氏 3 度，微信截图见她第二天单独攀上北海道海拔 2 千米的富良野山顶，感动之余我写了一首诗给这位女侠客：

昨夜，你的身影

渐渐被微弱的信号抹去

台风已经越你而去

我想象那一只帐篷

在晨曦之前

不安地被山野潮湿的寒冷冻醒

立秋后的东京

依然每天燃烧着毒日

我洗濯箱底里翻出的登山鞋

它在我眼前摇晃

仿佛是去冷暖交界的地方

追踪你跋涉群峰的足印

……

此刻，我神驰着秋的梦想

那里没有城市的忧伤和意气消沉

只有一群轻盈的精灵

飞入五彩斑斓的尾濑沼原

原以为徒步旅行的梦想在秋天会实现，结果身体出现状况，不得不入医院接受手术治疗。术后恢复得相当快，看来我还有希望成为周女士的驴友。这样想着心里着实很开心，把周女士端出来的一碟酱牛肉吃得一干二净。遇上这么有情致有腔调的朋友，不难发现新居里里外外的精心布置，处处露出摄影师善于调色的舒适高雅。她爱用的莱卡高级相机，拿在手里很沉，聚集了好几本精美影集，足够办一次摄影展。

第二天，我们再次出发，一路穿过田野和山川溪流，在某一停车处弯腰捡了几枚巴掌大的阔叶红枫，发现附近河床上有倒毙的一只死鹿，像是被狩猎人开了一枪，伤口很大，引来老鹰啄食。

我们逐一参观了几处开放的红叶景点，在一座寺庙里正好遇见十几个僧侣从经堂里鱼贯而出。他们似乎受过美声训练，诵经声随着吹响的法螺号角，在肃穆的山谷里轰然回荡，听来很是震撼。

枫红之旅应该在这里结束了，一个小小的插曲是在附近的旧货店发现了薄如蝉翼的木制叶片，叶片的肌理上映出清晰的木纹。店主说制作这种精致手工艺品的匠人已经去世。价格标得很低，却是难得一见的宝物。选了几枚，小心包好。回家后拿出来细细观看上面的纹路，似乎是这次出游路线的一个缩影。

《香港作家》2021 年 12 月号

行走伊贺忍者之国、芭蕉诞生之地

　　一大早，急着去东京车站追赶 7 点钟出发的新干线快车。疫情下与上班族挤在通勤月台上车下车，难免会想到"密集"二字，不由得心里打鼓，脸上再多加一层防御口罩。幸好新干线上的乘客寥寥无几，到了名古屋换乘另一辆特急列车也是空空荡荡，渐渐放松绷紧之弦。大约上午 10 点到达三重县的津市车站下了车，三重大学的荒井教授迎面而来，一阵问候和寒暄之后坐上他的自驾车，飞速上了山间公路前往三重县内的伊贺上野。我对这个离东京很远的地名感到陌生，但听荒井教授介绍，伊贺不仅是日本古代的忍者之国、江户时代忍术修炼的风水宝地，还是俳谐大师松尾芭蕉诞生的所在地。这好比吹来一丝沁人心肺的凉风，令人情绪高涨，希望能如愿以偿走遍荒井教授如数家珍的三重县著名景点。

　　第一次走进了伊贺的忍者博物馆，乍看是很普通的一轩民家，在日本叫作"屋敷"。为保护祖上流传的兵器和忍术，防范其他割据势力的威胁，忍者在地板、楼梯、墙壁或拉门等处隐藏了各种暗通的机关。游客中的儿童最乐于玩躲猫猫游戏，一见到扮演忍者的人突然失踪，就兴奋地到处寻找。脚下很可能是活动地板，门一推会旋转出一个暗室。直到对方飞檐走壁再次现身，孩子们高兴得又蹦又跳，大人们也忍不住好奇心，两眼扫遍神秘莫测的角落。假如不是后面还有忍者的舞台表演和资料馆，几乎就会沉湎于这种娱乐游戏而忘记忍者的使命是为君主收集各种情报，用中文来说就是一种"特工"或者"密探"职业了。

　　晌午时分，丛林深处露出了白墙玄瓦的上野城天守阁，竖立着高大而坚固的石垣围墙。著名导演黑泽明执导拍摄《蜘蛛巢城》，曾在这里取景，但剧情却是改编自莎士比亚名剧《麦克白》。忍者屋敷的后边，像马戏团一样支起了有舞台的大帐篷，开始了真刀真枪的"忍者秀"。

　　飞镖在眼前飞来飞去，逼真的临场感带领观众穿越回日本古代忍者的凶险之道。

　　演员一边表演，一边逐一解释忍者身上常用的装备和用途。

　　忍者的神奇传说真是数不胜数。据现场解说，忍者与武士不同的是，忍者通常都不用大刀或长矛，而是使用便于携带的短兵器和暗器，例如匕首、锁镰、火箸、吹矢、撒菱、三抓铁钩等。在诸侯割据年代忍者奉命收集敌军情报，必须学会各种"忍术"。"忍术"在广义上有密探术、剑术、火术、巫术、药学、天文学等。所谓的"伊贺流忍术"，最擅长于巫术和火术，因此地是四面青山包围的盆地，历史上有许多亡命者逃亡过来。根据历史资料记载，代表渡来族的服部姓氏人家原来是中国秦姓人的后代，外来族很少有可能选择地方，穷山恶水往往是他们的缘分。这一族人带来了巫术和魔术，最具代表性的是九生护身法：忍者在临阵决斗时两手结印，由食指和中指作刀形，切九字。他们手里还会飞出一种短剑，有卍字形、三角形、钉形或双尖棒形等。他们早就学会使用烟幕弹、爆裂弹、火矢，有神通广大之意。

表演结束后，舞台上的忍者让我体验了一把飞镖。结果真是丢丑，超出忍者规定体重60公斤的我，手脚笨拙，根本达不到暗杀敌人、一击必胜的格斗境界。只好说"放下"，放下这一切血腥之术，才是解脱之道。

美国的现代忍者史蒂夫·海斯则在《伊贺的阴影》中提出，大唐衰落后，有大批游方僧、武将、文人流落到日本，成为日本社会的中坚力量。他们同时也将大唐先进的科学技术、文化艺术以及各种武艺带到了日本。忍术的基石，也就是由这些人奠定的。

作为三大忍术集聚地的伊贺，在德川幕府时代拥有众多流派，势力雄厚，成为一支不可小视的独立力量。但这些并没有改变忍者悲惨的命运，进入江户时代后随着科技的发达，忍者这种独立的职业渐渐在历史中消失。

伊贺忍者通过好莱坞电影在世界名闻遐迩，若是在以往太平时期，这里则不断有外国游客纷至沓来。如今在严峻的疫情下，整座公园显得非常空旷和静穆。这时候拍照，后面都没有人影。下午气温高升，室外一时热浪滚滚，对上野城已无悬念的我们转身去了芭蕉纪念馆。

俳句是世界上最短的固定形式的诗。最初的俳句，仅是一种风流的文字游戏，而将这种形式推高至艺术领域的，正是这位在伊贺诞生的俳圣松尾芭蕉。

与我想象的截然不同，芭蕉纪念馆是一座相当难看的水泥建筑，进到里面，正好有一个展览，主题是围绕俳人的食桌——"芭蕉吃过哪些食物"？

在里面看完了一圈，了解到芭蕉翁在春夏秋冬写下关联食谱的许多俳句。荒井教授拿起一纸测试题，和我讨论了答案，简译如下：

问1：芭蕉移住深川之前使用过哪一个俳号？

答：桃青（1675年）

问2：芭蕉年轻时，曾去谁家打过工？

答：藤堂家

问3：芭蕉俳句里提到的东海道五十三次、以"山药汁"为名产的宿站名？

答：鞠子宿

问4：俳句"木のもとに汁も○○○も桜哉"，请说明○○○里标明的食物？

答：ナマス（细切生鱼和生肉，加红白萝卜丝的凉拌菜）

问5：俳句"時鳥が染めたのだろう"里提示哪一种鱼？

答：カツオ（鲣鱼）

问6：为祭月和"影待"（等待月出），接受江户岱水邸宴请的芭蕉吃了什么食物？

答：豆腐田乐

问7：芭蕉在伊贺咏过的"○○やぶなきことにゆふ時雨"，

所提及的秋事是指什么?

答：茸狩（摘取松茸）

问8：芭蕉在一次关西客人举行的俳谐连句的会席上胆战心惊地吃过的食物?

答：河豚鱼汤

问9：芭蕉的《奥之细道》在终点地大垣吟过一句"○○○○のふたみにわかれ行く秋ぞ"，提及的食物是?

答：はまぐり（蛤）

问10：芭蕉出生地的家宅院子里的菜地，与魔芋、茄子一起种植，并在药味调料中也被使用的蔬菜品种是指什么?

答：唐辛子（辣椒）

这10道题我们偏偏答错了最后一条，依然得到一份纪念馆鼓励的小小奖品。接着在放大于一面墙的芭蕉行旅图前，我们站立了很久。

1689年，松尾芭蕉与弟子河合曾良从东京出发，一路向北，走行了2400公里。图中显示的这条当年走过的路线，便是鼎鼎有名的"奥之细道"。通过伊贺实地参观，我似乎能察觉到芭蕉身上也有精于"忍术"之道和全神贯注、坚韧不拔的忍者意志。芭蕉选择的食谱，基本符合现代生活倡导的"低热量、高营养"，对于以轻巧之身穿行于文化苦旅，不啻为一种自我保护。

从他与亲如手足的弟子河合曾良一起日行20至40公里的步行速度来看，不能不惊讶他体力超人，健步如飞，几乎与忍者追求的极限体术不谋而合，不由得要联想"忍者足""浮足""犬走""深草兔步"会呈现怎样的行走如风。

这种怪力乱神，和奥运会夺冠的马拉松健将一样需要长期修行苦练。若是听说过芭蕉是幕府"密探"这一传说，来到伊贺忍者之国也许会半信半疑。但是今人更加关注的是这位俳圣诗人，将禅宗的侘寂精神和中国古典诗文引入俳谐，提出了闲淡枯寂、风雅之诚的美学概念。日本公认为最伟大、空前绝后的俳圣诗人松尾芭蕉，在他行色匆匆的人生旅途中，留下了很多亲手书写灵感的底稿和句碑。

当我们来到芭蕉的弟子服部土芳建立的蓑虫庵时，不得不被这个尽显日本侘寂之美的庭园所折服。蓑虫庵因芭蕉赠送俳句"蓑虫の音を聞きにこよ草の庵"（草之庵闻听蓑衣虫的叫声）而盛名于天下。

芭蕉去世后，服部土芳成为伊贺蕉门的核心人物，以蓑虫庵为据点，将芭蕉的俳句传承给后世。土芳最大的功绩，是除了将芭蕉晚年的俳句论著整理成《三册子》外，还收集芭蕉生涯的全部作品，完成了《蕉翁句集》《蕉翁文集》《奥细道》等三部书，供于亡师灵前。

在松尾芭蕉的故乡冢前，我默默地合掌，感谢芭蕉诗人以其"俳禅一如""风雅之寂"的俳风为现代诗坛带来了不朽的艺术生命力。这里分明能感受到一种安宁的氛围，让人一下子沉静下来。

至此，7 月的伊贺之旅，圆满地画上了一个句号。

2021 年 8 月 13 日日本《中文导报》

走出圈外

　　进入 9 月，手机突然跳出了去年同期摄影的内存，当它自动回放时我眼前浮出阿尔卑斯山的日日夜夜，呈现了一个充满刺激、挑战人生极限的山地徒步的精彩片段，同时也令我心有余悸地回到了瑞士克万特兰机场和荷兰西佛尔机场，不禁为两次化险为夷的惊悚事件额手称庆。这个故事令我终生难忘，以我这样一个身经百战的旅游老手，竟然会出现这么大的差错，不妨说出来给大家敲一记警钟吧。

　　去年夏末秋初，我从捷克的布拉格入境，途经奥地利、匈牙利、德国和瑞士等国，与队友一起开拓了探险旅行的徒步路径。最后一天，我在日内瓦与伙伴们依依不舍地告别后，单独在酒店多住了一晚，准备第二天飞往阿姆斯特丹，在那里转机飞回日本东京。正好能赶上成田机场飞往菲律宾的航班，不耽误参加马尼拉的国际会议。小狐是我们团队的资深导游，年纪比我小两轮，做事细致缜密，我俩在饭店里吃完了牛肉铁板烧，小狐不放心地说："您再确认一下出发时间吧，明早不要睡过头了。"时值深夜11:00，小狐要去机场登机，就此握别。我回到房间打算整理行李，却因连日疲劳，身子一歪倒就沉沉地睡着了。凌晨两点我醒了过来，在手机上确认航班时间，突然间想起几天前改动过机票，原来是在苏黎世登机，后来改为日内瓦登机。我反复核实机票单，才明白航空公司未曾取消苏黎世航班，我的行程是从日内瓦飞到苏黎世，连接上原先预订的航班。我顿时慌得六神无主，必须一早赶去机场弄到一张7点多飞往苏黎世的机票。

当时正值欧洲旅游高峰，机票特别紧张。我哭丧着脸到酒店前台求救，得到的信息是日内瓦机场很小，早晨5点半才有人在售票窗口值班。我只好在4点半时叫了一部出租车去机场。司机睡眼蒙眬地说，这时候机场没有一个人。我一听就紧张了，因为2000年我在圣彼得堡返程，那天坐凌晨4点的出租车去2号机场，机场大雾弥漫，下车后我胆战心惊地穿过倒塌的建筑物，进入空无一人的候机厅。过了一会儿听见一阵沉重的脚步声响起，一个牛高马大的警察走了进来，他看过护照后以奇怪的表情打量我，幸好后面走进了两位在会议上认识的英国作家。整个过程中我的脸一定是苍白如纸。幸好，现在是在瑞士，天下最安全的国度，不必害怕警察，只是欧洲的小偷防不胜防，但愿他们不会这么早出现在机场里。

眼睁睁等到售票处的灯全都亮了，我赶紧站在窗口。我结结巴巴地把事情原委说了一遍，售票员在纸上写下一个数字，我惊讶地问："是瑞士法郎吗？""是。"我窘得无话可说，一张机票自行作废，补一张去苏黎世的票要付650法郎，相当于5000多人民币。

我灰溜溜地上了飞机，在苏黎世转机飞往荷兰。下午2:00到达阿姆斯特丹的西佛尔机场，只见过道上人来人往，全世界的人都朝自己的既定方向匆匆来去。我看到一排电脑上挂着转机服务台的牌子，于是拿着护照、登机牌和行李站在电脑屏幕前，填写栏目和获得下一个登机闸口的指示。

我坐过无数次荷兰航空公司航班，第一次发觉西佛尔机场之大，远远超过了想象。它共有6个不同的通道，通过中央集转站被连接起来。欧洲航班主要由 B、C 和 D 闸口对接，洲际航班主要由 E、F 和 G 闸口对接。我走向 C 单元的登机闸口，感到路程很长，差不多走了1000多米才进入关卡。这时我才发现手中的护照不翼而飞，顿时大脑一片空白，浑身瘫软。我不记得在哪个通道上的闸口下了飞机，也不记得离开填写资料的地方走了多少路转了多少弯，才来到这个登机闸口。我看了看周围，发现没有人能够帮忙，只好一边忍住泪水，一边努力寻找记忆点来辨别方向。半途中我拉住机场工作人员问有什么办法可以找到我下机的出口处，那人耸耸肩膀表示他不在这个服务区工作，我大声问欧洲来的飞机是哪个方向，他指指前方，我拼命地跑过去，在一个转弯角上我奔下楼梯确认这里是否有我上过的厕所。果然发现了目标，我狂喜地奔上楼，远远看见我用过的电脑服务台（机场有无数个这样的服务台）。谢天谢地，太好了，护照和登机卡还在桌上。我一把夺过来又开始一阵狂奔，因为还有一刻钟飞机就要起飞了。幸亏在阿尔卑斯山天天徒步练就了体力，这一路拼命狂奔，跑出了一身涔涔汗水，湿透了里外两层衣服。

没想到登机入座后，倒霉的事故仍然不断，机上供给的套餐里有一根冰冻奶油冰淇淋，我拿起来一咬，很不幸，一颗门牙连根崩断了。

今年秋季，我来往于牙科医院，为的是把全损的这颗牙重新扶立起来。尽管我遇到了这些"磕碰"的事，但拥有"走出圈外"的旅行经验是一种福分，它毋庸置疑地成为心中最富足的部分。

2020 年 9 月 30 日 日本《中文导报》

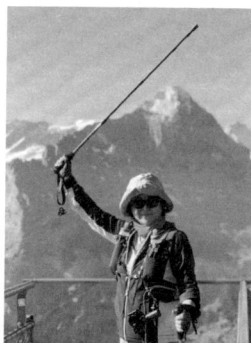

在不完美中寻找完美

上海在我心中潜伏了一年之余又浮出轮廓，实际的变化还是令人惊讶。它奇迹般地再现了摩登城市纽约和东京的发展模式，逼迫上海以往的主体住宅即旧式弄堂一步步后退和消失。我想起童年骑自行车从虹口公园出发，穿过大半个上海到达徐家汇的光景。那些中西合璧的老"石库门"和错落有致的历史建筑常让我驻足观望。我喜欢梧桐树下的斑驳陆离，南腔北调的小巷情思和趣闻轶事。但是很明显不过的，城市越来越凸现空间的高度膨胀，俨然成为钢筋、水泥和玻璃幕墙的高大密林。那些曾经温馨的回忆，伴随着文化气息的慢慢淡化变得越来越让人怀念不已。

有一天晚上我下了出租车，笔直朝这个城市的一个坐标走去。被称为"苏荷"的田子坊是城市年轮上的一朵奇葩。原先开发商和规划部门意欲推倒这一带的石库门弄堂，因居民坚决反对而转换了方向。谁能想象陈逸飞和尔冬强的工作室竟是改建于破旧厂房，他们带动一群艺术家、设计师和画家，在泰康路210弄打造出浓厚的人文气息。纵横交叉的多元型商店与一家家餐厅酒吧形成眼花缭乱的鳞次栉比，我每次返回上海，都会前往那里去放松自己。

那一天晚上要寻找的不是小资情调，也不是"妩"牌丝光围巾和李守白的刀刻版画。我走向尔冬强艺术中心，明亮的大厅已经坐满了人，四周墙上挂起老上海细节的照片。自从上海出现大规模拆迁和经济改革，摄影家尔冬强迫于危机感，首先用航拍方式抢拍市街旧景，为急剧变化中的城市做证。他认为"建筑是文化的载体，如果这个实质的载体都不存在了，我们更难去解说其中发生的故事"。灯光聚集于前台，钢琴家开始弹指演奏，上海的先锋诗人王小龙摊开诗集，不紧不慢地朗诵年代的故事："我相信每个年代都有它的表情/每一年都有，你的表情/让我一头撞进那一年/哪一年，却不太分明。"大厅里安静得出奇，微动的心有云飘过，和诗人一下子拉近了距离。台下有这个城市最活跃的导演、艺术家、设计师和报章杂志的作家编辑，他们争相上台朗诵，哼唱灵魂之歌。我突然明白这种集体加入的行为艺术是发现新上海的入口，我们由这个入口回到精神家园，城市出现复活的动力，在不完美中寻找完美。

田子坊从简陋粗糙升级到繁华精致，有效地保护了历史建筑和近代文化传承。它是上海弄堂改造最成功的模式，不能不引起人们对城市再生经验的重视和推广。诗歌朗诵会之后，上海市侨办邀请的一批海外华人作家来到田子坊参观，他们一坐下来就不想离开，美美地挥霍了一把岁月的浮光掠影。这正验证了19世纪美国著名作家兼诗人爱默生的一句名言：城市是靠记忆而存在的。

（此文发表于2011年11月1日《新民晚报》副刊《夜光杯》）

桃之夭夭,灼灼其华

——记"花和食器"展开的视觉飨宴

疫情下很少外出旅游的人习惯了东京的车水马龙,这一天捡了一个好心情,与玉梅老师相约去横滨参观一个有诸多高手云集的"花与食器之协奏曲"大展。日本的花道流派众多,难得一次性集中七大流派掌门人,加上豪华版的餐桌花艺,使得许多观众纷纷从日本各地赶来参观。

在约定地点我与花道老师渡边玉梅、一敏夫妇准时会合。时间还早,一行人先登上了北仲大楼第46层展望台。好几年没来横滨,发现这座城市更加开放更现代化了。著名的横滨红砖仓库、国际客轮码头、洲际大酒店、未来摩天轮、开港纪念馆等,一一呈现于眼前。对面是层高273米的横滨地标大厦,传说电梯从底层一气升到69楼,只需40秒左右。

历史上日本从锁国走向开放,横滨是最早与海外接轨的贸易港口。山手地区出现的西洋建筑群便是横滨开港以来与西洋科技文化融合的象征。俯瞰整个横滨,视线游移至中华街和山下公园,不禁想起当年孙中山意欲发动辛亥革命,从英国辗转来到横滨,在山下町落脚,结识了邻居的女儿大月薰。大月薰满15岁时孙中山牵着她的手举行了婚礼。日本作家宫川东一在自传体著作《留在日本的孙文的女儿和外孙》中披露了这段秘史,并说孙文是他的外祖父。在广东省中山市孙中山故居纪念馆里，我看到过一段文字记录，孙中山从未见过他与日本妻子生的孩子。

好友一敏的家就在马车道附近，她和先生熟门熟路地带我们走过一段草木葳蕤的小路，蓝天白云底下，紫阳花一簇簇地层叠起伏，画面甚是好看。步行到红砖仓库广场，但见水波浩瀚的海面上翻滚着层层浪花。这里聚集了时尚商店、餐厅和咖啡馆。阳光照耀着像仓库一样的红砖建筑物，明治和大正时代沿传下来的这种建筑风格却让人感到眼熟。上海虹口区有很多半殖民地时代留下来的红砖洋房，如今被列为国家保护建筑，数量上远远超过日本。一转眼，我们看见广场上有一群日本大妈打扮成青春少女，跳起了欢乐的广场舞。原来广场舞不止于中国，年龄在 40～60 岁的这些女人，个个舞姿灵活，脸上洋溢灿烂的微笑，动作极有节奏感。我不由得为之拍手叫好。

一号馆墙上一张过期的海报映入眼帘。剧照里一个老态龙钟的妓女，满脸涂白，画着浓黑的眼线。《横滨罗莎》的主演是一个名叫五大路子的演艺人。故事以二战终结后横滨的一个妓女玛丽为原型，描述了当年 33 岁的玛丽游荡在横须贺美军基地附近，平时身着白色衣裙，脚穿一双红皮鞋，看上去气质优雅，被人推测可能出身于贵族家庭。她爱上了美国军官，结局却很悲惨，从 1954 年首次出现于美军基地到 20 世纪 90 年代身影消失，这个老去的妓女背负了战争年代沉重的阴影。战后 78 年，玛丽凝视的前方是什么，五大路子透过罗莎（玛丽）的背影又看到了什么？五大路子连续演出整整 27 年，世界仍然在战争与和平的边缘来回移动。

时间过得很快，午饭后，一敏的先生老范开车送我们去山手西洋馆。一敏和老范是一对令人羡慕的模范夫妻，他俩同时上山下乡，经历了北大荒的知青岁月，后来回城读书就职，一个当上大学教授，一个成为外资企业老总，如今在横滨安享天伦之乐，尽琴瑟之好。

今天的重要角色是多才多艺的渡边玉梅，她步入日本花道流派已二十多年，获得过教授级和师范级的职称。我是她的学生，对我而言，下午参观花展无疑是一堂难得的花道授学课。

横滨山手在历史上曾是横滨开港后驻日外交官和商人的生活区，后来渐渐演变为有名的观光地和高级住宅区，保留着许多欧风建筑。展会别出心裁地安插在好几处别墅里。

最先参观的是英国馆的小原流展。绿荫掩映下的这座小楼，铺垫了一场独具匠心的视觉飨宴。小原流与池坊流、草月流是日本花道主要的三大流派。小原宏贵，是历代中最年轻的掌门人，现仅三十岁出头，却在花道艺术上有浑然天成的造诣。

日本插花艺术的历史可以追溯到室町时代，小原流诞生于明治时代，至今只有120多年历史。第一代家元创立新式插花形式，叫作"盛花"，将花插在平底的水盘中。但是花道，从来不是循规蹈矩按部就班，英国馆的餐桌上，映现出一个嫣然摇动、欣欣向荣的花坛。仿佛替人们安排了一场对话，令人联想季节流逝的表情和象征。

二号馆的展主是一叶式生花流派的第四代家元粕谷尚弘。

正是这次横滨花艺汇演的倡议者和发起人之一。他巧妙地利用几十根线绳，穿起无数的青皮梅，悬挂在两层楼拔高的客厅空中，以动态来表现梅雨季节。手指轻轻触碰一下，就会满场舞动。

一叶式生花的风格是现代派花道，清馨、典雅，注重创造力，崇尚植物自然美，通过植物之间的格局体现对大自然的个性感受。

各房间里的西式餐桌上，呈现了一道道的"秀色可餐"，视觉上的花色缤纷、琳琅满目，多使用竹子、芍药等来表现主题。整个过程中没有使用剑山、支架等传统的固定花材的手段。正在啧啧称奇中，却遇见了家元本尊粕谷尚弘先生。他解释了自己的理念。一叶式生花讲究的是创意上的"别具一格"。他说这个流派之所以在国际上能广泛赢得众多花道的追随者，要归功于他的父亲——第三代家元粕谷明弘。花道是一门人类交流的艺术，明弘曾在世界多国开办国际研修会，实地进行花道示演。

接着参观的第三个场所是伯利克大厅布置的草月流展。草月流作为日本战后兴起的新流派，真是一个神奇的存在，它完全颠覆了日本古典花道的传统，打破在材料、容器、表现空间方面的旧有框框。第四代家元勅使河原茜是一位魅力女性，不仅主打超前卫的装饰插花作品，还善于天马行空，建构与现代生活相适应的植物公共空间，并能始终保持草月流在全球艺术领域的先锋性、引领性与权威性。

绿色草坪上，有一长坨呈流线起伏的巨大造型。虽然意义不明，但植物本无言，草月流赋予给它的，是一种"不同凡响"，毕加索艺术风格的洒脱不羁。一举打破过去的清规戒律，这

就是草月流的世界。

布展厅里，展现了更高层次的餐桌花艺。一室的静雅，一桌的清幽。充满生机的绿竹，不仅与紫阳花等花型搭配出温馨明亮的色调，还出乎意料地被安排在四周角落，以几十根细长的竹条连接起来，形成餐桌上空的宇宙循环。瞬间就放大了观众的视野，不可思议地让心境变得豁达而开朗。

大师说："花经人手，已非花矣。有意插花，花如其人。"在草月流上来一次精神上的放飞，完全要看你有没有足够的想象力和欣赏力。

"外交官之家"是山手西洋馆里唯一指定为重要文化遗产的老建筑。最初是于明治年间的 1910 年建成于东京涩谷，经屋主同意，1997 年迁移至山手意大利庭园内以期永久保存。在这里映入眼帘的是池坊流的插花展。

池坊流一直被公认为日本花道最古老的本源，可追溯到五百多年前的飞鸟时代，圣德太子两次派遣小野妹子去中国考察佛学。隋唐是中国封建社会的繁盛时期，盛行佛前插花。小野妹子返回日本后，将佛前供花引进日本。他辞去官职，在京都出顶法寺出家为僧，法号专务。他在小池中建起一座小屋，隐居其中，故得名"池坊"，成为日本花道发源地。

日本的花道源远流长、流派繁多，但影响力最强、规模最大的依然是基础最扎实的池坊流。绝大多数学习插花的人都无法回避"池坊"这个名字。池坊花道对插花所用的工具、容器、水摆放的场合、欣赏的方式都有一整套严格的教程规定和要求。

此次花展的亮点是用树桩和枝条设计的作品。岛国的原始先民在森林里"构木为巢""钻燧取火"，从人类最早使用树木作为生活工具，到出现对"神木"的原始森林崇拜，作品展示了日本文化的深刻内涵。日本花道的起源，乃在于日本古已有之的森林信仰、森林崇拜。著名学者梅原猛在其著作《森林思想》里写道：日本的宗教是神道和佛教。神道就是森林的宗教。人们在树上悬挂草绳，那就是神降落在这棵树上的一种标志。

对花道艺术家来说，森林信仰为花道带来了创作源泉。无论古往今来，世道沧桑，都能感受到自然力量的伟大。太阳是神，大地也是神，山川、动物和草木植物都是神。人们向这些神祈祷，祈求神保护他们的生活。这是一种人类共同的宗教思想的表现。

我从初学池坊派开始，进而在渡边玉梅的草月流教室笼统地学习了几年，今日行至此处，忽然脑门开窍，理解了日本花道为何古时叫华道。诗经有一句"桃之夭夭、灼灼其华"，这正是七大日本花道巨匠通过线条、颜色、形态和质感营造的自然情趣，使人们不得不为之神迷沉醉而不可自拔。

我们一边赞叹，一边穿行在楼上楼下的重叠花影中，池坊流的插花看起来非常高贵，造型上勾勒出舒缓雅致的美感。

最后，我们跟随人流走进了布拉夫 18 号馆。龙生派的插花展，每年都以鲜明的主题、不拘一格的设计理念吸引着众多爱好者。它不仅传承着古典立花的三个基本花形，还通过现代设计手法，大胆融合植物、光影，以雄壮浩荡的气势，拨动着人们的心弦。

通常，我将它与池坊流插花做对照时常常会感到惊讶，龙生派的第一代家元原是池坊流派的弟子，后来分离出来自成一体。现在的风格似乎打上了"男性气概"的印记。这是自由型插花的一种魅力所在，也是最具挑战性的一部分。

我围绕着餐桌转了一圈又一圈，是那种有意思的构图，三只爬满荆棘的囚笼罩住了娇小的鲜花，画面充满了刺激性和张力。匈牙利餐具的一只盖顶，雕刻一个戴瓜帽的中国小人。有东西方意象的这一餐桌花艺作品，呈现出一种符号学的表现手法。像阴阳之间的边界不清，像等待时来运转。

终于，展览会场在黄昏时分游人渐渐离开之际关上了大门。我和玉梅老师向一敏告别，在下班高峰到来之前坐上电车返回东京。我跟玉梅老师说，最近在手机上看到中国花艺师表演插花的视频，手法是借助几根枝条固定花材。老师说，那是中国原始的插花术，能精通此道的人，很了不起呢。据说，玉梅老师的茶道教室，有专门从国内来拜师求学的人。现在插花、茶艺、古筝、书法教室深受华人女性欢迎，而像玉梅老师这样精通花道茶道和香道的人，应该说是可遇而不可求。我在玉梅老师指导下研习花道，不但是福分不浅，而且还是让自己活得更加从容平和的一种方式。例如，横滨花展的师徒出行，就记录下花道的大量信息和物象，在心里构筑出一个优雅娴静、雨细如愁的芬芳世界。

香水瓶上的"文学"序列号

　　这个故事或许是真发生过的,从世界最终端的邮局寄出了没有收件人地址的包裹。有人发现了它,撕开皱巴巴的包装皮,那层泛黄的皮囊是达尔文与罗伯特·菲茨罗伊船长一起穿越麦哲伦海峡时使用过的一张航海图。里面是一只空瓶,随即被丢弃在海里。光阴流转,烟雾弥漫的蔚蓝色海面上有一只漂流瓶由远至近,瓶口散发出不同寻常的香味。接着如影如幻,一个紧裹红衣袍的舞女以摄人心魄的美貌出现在眼前,旋转的舞步时而舒缓,时而热烈奔放,在渴望的旋律中等来了心中的情人。此时,目不暇接的踢腿、旋转、搂腰、抱肩动作,为风情万种的阿根廷探戈注入了疯狂的节奏。灵魂与舞步共鸣,这是女权思想抬头的一次尽情的演绎。

　　镜头静止,切换成现代生活的场景。

　　我走向东京最热闹的银座繁华街。拥有挑高书架和六万多册书籍的茑屋书店,因其在全球闻名遐迩终日引来不绝的人流。我从底层拾级而上,瞥见三楼有一家新挂牌的香氛空间,进去张望,没想到这是一个缘分,从此打开了闻香识香的嗅觉之旅。

　　这是我第一次邂逅 Fueguia。迎面袭来的香氛让我莫名心跳,恍若夜空下遇见了情感炙热的双人探戈。它的名字恰恰是来自神秘的南美洲群岛，我本能地感到这是我这种年龄的女人能接受的优秀品质。

世界上除了纽约和几个大城市的时尚界之外，知道 Fueguia 的人并不多。它的创始人是阿根廷人朱利安·贝德尔（Julian Bedel）。据说这个品牌是从 100 多种天然香型的原料里精选出最优质成分，每一个水晶瓶都刻有独特的序列号。这些香氛"波动"的符号颠覆了大众的常识，使得那些习惯使用流水线品牌的人在常常走过的航路上几乎要失去自信。

调香师递给我各种各样的试香纸，我一次次地嗅闻，在活色生香中滑入漂洋过海的玻璃瓶。我尝试进入它的词典，在地理、植物学和炼金术的发源地"火地岛"上找到 Fueguia 为何能胜出一筹的原因。

火地岛位于世界地图的最南端，地理上分属智利和阿根廷这两个国家。其首府乌斯怀亚坐落在麦哲伦海峡的一边，与南极隔海相望。大多数前往南极探险的科学考察船都以此地作为补给基地，并从这里出发。不过，最早让它出名的是 1832 年生物学家达尔文的冒险经历。达尔文数次来到火地岛，为探索物种起源，四处寻找生物进化论的科学依据。

一位名叫 Fueguia 的土著女孩，在 1833 年被罗伯特·菲茨罗伊船长带回巴塔哥尼亚。在小猎犬号勘察船上，达尔文与女孩不期而遇。尔后他在火地岛进行了长达四年的自然科学考察。我默念了几遍 Fueguia 和 1833，香水的故事原来是从这里开始的，可是谁都不知女孩后来的命运又会怎样。

朱丽安·贝德尔于 1978 年诞生于阿根廷的布宜诺斯艾利斯（Buenos Aires）。他深受艺术世家的熏陶，从 12 岁开始学习弹琴绘画。他成长的道路说明"与艺术相关的一切都具有一种互通性"。当朱丽安·贝德尔首次尝试进行香水调制，希望在香波上演绎一场梦想的协奏曲时，他手下却不断经历了一次又一次失败。他不得不苦笑自己是"失败专家"，然而仍坚持着勇气去追求理想，经过反复地"试行错误"，Fueguia 终于获得成功，在传统蒸馏法的基础上研制出一套独立的香谱。

至 2019 年，FUEGUIA1833 旗下便归纳了八大系列香氛，名称分别是：Literatura 文学、Destinos Collection 目的地、Personajes Collection 人物、Fabula Fauna Collection 动物寓言、Linneo Collection 林奈、Armonias Collection 和声、Alquimia 炼金术、Antropologia 人类学。

它几乎是一个香水炼金术的微观世界。我不禁对这位调香师肃然起敬，想在 Fueguia 的香氛中确立自己最喜爱的一款。

在六本木君悦酒店找到了日本的专卖店。这家店如今是由纽约著名设计师季裕堂接手和精心打造。一个出生于中国台湾、建筑空间领域的国际著名设计师，其涉猎的设计范畴扩展到 Fueguia 香水，可见香氛空间激发了多么强烈的想象力。在明晃晃的水晶灯下，数百只整齐的玻璃瓶熠熠生辉，空间中的涟漪一圈圈地舒展开来。

仿佛那些坐在昏暗角落的沙发上的文学名人、科学家和知识分子，都一个个转过脸来，微笑着接受现代人对他们充满敬意的行礼。

如果说，阅读是一种信仰，那么闻香识香又意味着什么呢？

我在鼻下闻了闻，问店员这款香波是什么系列。店员回答道，这款被标名为"巴别图书馆"，取自博尔赫斯的同名小说。

我不禁笑了起来，真令人喜欢，一瓶香水与文学经典齐名。不久前读过博尔赫斯的《巴别图书馆》，我心想是否可以这样解读，香水也可以占有"神与人"之间有序或无序的故事，像图书馆那样"藏有珍本，无用而不败坏"。

我随后发现，博尔赫斯是贝德尔最崇敬的阿根廷诗人，在Fueguia的系列目录上多次引用博尔赫斯的诗句。瞧，这一首诗就从《巴别图书馆》目录里滑出：

它要跨越蛮荒的距离

要在交织的气味的迷宫里

嗅出黎明的味道

和麋鹿的沁香的气味

……

这就是贝德尔主打的香水，他以如此完美的形式，来纪念南美洲的祖先和传统文化艺术源泉。"巴别图书馆"系列还神秘地带上一层肉桂、一层雪松或桃花心木的香味，以及沾上了一点巴塔哥尼亚动物麝香的熏染。

在电影《闻香识女人》的故事里，一位双眼失明的军人曾说过令男人终生难忘的一句："每个女人都有属于自己的独特的香气。"

帕·聚斯金德的小说《香水》里也写道："气味是人与人之

间极为重要的一环，是感情的隐性补充。它虽然常常为人们所忽视，但它的确真实而坚定地存在着。"

香氛一定是一种不会消失的记忆和悦动的荷尔蒙，在辽阔的自然学、人类学、宗教的领域里能激发生理和心理变化的多巴胺。博尔赫斯说过，"在那庞大的图书馆里没有两本书是完全相同的"。此理皆同，无论男女，谁都不愿意看见自己的香水瓶跟别人的一模一样。

我能够确定，一个最低剂量的浓缩香精，一旦从漂流瓶里溢出，就能释放一片蓝天。为自己选择香水，也是一种对日常生活、隐秘情感的寄托。

巴别图书馆的窗外之景想必是绵亘起伏的青山碧野。或许人的年龄、知性、情感、旅行路线，一经火花碰撞，有可能出现一个没法解释的香闻。

一位作家说，世界以摧枯拉朽的力量改变你的生活，在它之外的某处可能真的出现过一个原型，却又无法还原。

是的，自从第一次撞见 Fueguia，用它给脖子喷雾后就有这个感觉：神秘的互相凝视的人原来一直深藏不露。某天突然现身于火地岛探戈，踏地起步，卷起一阵香袭。是那种顿挫感十分强烈的四分之二拍。

弯腰拾起今生今世的漂流瓶，真想说，不如让我们从头来过？

（此文发表于 2019 年 6 月 11 日《解放日报》、台湾联经出版社海外女作家散文集《千里之行》。）

辑一
——
露珠

文学从阅读开始

不止一次地被问及,我是从什么时候开始亲近文学的?我确定地回答,是在八岁的儿童时代。这可是有迹可寻。我家就住在父亲工作的一所大学附近,我进入小学三年级时,经常于放学后钻进大学的校图书馆。最初是从《三国演义》儿童连环画开始,渐渐地对一些有插图的世界名著产生了浓厚的兴趣。我常模仿作品里的主人公,绘声绘色地说给周边的闺密们听。并且在语文课上,作文水平常常逸出课堂读物生成的语言和词汇,总是令语文老师大吃一惊,问我读了哪些书。那时大学校园里俄语系和英语系的学生经常排练话剧,我想弄懂那些台词,就在书橱和图书馆中寻找译成中文的外国小说。因此到了小学生五年级,我已读遍了《母亲》《安娜·卡列尼娜》《钢铁是怎样炼成的》《叶尔绍夫兄弟》《被开垦的处女地》《普希金文集》《战争与和平》《基督山恩仇记》等小说和莎士比亚戏剧。

如果说文学需要一种孕育的土壤,便是从阅读开始。

对一个未成年的孩子来说,直觉上最容易领悟的,仍是那些见证人性的东西。我以优异的语文成绩考上了重点中学。整个朦胧的启蒙时代是在对文学扬扬得意的一种谵妄中度过的。那时我并不知道,多年来做外国文学翻译出版工作的人都有一种惴惴然走钢丝的感觉。直到十年浩劫来临，我亲眼见到父亲和其他翻译家偷偷烧掉了手中的大量译稿。家里的书橱在几次扫荡后只剩下寥寥几本书。父母于其时遭受了莫须有的罪名所带来的摧残与批斗。我13岁时，如晴天霹雳，母亲突然去世，心口被撕裂开永久的伤痛。日子过得很忧伤，我所有阅读过的书里，跳出了一句令人战战兢兢的话："苦难正排着队一个个向你走来。"这时幸亏身边有一些年龄比我大、比我早熟的高中生，他们都有知识分子家庭背景和坎坷的遭遇，没有一个不曾看过几本俄罗斯文学作品。记得当年流传一本前苏联小说《钢铁是怎样炼成的》，文学意识向我们敞开了一条门缝。高中生朋友说，进了那扇门，不是故事的结束，而是新的故事的开始。我们试图在记忆的书籍中寻找与自己相匹配的对象，这样仿佛能和书中的人物一起，汇入同一条历史河流，寻找到一个发泄口。

　　1969年我离开上海去吉林延边插队落户，同时与大年龄朋友们建立了频繁的信件交往，信纸上屡屡跳出著名文学家和中国古典诗词的名言抄录，让人惊觉于那种文字的力量。

　　十年浩劫结束后我积累了一大堆信件，因此也奠定了我想当作家的梦想。只不过一切却不那么容易。复兴中学原来是复旦大学附属中学，我于20世纪60年代考入复兴中学，每天完成的早课是和同学们一起，从复兴中学到复旦大学之间，进行往返十几公里的体育锻炼。我母亲在复旦工作过多年，可以说我很早就与复旦休戚相关。然而，人生命运却以另一种方式写下了重重的几笔……

"文革"后参加高考，第一志愿填的是复旦大学中文系，却因分数之差，拿到了复旦分校的录取通知书。这时因为结婚和怀孕生子，我决定到复旦中文系进修，花了两年时间听课学习，因此遇到了文学生涯的贵人。一个是陆士清教授，一个是后来成为作家出版社社长的张胜友。我插入的文学班人才济济，其中就有写"伤痕小说"的卢新华，还有汪澜、陈思和、李辉、张德明、张欣等人。我在复旦中文系听陆士清教授讲授中国当代文学，那时海峡两岸的文学交流初显端倪。於梨华登上复旦教坛演讲中国台湾现代文学，引起了热烈的师生讨论。耳濡目染，加上阅读20世纪80年代雨后春笋般的大量文学作品，让我见识了这段历史是中国文坛乃至中国当代文学一段重要的断代史。北岛说过：回想80年代，真可谓轰轰烈烈，就像灯火辉煌的列车在夜里一闪而过。

其时我进入外语教育出版社工作后，出现了出国留学的契机。冥冥之中，世界向我浮出了梦想的轮廓，我千方百计办理出国手续，却因此而错过了那班可能赶趁的列车。

1986年，我独自去了日本，开始闯荡另一世界。

我实现写作长篇小说的夙愿是在1998年，刚好45岁。第一次出版处女作，就拿出一部环境题材的长篇小说，并不是出于偶然。在这之前，我写过一些文字，我曾经认为，文学流传了上千年，写悲惨世界是哀痛者理所当然的文学使命。但随着大量的伤痕文学一扫阴霾、反思十年浩劫的精神内伤后，时代又发生了巨大的变化。

1989 年我在日本环保机构就职。这时巴西举行的地球高峰会议意味着人类有史以来第一次对环境问题采取联合行动。我在工作中接触了联合国出版的《地球白皮书》，该书指出全球出现严重的空气污染和环境公害，地球环境的破坏已经超越国界，不仅仅是一个地区或一个国家的局部内政。举例说，地球就好比是一条大船，底下出现了漏洞，船体开始慢慢倾斜下去，很可能全船覆没。

　　20 世纪 90 年代初期，欧美和日本出现了反公害运动，很多志愿者投入改变污染源的绿化事业或产业链的改造。环保机构聚集了不同国家、不同肤色的专家以及环保团体，我的职业工作与之有关，因此聚集了一种觉悟，这是站在历史长河边上，整体地去看地球人精神的感觉。

　　这两个因素，是我创作的最初动机。小说通过莫斯科克里姆林宫举行的国际会议，把独特的国际环保题材推到读者面前。在叙事框架上，我受到了美国作家赫尔曼·沃克《战争风云》的影响，作者在小说中运用了宏伟的叙事方法和世界眼光，令我十分着迷。书中亨利一家的人物和故事纯属虚构，但是关于第二次世界大战史实的描述是确凿的。

　　遇到《地球白皮书》后，我确定我要写的题材是《沙漠风云》。为此一边工作一边收集有关资料，并在中国作家协会外联部的帮助下去内蒙古采风，遇到了两个关键人物，帮助我收住了这部小说的尾声。

　　我在内蒙古的最后一天，送我去机场的车队在半夜里从鄂尔多斯沙漠腹地出发，只见大道灯火通明，上百辆运煤的卡车排成长龙，浩浩荡荡往东边开去。场面非常震撼，与现实构成了一种反差。一边是艰难行进的治沙队伍，一边是煤海淘金的洪流，不禁令人感慨。

中国作家协会调研室、中国环境文学研究会联合各大刊物杂志在北京举办我的作品研讨会，对《沙漠风云》给予高度评价和肯定，称它为首创长篇环境文学小说之先河，并在2003年给我颁发了全国首届环境文学奖入围奖。

接着，日本笔会会长尾崎秀树、作家立松和平、评论家长谷川泉联名推荐我加入日本笔会。2000年，我随同日本笔会代表团团长辻井乔赴莫斯科参加国际笔会大会，遇见了来自德国的诺贝尔获奖作家君特·格拉斯与北美著名女作家桑塔格，桑塔格意味深长地说：文学是对话，是回应。当我们在生活中扩展了视野，更需要人与人之间对话，触摸世界变化的本质。

2001年，我又遇到一位贵人，四海杂志总编白舒荣。我的一部短篇小说《good bye》发表在她主编的世界华文文学杂志上，获得盘房杯世界华文小说优秀奖。通过白老师的介绍，我与国际新移民作家笔会有了首次联系，瞭望了海外华文文学的前景。我开始尝试创作散文、游记、诗歌、俳句与评论，陆续在各种报刊杂志上发表作品或开辟专栏。

2009年，出版了散文集《丝的诱惑》（文汇出版社），陆士清教授在序言中做了一个概括：华纯有个主张，即是华文文学创作要切入所在国家的社会生活。她的环保理念是在日本环保人士的影响下逐步清晰起来的，而体现这种理念的《沙漠风云》，也是从描写日本社会生活出发的。她的纪行散文在展现环保理念的同时，将笔触引向日本人的精神空间，以日本为出发点，探视中日文化的交流和联系，这是别具一格和别具风采的，也可以说是"别样红"的一个标志。华纯浸染日本文化已有二十多年，却绝非走极端路线的亲日派或反日派，她认为自己和所有在日华人一样，在无形中已经承担了将两国之间的破坏关系转换为建设性关系的民间使命，她愿意以地球公民的开阔视野，促进环境保护和不同文化生活的相通、相融。她无所谓自己是否算得上知日派，但是对于日本的知晓和感悟，以及恰如其分的散文形式的表达方式，无疑能为读者带来珍贵的体察经验和美的感受。

2009 年，散文集《丝的诱惑》荣获首届中山杯全球华人华侨文学优秀奖。

2011 年 11 月，我与王敏教授、荒井茂夫教授在香港发起和创建了新世纪第一个日本华文文学笔会，2019 年 11 月，我和日本同人又创建了日本华文女作家协会。

2024 年，诗歌集《缘侧》和散文集《灼灼其华》，分别在北京和上海出版。

中国西南大学中国新诗研究所吕进教授在《缘侧》序文里写道：

环保是华纯作品的永恒主题。作为诗人，她是一位生态诗人。大自然的魅力与美丽，生命与大自然的和谐，使得华纯诗歌能够触摸到人的心灵最柔软的地方。《缘侧》运用了多种诗体进行自己的抒情言说，有自由诗，有微诗，有汉俳，有俳句与汉俳联句，这是诗人的才华。作为三十多年前从上海走到扶桑的中国诗人，汉俳就不好写。日本俳句是十七音诗，日语是多音节语言，十七音不必是十七字，而汉语是一音一字，并不对应。华纯的汉俳，既有汉语特点，又鲜活地保存了日本俳句的古雅，这是很不容易的。

华纯是以一种生命的热忱、视野宽阔的方式，致力于完成一种从"缘侧"上延伸出来的带有灵视和哲思的新诗形式，为这个动荡的时代安放了一颗诗歌之心。她是一位有独立风格的诗人，她的小说和散文，尤其是游记散文，都有自己的风采。

《文综》杂志 2024 年夏季号

辑一——露珠

人在草木间

正值春暖花开，东京到处挤满了赏花的游人。姗姗来迟的樱花，树枝上的新绿，使得周末出行的人心情大好。我离家之前，给花道教室的指导老师渡边玉梅发去短信，由京王线转南武线，再转青梅方向的电车，这路上差不多要一个半小时。玉梅的丈夫渡边与五郎先生，会驾驶一辆小轿车在出站口路边等候我。我上车后坐在摇摇晃晃的电车上闭目养神，脑海里浮起了两年前上玉梅家的情景。

2021年，肆虐全球的疫情蔓延到东京，不知改写了多少人的命运。这是人类从未遭遇过的悲情世界：有住进隔离设施的生离死别，有隔着手机视讯潸然泪下的伤感，有疲于奔命劳累过度的医护救助人员，有失去生计的成千上万的失业人员，有生活发生深刻变化引起忧郁和精神压力的普通市民。春天失去了诗意的仪式感，街上行走的人戴着口罩，保持三尺距离。日子就这样在身边翻页，我宁肯与树木花草交换，享受阳光底下自由自在的呼吸。在这样焦虑的心态下我决定重拾花道之梦，拜渡边玉梅为师，做她的门下弟子。教室离我家很远，坐落在青梅乡下，独家独院。我第一次进门就眼前一亮，只见走道上挂满了大大小小的木牌，上面写的是渡边玉梅获得池坊华道教授、小原流生花教授、草月流师范的高级职称。渡边玉梅集花道、香道、茶道之雅号于一身，整整花费了 20 年的心血。在等级森严的日本社会，有如此辉煌的授位成就，在日本可说没有第二人。

一楼的主屋有琳琅满目的各式花器和插花道具，包括铁器、竹编、土陶和漂流木，其规模远远超过了我之前见过的私人收藏。二楼则收藏香道与茶道使用的瓷器和道具，更有大户人家的气派。光是古色古香的茶碗，抹茶用的茶筅、茶杓就列有几十种。还有上百只标名的瓶装香料，都出自玉梅亲手调制。玉梅如数家珍，说一部分香料来自庭院里生长的花草。那天庭院景色怡人，身穿和服、一脸祥和笑容的玉梅引我走进花园。3月初还是春寒料峭，玉梅指着地衣上的绿苔，说这院子里最令人心动的是一缕阳光下的植物的变化。你看绿苔爬上来的纹路，分明是幽微的灵动。一到四月天，整个院子会呈现生命的一场惊艳。玉梅伸出了一双粗糙的手，因为经常莳花捻草，像是常年在地里干活的农妇。这让我明白缘侧之外的花园里，还隐藏了许多肉眼看不到的知识和学问。

下午时分，阳光从窗户倾斜进屋子，有了小春日和的温暖气息。我与渡边与五郎教授对坐，一边喝茶一边深入交谈。渡边先生谈到自己人生的所历所想，年轻时曾去欧洲游学，后来在东京亚细亚大学任教，一生完成几十本学术著作，涉及文学、历史、经济、思想等分野。而他与中国结下深厚缘分，是在 30 年前妻子病故之际，因为人生孤独，开始深入佛教之学，打算退休后出家成为僧侣。这时吉林师大的校长带领学校代表团访问日本亚细亚大学，在学生的引荐下，吉林师大邀请渡边教授退休后出任东亚研究所所长和外国语学院特聘院长。2003年4月至2012年6月，渡边教授在吉林师范大学任教期间连续10年设立"渡边与五郎奖学金"，无私捐献家藏的图书、日本民俗藏品，协助吉林师范大学建立日本民俗馆、茶室和藏书丰富的渡边图书馆。为促进中日文化友好交流，渡边先生倾心倾力，获得了吉林省人民政府颁给的长白山友谊奖、教育部颁给的优秀外国专家等荣誉证书。对于荣耀的光环，为人谦虚的渡边先生并没有拿来炫耀，是我从玉梅这里获悉底细。而渡边先生说起他和玉梅在中国相识相爱，就不禁嘴角上扬浮起微笑。20年来他们相濡以沫，相敬如宾。比他年轻30岁的玉梅不仅是一位温柔的贤内助，还是勤奋学习极有天分的智者和能者，做事有条有理，更像是日本传统的女子，同时又不乏中国女人的聪慧与善解人意。

雅道教室担起了传授日本和中国文化的任务。渡边玉梅传授草月流和池坊流的插花艺术，她还开茶道和香道的两门课，教授日本人和华人，据说学生收了不少，每日都很忙碌。

我经历了系统的花道研习，感觉自己像是天地间长出的一棵幸运树，作品上律动的线条形状与莽莽山川虽形差千里，带来的心灵观照却是相一致的。自古以来，精于花道、香道和茶道，能成就人的一种气质。伍尔夫说过："除非我们能够理解一朵花的迷人美丽，否则我们无法理解生命本身的意义和潜力。"

于是，插花艺术是我对四季变迁和时间变化进行一种冥思的形式，自然而然也就涌出了光合作用下的诗歌。在今年国内出版的诗歌集《缘侧》里，我一共选入了50多首俳句和插花作品，作为度过疫情时代的难忘的记录。

悠悠我思中，电车准时到站了。87岁的渡边教授又一次亲自驾车来迎接，刚庆贺过生日的老寿星看上去精神矍铄、身体硬朗，真是令人高兴。到了教室，去年底改装过的和室焕然一新，榻榻米一侧增加了茶道使用的炭火炉和吊钩铁壶。玉梅身着雅致的和服，似乎每一次穿戴的样式都不会重复。今天是大吉日，站在缘侧一边望过去，院子里翠木葱茏，画面感极强。经过漫长冬季的风餐雪虐，本来感到生命无常，却在这无数野花绽开的一瞬间，开始相信"人间至道，无非生息"。野花的意义比如潮似涌的樱花季更具体和生动。

玉梅眉飞色舞地穿行在草木中，她说：你看，原生植物的每一片花、每一片叶，都是以最潮的形式出现。"此刻最美好"仿佛是有治愈的按摩作用，让我早忘了近日病怏怏的身体所带来的不适。我们在教室里完成了芭蕉叶、向日葵、杜鹃花的插花作业。这时偏西的阳光洒在花形上，出现了镶金的最佳时刻。我请渡边教授起名，他说：那就取名叫"幸福"吧。幸福，只有喜爱之人才可体会得到。这便是人生的珠玉时光，人与自然共鸣之时。当珍惜、当永恒和延续人与花草树木之缘。

甫走出渡边家小屋，夜晚便拉上了黑幕。上弦月悬挂在空中，一颗颗闪烁的星星，似乎在暗示人类和自然界的未来。

闲谈日本文学馆的特色

世田谷文学馆的风景

提起文学馆的风景，我不由自主会想起博尔赫斯的一句名言：天堂应该是图书馆的模样。现在我凭借他执着的一根手杖和与生俱来的爱好，顶着夏日炎炎的酷暑，走进了东京的几家著名文学馆。

世田谷区的文学馆离我家最近，从京王线地铁芦花公园站出来步行 5 分钟左右，是与幽静的住宅区和谐相处的文学馆。

当初从涩谷迁居到这里，多半就因为对它一见倾心，且近处还有一座埋葬一代文豪德富芦花的公园，以及市区中心罕见的绿意盎然的农田，深深融入了我的心底。

平日白天的街区马路上少有行人踪影，南窗放眼望去，正是恬淡静谧的都市所在。每每晨曦初升，西边总有一抹蔷薇色的光，浮在富士山的峰巅上。它令我不断回味德富芦花对大自然生活的低吟浅唱，让人想在风中捕捉点什么。

走进世田谷文学馆之前，首先映入眼帘的一池碧水，仿佛是 10 万年前诞生的国分寺崖下一条溪谷的细流源源注入，树荫下日影摇曳生姿，映照水中悠游自在的鲤鱼，可以说，那遥远的天国，如果是图书馆，门前的景象也一定是这样，奏响着大自然的节奏。

世田谷文学馆的大厅很宽敞明亮，馆内除了世田谷相关作家的展示之外，还随时举办现代作家的企划展等。每年利用者有6万到10万人次。博尔赫斯说过："在那庞大的图书馆里没有两本书是完全相同的。""所有书籍不论怎么千变万化，都由同样的因素组成，即空格、句号、逗号和二十二个字母。"

当然世田谷文学馆不够庞大，并且与图书馆的功用还是有所区别的。它是由世田谷文化财团和世田谷美术馆等机构管理和运营，在强调博物馆功能的同时瞄准当地的文化创作活动，而不是简单地扮演专门从事文学的图书馆的角色。

文学馆和博物馆，虽然名称形象很相似，但设施的目的却完全不同。一般来说，文学馆的功能大致分为两类：作为社会教育设施（包括旅游观光资源）的类似于博物馆的功能和作为研究设施的类似于图书馆的功能。

我去的时候那里正在展出著名猫妖画家石黑亚矢子的"百猫夜行"，这是浮世绘与现代美学的惊人结合，整个画展给人以难忘的视觉体验。我因此也能感觉到文学馆一方面是面向对文学和语言感兴趣的人群，公开各种资料、遗物、旧藏书等，唤起公众对"文学语言"的兴趣，另一方面不受传统文学的束缚，有意增加了动漫画和视频作品展，支持层出不穷的创意文化，来改善世田谷区的地域形象。譬如2018年夏天就举办过一个别开生面的文学活动。当时世田谷文学馆为日本作家林美芙子特别展绞尽脑汁起了一个名字，用中国的东北话来说大概是这种腔调:贫困,滚犊子去。日语的汉字表现就五个字"贫乏,此畜生"。看到海报的人会一愣,激发起好奇心。周末的文学馆引来了上百号观众,人们排队走进了展馆,被如同电影布景一样的历史回廊所吸引。由于场地受限,不可能安放座椅,人们就席地而坐,跟着灯光效果进入昭和年代的切换场景。担任节目的杂剧艺术团演员身上是昭和人物的穿搭打扮,化着浓妆,很像生活在社会底层的流浪艺人。

在此我先摘录一段人物介绍,林芙美子是日本小说作家、诗人。幼时父母离异,生活颠沛流离,成年后做过女佣、店员,饱尝人间艰辛。《放浪记》是其长篇小说处女作,其他代表性作品有短篇小说《风琴与鱼町》《清贫记》《晚菊》等。她的作品着重描绘底层民众的艰辛生活以及女性不甘示弱的挣扎与奋斗。

无论是读过还是未读过《放浪记》的人,都能从演员夸张的肢体动作和诗文朗诵里,品味出林芙美子在贫困生活中的辛酸苦辣。极度的贫困和屈辱,逼得她经常对渴望的食物进行幻想,大声号叫:"为什么,为什么,我们要永远过这种混账的生活呢?"

"混账、混账、混账,现在很难受的我想这样骂千次万次。"

"虽说贫穷没什么,死很痛,自刎、撞车、投水,全都很痛,虽然这样还是想死。"

当她在漩涡中挣扎时,也会喊出几句振作的诗句:我是田野里挖出的一朵红色茉莉花,当强风吹袭,我愿像鹰一样飞上宽阔的蓝空。哦,风!散发你炽热的气息吧!快快快,吹起这朵红色的茉莉花!

特别展的成功之处就是用音乐、艺术、电影等类型进行合作，通过作者对生活的坚忍不拔和底气，获得了观众强烈的共鸣。尤其惊讶的是，杂剧艺术团团长递给我的名片上写着艺名"甜蜜的糖果"，我才恍然大悟他们是一群艺伎男，经常借神社祭祀场地或小剧场演出，过着收入并不稳定的生活。偶尔被世田谷文学馆发现，才策划了这次的特别展，企图能传达出文学作品的感染力。

日本近代文学馆的现状

传闻日本近代文学馆正在举办"芥川龙之介《罗生门》以及那个时代"文学展，很想再去探索《罗生门》诞生前的轨迹和芥川龙之介 (1892–1927 年) 成为作家的历程。芥川龙之介被誉为"文学鬼才"，外界评价他的作品"在日本近代文学史上开拓了一个不曾有过的领域"。《罗生门》取材自日本古典故事，篇幅很简短，只有 3000 多字，但这篇小说在芥川文学中占有着举足轻重的地位。

我过去曾居住在近代文学馆附近，可说是熟门熟路从驹场公园进入了东京大学附近的文学馆。不过，那幢丝毫没有改观的水泥墙建筑物，却给人以斑驳陆离的老朽印象，竟连咖啡室里的台座和书架，也都是陈年之物，未见装修痕迹。如果来一次晃摇的大地震，那连接到天花板的书架一定会倒塌下来，我连坐进去的勇气都没有。

记得 20 世纪 80 年代在东大大学院研学的时候，图书情报研究学科的三浦逸雄教授就强调过，图书馆信息学者应该积极参与文献博物馆研究，将文献博物馆吸引到图书情报学领域。今天看来，似乎已达成了一种共识，必须摆脱文学馆是一种博物馆的简单假设。日本近代文学馆可说是发挥了图书馆和资料档案馆的特长。

1967 年 4 月，具有文化象征意义的日本近代文学馆建筑出现在东京都目黑区驹场。作为发起人之一的川端康成曾说明：它有望创造"旨在满足日本历史和传统等文化元素的知识需求"的文化巡游。此后一直作为民间财团，与文学家、研究者、热爱文学和书籍的读者以及出版社、报社等一起合作维持运营。2007 年 9 月，随着资料的增加，在千叶县成田市建设了分馆。原来设置在近代文学馆附近的东京都近代文学博物馆，因为东京都政府迫于财政赤字，不得不于 2002 年 3 月闭馆。从现在近代文学馆的财务现状来看，也实在令人堪忧它今后还能延续多久。

二楼的展馆进门就不让人拍照。策展人力图从多个角度来介绍《罗生门》的世界。封闭的玻璃柜里铺陈了芥川龙之介处于构想阶段的草稿、学生时代的课堂听讲笔记《罗生门》执笔时期赠送给朋友的诗、漱石书写的信件、介绍作品背景的资料等。通过小说诞生与背景、作者的一生，以及出版物教科书的展示、二次创作的戏剧、电影和媒体推广等，让受众从中寻找《罗生门》在 21 世纪焕发新魅力的看点。

在文艺杂志《帝国文学》上发表了以平安时代末期的首都

为舞台的短篇小说《罗生门》，是芥川龙之介的代表作品之一，那是他 23 岁的时候。

1956 年，《罗生门》与夏目漱石的《心》、森鸥外的《舞姬》等作品同时被选为日本高中生国语教育的经典教材。黑泽明将它改编成电影后，受到了西方主流社会的力捧，在战后的世界文学史中占有特殊地位。

在教室之外，芥川说自己写的不是历史小说。电影改编后的情节与原作不一致，这是另一个看点。我们阅读小说《罗生门》，发现人性是一个不可预测的深渊，其中包含了邪恶、凶残、自私、伪善，以及难以索解的人类行为。目击者和见证人不在场的情况成为一个悬案，展示了人性在奈落之底的扑朔迷离。因为人太脆弱了所以才撒谎，甚至是可以对自己撒谎。

"恶"是会传染的，"人人都在作恶，我也不妨作恶"，如果人人都在效仿罪恶，拿别人的罪恶来掩饰自己的罪恶，借所谓的说辞来欺骗自己的内心，那么整个社会就是一个大的模仿现场，总有一天罪恶会降临到自己头上。

这在当今的社会也具有警世的意义。为善还是作恶，就在一念之间。作者之所以描写人生的丑恶，或许是为了扬善，引起对于人性的关照和救赎。

果然，这个展馆非比寻常，有人反复端详夏目漱石的草书简信，还有一张图标出了几个文豪之间的关系图，绘制出人间模样。芥川龙之介、川端康成、三岛由纪夫、太宰治之间的往来和相互深化，似乎连上了一根相续走上自杀的死亡线。尤其在芥川龙之介遗留的一首诗里，隐藏了他离世的决意，外界却盛传他服用过量阿片导致中毒。

稍事休息，我当即在手机上网购了一本《罗生门》，准备再认真读上一遍。

最后离开之前，我与文学馆管理员交谈了一下，不能不感叹当前的新冠危机彻底改变了文化在全球范围内传播和接受的方式。很难预测传统的面对面的交流会恢复到什么程度。近代文学馆的观众三三两两，人数不多，而作为观光资源的文学馆，例如镰仓文学馆、仙台文学馆、花卷市的宫泽贤治纪念馆、长崎的远藤周作文学馆等，每日客流源源不断。其价值在于通过文学表达唤起乡土的历史形象，它被定位为旅游设施的事实是文学馆赖以生存的必要条件之一。

关于文学馆的话题，不知不觉文章已写得很长，对于分布在日本各地的著名文学馆，在此就不一一赘述了。

《明报月刊》2023 年 9 月号

辑
一

露
珠

建盏的碗中宇宙：耀变天目的隽永之美

　　长久以来，中国和日本的茶道均表现出广泛的文化思想和审美性。中日两国的茶文化是物质与精神的双重存在。茶文化以茶器、茶艺、茶道以及茶与诗画、音乐、美学等融会贯通的纷繁多样，呈现出人类社会对茶文化的意趣和审美倾向。其中浸入日本茶道之细枝末节的建盏，足可成为一个专门研究、鉴赏的重要分支。

无法超越的成就

　　南宋时期，福建建窑以烧造黑釉茶碗著称于世，因产于建宁府建窑，故称为"建盏"。其名贵品种除了曜变天目之外，还有兔毫、油滴、毫变等品目。据中国国家文物鉴定委员会副主任、故宫博物院研究员耿宝昌介绍，曜变天目是宋代时期由福建建窑烧制的一种釉面黑瓷，烧成后在乌黑的釉面上反射出深蓝、淡紫的光晕，当茶水倒入时会如同夜空呈现星光灿烂，因此人们称曜变天目中藏有一个神秘璀璨的碗中宇宙。

　　曜变天目从宋代始，到元初失传，此后就再也没有出现过同样精妙绝伦的陶制茶器。

　　由于它的稀有价值，现今仅存于世的三件曜变天目，悉数收藏于日本，被定为日本国宝级文物。2019 年 3 月，这三件国宝分别由日本美秀美术馆、东京静嘉堂文库美术馆、奈良国立博物馆推出，同时进行公开展览，由此引来了全世界的广泛注目。

为了再现曜变天目辉煌的一面，中日两国陶艺家千方百计寻找古代流失的制作秘密。展出期间，一群来自中国福建窑乡的陶艺家来到东京，与日本陶艺家联合举办展览，挑战建盏难关的陶器制作。他们一个个心灵手巧，用智慧和精益求精的精神，燃烧心中梦想，有的还付出毕生心血，其中不乏成果斐然的佼佼者。然而，没有一件创作的建盏成品，能够超越宋代曜变天目的成就，由此可见一代陶艺家对建盏艺术的尊崇程度和审美感上的悸动。

曜变天目产生的隽永之美，丝毫没有因弥久漫长的时间流逝而逊色，在中日两国不断观照历史、提升审美意识的潮流中，还有了更强烈的感染力。

"万里挑一"的不期而遇

建盏是宋代八大名瓷之一，贵重之器，宋朝时亦为皇室的御用茶器。它始于名窑林立的福建"建窑"，用建阳县水吉镇一带含铁量较高的红土做毛坯底，在高温烧制过程中发生自然幻变，上万只烧制品中偶然会生成一种神奇色泽的陶器。

明末时在王圻编著的《稗史汇编》里有文记载："瓷，有同是一质，逐成异质，同是一色，逐成异色者。水土缩合，非人力之巧所能加，是之调窑变。"也就是说，同样的毛坯、同样的颜色，在火焰中出其不意地升华、异变，非人手之巧所能掌控，这就叫做"窑变"。

日本著名陶瓷学家小山富士夫在《天目》一书中曾给出"窑变"的释义：建窑所烧，若在浓厚黑釉的盏面上浮现出大小不同的结晶，而其周围带有日晕状光彩，则为曜变。

日本古代有关建盏记载最重要的文献是《君台观左右帐记》。这本书专门收集室町幕府足利将军的友人对他收藏唐物（东山御物）的评鉴。在这本书中被高度评价的唐物，皆为当时能收集得到的最高级的宝物，书中对"曜变"有文字赞誉："曜变，是建盏之无上神品，乃世上罕见之物，其地黑，有小而薄星斑，围绕之玉白色晕，美如织锦，万匹之物也。"由此可见，日文里的"曜变"，与中文的"窑变"是同样的意思。

而曜变天目的"天目"二字，又与中国佛门禅学有密切的关联。南宋时期，日本僧侣随同贸易商人前往中国，于浙江宁波入境后，至杭州近郊的天目山、径山等名刹学习佛法，渐渐熏习饮茶风气。此后僧人将茶与茶具带回日本，这些来自中国的建盏茶碗，被"天目"一词取而代之，后来甚至成为所有中国黑釉瓷器的代名词。

建盏与茶的不解之缘

建窑茶器在唐宋时代已负盛名。人们喜爱白色茶汤，上了一层黑釉的建盏能衬托出茶汤的色泽。精通茶艺的宋徽宗赵佶亲自撰写《大观茶论》，称"盏色贵青黑，玉毫条达者为上，取其焕发茶采色也"。

宋时尤以点茶、斗茶为尚，点茶胜出名次，称为"斗茶"，又称为"茗战"。斗茶除了要有优质的茶叶之外，还需要适合于斗茶的茶具。茶盏形似兔毫而泛绿，为上品，泛蓝则为极品。点茶时轻轻击拂，白黑相映，水出细沫，茶与建盏相得益彰，故被视为最适用的斗茶神器。

北宋蔡襄撰写了一部在茶文化史上具有划时代意义的著作《茶录》。《茶录》问世以后，饮茶、斗茶习俗在朝野中得以迅速流行。皇族士大夫挥霍重金追求斗茶神器。建窑茶盏由此进入鼎盛时期，生产规模不断扩大，并有底部铭刻"供御""进盏"的建盏进贡朝廷。

斗茶不仅能决出茶的优劣好坏，更因为源于佛教文化，从而成为一种精心修禅的茶事活动。宋代斗茶神器的出现，反映了宋代将茶具上升到瞬息美哉的极致优雅中。建盏之所以受到青睐，除了它和饮茶斗茶人的息息相关，更重要的是它存在的整体艺术价值。

中国的茶文化对日本产生了深远影响。镰仓时代以后，日本仿照中国的斗茶习俗，玩起一种游戏，饮茶时看谁能猜准泡茶水的产地，戏称"斗水"。斗水与斗茶一样，都是一种博彩游戏。而宋代建盏与日本的抹茶颇为有缘，黑釉茶盏内的翠绿茶水，碧色莹润，向为日本人所喜爱。

镰仓时代末期到室町时代初期，日本武士和上流社会模仿中国的茶会礼仪，在墙上挂中国水墨画，用天目茶盏沏茶。

建盏的艺术特点包括：建窑烧制的优秀作品稀少，难以复原制作；每一只建盏的纹路釉色，具有不同的独特特点，没有重复；建盏具有自然、脱俗、幽玄、枯高、静谧之美，与茶道的精神内涵相吻合。

如果说敦煌用千百幅鬼斧神工的画作让人想象唐朝盛世，那么"曜变天目"建盏，则是一个宋代的缩影，见证了千年前的中华文明。

《旅游时报》2019 年

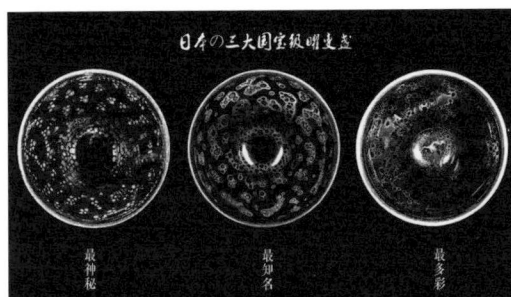

英国红茶见闻录："红茶与咖啡"博物馆

谈起英国人的生活，话题总离不开英国红茶。过去我在日本公司上班，有英国同事每到下午3点，必停下手中工作，悉心享受一杯红茶。忙碌中见他悠闲自在，同僚难免心生罅隙。但是精明的社长却钟情于茶香馥郁，宣布公司雇员可以消遣10分钟的"Teatime"。显然是受到英国同事的影响，喜欢喝红茶的人超过了咖啡爱好者，轻松喝完一杯，办公室里顿觉神清气爽，不见慵困懒散，工作效率陡增一倍。

那年（1991年）我去新加坡开会，会后单独去印度尼西亚巴淡岛(Batam)旅游。船离开新加坡码头，驰向马六甲海峡。马六甲海峡是印度洋和太平洋之间的咽喉要道，每隔6分钟就有一艘大型货轮驶过。巴淡岛像漂浮海上的一叶小舟，岸边一字排开水上人家，映出绿郁郁的热带丛林。

当地导游说，16世纪荷兰东印度公司垄断了以东南亚为中心的整个亚洲的贸易，这一带海上云集阿拉伯、印度、中国、爪哇、暹罗等地的船队，将中国或印度出产的丝绸、茶叶、烟草和香料等货物运往欧洲或非洲。因此巴淡岛和附近的民丹岛，在历史上有过隆盛衰微。荷兰殖民者首次将中国茶叶运往欧洲，是在此地码头装船，浩浩荡荡开往外洋。英国海军占领马六甲海峡之后，出现更多的货运船队来回其间，经海上长途颠簸，抵达英国伦敦港口。

我引颈眺望水天一色的海洋，不禁叹息红茶带给人类的，何止一缕清香和杯中氤氲。

时过境迁，女儿去英国留学，我来往于伦敦和东京之间，并能喝到正宗的"Afternoon tea"。喝茶的心境随之改变，我逐渐了解红茶的起源和它的发展史。

大约在17世纪初叶，东印度公司的英国医生詹姆士·卡宁翰和苏格兰人约翰·里维斯，陆续从中国带回了珍贵的植物画册和标本。

进入19世纪中叶后，中国清朝政府屈从英国列强，签订了一纸辱国丧权的不平等条约，并开放五口通商，忍痛割让香港。英国殖民主义者更变本加厉地掠夺中国茶叶和其他农作物。茶叶作为中国神奇的财富，开始出现了危机。

1839年，一位名叫罗伯特·福琼 (Robert Fortune) 的苏格兰人，受植物收集家 Plant Hunter 的委托，冒着生命危险经过漫长的海上通道，不断在东南亚寻找和发现更多的植物标本。为了在航海过程中保护植物不流失水分，他委托一位外科医生帮忙制造一个玻璃封闭箱。依靠这种科学方法，他从亚洲顺利运回了百合花、珍奇兰花等观赏植物，并出版《中国三年遍历记》(*Three Years' Wanderings in the Northern Provinces of China*)，因此受到举世瞩目。

1848年他再度前往中国寻找茶树标本。这时清朝政府已下令禁止英国独占中国茶叶资源，不准外国人出入内地。罗伯特乔装成中国商人，秘密潜入茶叶产地，将一棵茶树种苗偷偷送至香港，再经过马六甲海峡转运到印度加尔各答港口。那棵种苗从玻璃封闭箱里安全取出，被移植到气候多湿的大吉岭山区。那里的气候很适合茶树生长，因此没有多少年印度就迅速发展为红茶生产大国，产量跃居世界前列。

1994年我辞去公司职务，开始自由读书和写作，我常坐在窗前，像父亲那样爱喝一杯红茶。茶杯必是讲究精工细雕。造型不一样的瓷器茶杯，会产生不同的微妙口味。因此去国外旅游时我最乐于收集各国精致茶具。至今已汇集一百多种有城市徽记的小茶匙，拿在手里搅动红茶，自然融入了异国风情。

今年再次飞到伦敦，约女儿一起寻找一家私人运营的"红茶与咖啡"博物馆。一路上，我滔滔不绝地向女儿说起红茶的典故。

从武夷山乌龙茶进化而来的中国福建红茶，最早是由葡萄牙传教士和荷兰殖民者带入欧洲，王侯贵族偶然发现苦涩的红茶加入砂糖和牛奶后更合口味，开启了宫廷社交场合的饮茶风气。17世纪时，葡萄牙王妃凯瑟琳嫁给英国查尔斯二世，将奢侈的饮茶时尚带入英国，从此作为餐桌礼仪的标志，在上流社会推广开来。到了18世纪初，英国能拥有中国红茶和茶具的人，还仅限于贵族和中产阶级阶层。不久英国工业革命到来使红茶获得普及机会，在工厂拼命干活的劳动者阶层开始饮用红茶。随后英国人对红茶的嗜好越来越强烈，导致茶叶不断涨价，大量白银流向中国。于是英国殖民者多次用印度生产的鸦片烟交换中国红茶，终于遭到中国人民的坚决抵抗。这根导火线引发了 1840 年的鸦片战争。

再回过头来看罗伯特·福琼这个人物。近年来他再度成为世界关注话题，法国有一家杂志披露了罗伯特在中国获取茶叶机密的细节。这个英格兰人给中国的经济近代史造成了不可估量的损失。可是在过去的很长一段时间，中国人几乎不知偷运到印度的一棵武夷山茶树苗，竟然是引来灾难的开始。

日本新潟县县立植物园曾展出过罗伯特使用的那只完整的玻璃封闭箱。罗伯特还出版过《幕末日本探访记》，形容江户时代的日本犹如四季常青的大花园，庶民栽花种草，莺歌燕舞，整个国家就像漂浮在水上花园的浮世绘。英国的皇家植物园有一个威尔士玻璃馆，至今还载有罗伯特从中国带回来的珍奇植物。

明白了红茶历史和这些植物的来龙去脉，我内心似有一种挥之不去的屈辱感。

"红茶与咖啡"博物馆坐落在伦敦的偏僻角落，我们一度怀疑自己走错了地方，几经确认，才敢走进外表很像旧货商店的博物馆。这家私人博物馆比我们想象的要小得多，展品上堆积了灰尘，仍然掩盖不住往日的浮光掠影。所有的陈列物，都能证实那一段源远流长的红茶历史，浮现出更多的东方元素。

引人注目的是一张发黄的海报，中国清朝官员一手倒茶，一手打出英语广告 "START HERE"（红茶从这里开始）。还有一张图刻画了 1773 年美国英属殖民地的红茶商人为抗议英国当局课以重税，将停靠在波士顿的东印度公司货船上的红茶全部倾入大海。这场事件被认为是美国历史上的一个转折点，导致爆发美国独立战争。接下来又发现一幅油画，描述鸦片战争失败之后中国清朝政府被迫割让香港、向西方列强开放五大港口。馆里能看到过去使用的制茶机器和装箱工具，来自俄国、印度、阿拉伯、亚洲的各种茶具和茶杯，显示出不同的饮茶方式和品位。红茶在世界上的消费量远远超出了我的知识，人均消费量最高的是土耳其人，其次才是爱尔兰人和英国人。

我久久坐在开放的座椅上，晶亮的银器盛满了点心和奶茶，我想起创造时尚"下午茶"的安娜夫人，她让人们学会保持英国贵族的礼仪和文明，却永远也想象不到现在大多数英国人正在喝提神的咖啡。经过一个世纪的动荡，红茶在英国城市生活中日渐式微。街头到处是咖啡馆和酒吧，鲜有喝茶人闲坐茶馆翻看报纸。只有去乡间旅游时，才会看到传统家庭在下午茶中使用漂亮的茶具和烫得光滑平整的雪白方巾。

我问女儿，红茶对英语是否产生过影响？女儿有独到见解，她说过去英国人有几种习惯说法，例如"She / He is not my cup of tea"，就是指对方不是自己喜欢的一类。此句型也用来表示不喜欢某类食品或其他东西。另一个例句更有意思，朋友不能及时赶到约会地点，要求对方再等候一会儿。问等多久呢？"不超过一杯红茶上桌的时间。"

女儿总是跟时间赛跑，喝完了一杯就匆忙赶去学校上课。也许是我心放闲处，拨慢了人生的时钟，喜欢像英国乡村里的情绪女人，慢慢享受品茶的幸福时光。

　　在博物馆开设的商品柜台，我选了几盒印度产的阿萨姆茶，准备带回日本好好消受。环顾周围，来自世界各地的红茶爱好者，正络绎不绝地走进来参观和品味各种红茶。漫溢在空气里的，是遥远东方漂流而至的一股醉人的清香味。我脸上不禁浮起了微笑，拎着一口袋红茶向门外走去……

（此文和图片刊载于2008年3月台北人文杂志《逍遥Les Loisirs》城市专栏）

在英国感受莎士比亚的一喜一悲

近年不断去英国旅行，积累了愉快的回忆和体验。其中最让人发自心底喟叹的，恐怕是英国变化多端的鬼天气了。旅行路上孰能预料，一场灾难会从天而降？至今我仍记得，那一幕难以置信的画面怎样出现在眼前。

2007 年夏天，女儿从伦敦艺术大学毕业。我们夫妻俩从日本前往英国，参加学校在西敏寺威斯敏斯特中央大厅举办的隆重毕业典礼。

西敏寺坐落在伦敦泰晤士河北岸，始建于公元 960 年，是英国君主加冕登基、举行婚礼庆典的地点，也是英国历史悠久的王室陵墓所在地。

这里除了有最近下葬的王室成员黛安娜王妃，还有许多历史著名人物的墓碑，包括牛顿、达尔文、狄更斯、丘吉尔等。

女儿和她的同学们身穿深色红袍，一个个走上台去，从校长手里接过毕业证书。他们在绿茵草坪上把帽子抛向空中，高兴得又蹦又跳，学校的教师装扮成罗密欧和朱丽叶，无论戏里戏外，男男女女都进入了高潮。翌日，我们按照计划离开伦敦，跟随当地旅行团去游览英格兰的乡村和城堡。

英国秋冬间日照时间很短，气候阴湿。我第一次来伦敦时，受不住下午4点伦敦沦为一片漆黑。除了在泰晤士河两岸往返，大多数时间是躲在屋里靠暖气驱走阴冷。这一次正值夏季，女儿说不必介意天气变化，英国人习惯每天淋一点雨，受一点刺激。于是我们收起了伞，高高兴兴上了路。

英格兰中部的斯特拉特福（Strat-ford）小镇是莎士比亚诞生的地方，与牛津城、科茨沃尔德（Cotswolds）一起成为出游的首选之地。

车窗掠过了古朴幽静的田园小镇和尖顶教堂，一条河流像银色的玉带，爬过起伏的山坡和牧场，将旖旎的风光延伸到远方。牛羊在坡上悠闲地吃草，明镜般的湖水倒映出蓝天白云，天鹅在水面上荡出一长串的波纹。

小镇街上所有房屋的颜色，恰如中世纪教堂里一本泛黄的圣书，散发出浓郁的宗教色彩和氛围。错落有致的村舍，窗边都装饰着精致的花坛或吊篮。一排排蘑菇状的茅屋，以结实的网绳巩固屋顶，形似日本白川乡的"合掌造"，远看就像是童话世界中的一个幻影。

英国堪称园艺王国，家家户户都有拈花惹草的本领，代代相传的园艺技术，全是为描画这世上的美景。

我们融入这样的美景，不禁真心感谢上天的恩惠，整个上午是阳光灿烂，天空一色碧蓝。中午出现过几朵乌云，下午又任由白驹驰骋青空。

斯特拉特福小镇很像一个世外桃源，来自世界各地的旅人怀着憧憬与敬仰之心，通过陆路和运河涌向了这里。莎士比亚生前创作了大量不朽的喜剧和悲剧，舞台的典型人物和创新剧本，使他蜚声于欧洲文艺复兴时代。他的家庭因此获得英国世袭贵族的称号。

1612年莎士比亚衣锦还乡，四年后在这里与世长辞。关于他的头骨被盗的说法已经流传了数百年。墓碑上没有名字，只刻了一行文字：

请看在上帝的面上／不要动我的坟墓／妄动者将遭到诅咒

正如美国文学评论家布鲁明所指："莎士比亚构成了一切经典的标尺。""没有经典，我们就会停止思考。"莎士比亚文学以博大精深、富于诗意和哲理而著称于世。在故居的花园里，留步的地方或有莎翁灵感乍现走过的脚印，大家纷纷在园中留影。

小镇中间河水缓缓流过，私人游船穿梭往来。人站在桥墩上，竟有身处意大利水城威尼斯的错觉。惊见一对天鹅昂首阔步带领一群灰小鸭，旅客顿时纷纷趋前，连呼"美哉! 美哉!"。

不知不觉过去了大半日。参观莎翁故居之前又逛了牛津城，见到哈利·波特飞过的尖塔和魔法餐厅，整个旅游团的人开心得大叫过瘾，愈加期待第二天会看到更多更有趣的景点。

岂料近黄昏时天空出现了变化，云彩开始迅速地聚集在一起。天色越来越昏暗，我们不知这已属反常，因为英国的夏天是晚上9点才完全落黑。旅馆餐厅的晚餐很丰富，英国的绅士和淑女，是要靠这种贵族的食物，才能撑住高雅的气质。饭后正想出去散步，突然暴雨一气倾泻下来，英国的鬼天气终于露出乖张暴戾的脾气来。

夜间雷声隆隆，不由得想起莎士比亚在世时最后的剧本就是《暴风雨》。原来人世间一喜一悲，也是天地常情。既来之，则安之，我努力合拢眼睛进入梦乡。祸从天降，英格兰中部河流经过一夜的暴雨肆虐，水位急剧上升，形成了咆哮洪水横冲直撞，漫过村庄和桥梁，正在逼近斯特拉特福小镇。

天亮之后看清眼前雨水泛滥，我们的心凉透了，旅馆里的游客出不了门，外面避难的人不断涌进。电视上可以看到河水决堤后涌向民宅，军队派出救护艇护送灾民离开危险地区。直到下午，才有一辆旅游巴士来迎接我们返回伦敦。

可是情形从这一刻开始严峻起来。司机告诉大家，主要道路都被洪水切断，他要设法寻找安全之路来脱围。

我们上了车后，透过玻璃窗看到外面都傻了眼。昨日风光明媚的田园乡村几乎全部淹没，溷浊的泥水从山坡奔泻而下，烟雨苍茫中分不清哪是河流哪是路。司机一次次从急流中倒退，重新掉转方向盘寻找另一条出路。

游客此时都紧闭了嘴，提心吊胆地望着窗外，内心不住地祷告平安无事。渐渐进入了傍晚，天黑之前如果不能突破洪水包围圈进入牛津城，当天夜里就别想返回伦敦。这车上共有四十多人，能在哪里过夜呢？

我不能不想，斯特拉特福小镇的天鹅家族，会不会流失在突如其来的洪水中。

根据事后的消息，这一天有一对男女在附近受淹的伊斯特诺堡（Eastnor Castle）举行婚礼，前来祝福的宾客和新郎想尽一切办法冲进城堡，让出生于中国台湾的新娘戴上了结婚戒指。

另一对异国情侣，燃烧罗密欧和朱丽叶的恋情，在莎士比亚故居前的积水中跳起了癫狂的双人舞。

这些情景简直就像好莱坞电影的情节。

幸亏司机是机智果断、富有经验的英国人，由于他判断准确，我们乘坐的巴士终于在田野中闯出了一条生路，避开汹涌洪水，从上游地区穿越了没有冲垮的桥梁。凌晨3时，我们安全抵达伦敦。而曾经尾随后边的一部旅游巴士，半路上走入歧途，差一点被洪水冲走。

尔后，我们更吃惊地听说，英格兰遇到的洪水是百年未遇的最为严重的一场水灾。我们痛心地收看电视上的现场报道，莎士比亚的斯特拉特福小镇变成了泽国，16条河流泛滥成灾。

这作孽的英国鬼天气，竟是要让我们终生难忘了啊。

（此文刊载于 2007 年 9 月台北人文杂志《逍遥 Les Loisirs》城市专栏）

辑
一

露
珠

沧州名吃"驴肉火烧"

——从"驴福记"到"功夫驴"

　　20 年前，一位京城作家引我去潘家园古玩市场参观。潘家园好大气派，几百个摊头说着不同的地方方言，以老北京的特色吸引了全国各地淘宝的万千游客。这位作家是山西人，就在他家乡人的摊前停步。那摊头上堆着各种真假难辨的唐宋文物和明朝家具，任何年代的古董都可以逼真仿造。在眼花缭乱中作家挑了一幅墨画送给我。画后来挂在东京敝舍，每日画中人朝我拉长着脸苦笑。细看墨画甚是下了功夫，毛驴生动可爱，骑在上面戴草笠者就是南宋诗人陆游。边上一行草书：

　　衣上征尘杂酒痕／远游无处不消魂／此身合是诗人末／细雨骑驴入剑门。

　　壁上画看得久了，略知陆游壮志未酬，在蒙蒙细雨中过蜀道入剑门关时心中忧郁的典故。俗话说"武将骑大马，文人养瘦驴"，陆游报国无门，以驴步代马，在另一首诗里更流露出悲愤："胡未灭／鬓先秋／泪空流／此生谁料／心在天山／身在沧州"，以致积郁成疾。

　　凝视画面，总觉得耳边有断续声随断续风，无形中就把毛驴也给神化了。

　　对日本人来说，驴是相当陌生的动物。日本电视以此作为娱乐节目的谈资，主持人说中国人什么都吃，而且样样都会吃得津津有味。不仅食鼠蛇猫狗，连驴也敢生宰了吃。中国清朝就有"生挫驴肉"的吃法，将驴养肥后灌酒醉之，欲割其肉，先钉四桩，将足肢五花大绑，使身体动弹不得。然后浇滚汤，将毛刮除，再以快刀切割鲜肉。这相当于日本吃刺身时剖鱼生杀，鱼在砧板上乱跳乱滚，壮烈悲绝。何况一头驴是庞然大物，这就吓得胆小的人绝对不敢妄想驴肉之味。

说了半天，我究竟想说什么呢，从来没有吃过驴肉的我，怎么会在河间大快朵颐"驴肉火烧"的呢？

2017年4月17日，我接受邀请去沧州参加了沧州建州1500周年的文化主题活动。临出发前海外赴会作家群里突然冒出了"驴肉火烧"的话题。一位出生于北京的美国文友说，没吃过河间"驴肉火烧"，不能算是美食家。更有人附和说，有张果老为证，"天上龙肉，地下驴肉"。我立刻查张果老是谁，不禁哑然失笑，原来小时候听过这故事，八仙中一位神仙倒骑毛驴云游天下，何以吃了神驴肉？

民间盛传清朝乾隆帝下江南走水旱两路必经河间。一次半路上感到饥渴，就在农家寻找吃食，农家人将剩饼夹上驴肉放在锅里烙烤，乾隆皇帝闻到一股香味，一口气吃下了三块饼，觉得美味无比，于是御笔写下了"蛤蟆吞蜜"四个字。

最近正好有《一桌没有姑娘的饭局，还能叫吃饭吗》一文在朋友圈刷屏。哦，我可以想象，如今百般挑剔的美食家都成了老男人，当他们坐吃驴肉最难将息时，是作兴有姑娘来问一句：

"闻起来真香啊,这是什么肉呢?"

言归正传,第一次踏入河北沧州之地,一行人在东道主安排下参观了诗经村、献王遗迹、单桥、镇海吼的铁狮子等历史遗迹后,便去"驴福记"大饱口福。

河间地处华北平原和京南交通要道,明代以后又将通往南方各地的"御路"拓宽为"十八弓",成为南北通衢大路。因此,南北风味的各种饮食均在这里交集。2012年,驴肉火烧被评为河北省的非物质文化遗产。

那天宴桌上了几个大盘,盛满驴肉切片和青辣椒,以及一种叫作"香焖"的半透明膏状物。又端上来热乎乎的夹饼,形如汉堡包,一切为二,夹入驴肉等配料,便是地地道道的驴肉火烧。一口咬下去,没有膻味,外热里爽,满口醇香。服务员又拿来清汤小米粥,趁热吃下,胃里舒服,众人皆大欢喜,赞不绝口。这时有当地作家说:其实,这样的驴肉火烧只能算七八分好。最正宗的河间驴肉火烧,火烧(夹饼)是长方的,不是圆的,特别薄脆,用刀切开能看到比纸还薄的15层,加上考究的驴肉片和焖子,它才是最完美的。

火烧好不好,一看驴肉,二看火烧。历史上曾传火烧前身是东汉班昭从西域带回的胡饼。《后汉书》载:"灵帝,好胡饼,京师皆食胡饼。"四川人将烙出的火烧叫"锅盔",陕西人叫作"馍",苏北有"黄桥烧饼",各地叫法不同。

自古以来,食物味觉总带有文化性的互相侵略。单说河间,就有很多知名的火烧驴肉老店,如高玛纳、瀛香阁、恩赐、蛤蟆吞蜜等老字号品牌店。这些品牌店的老板，在 30 年前多是集市上的小商贩。"驴福记"老板邵英杰原是从事服装行业的企业主，近年跨行异地做起了"驴老板"。2008 年，张子华之孙张海涛先生接手经营"万贯"驴肉火烧店，以祖祖辈辈传下的技术为基础，独创 19 种特殊制作工艺，重新注册了一个品牌"功夫驴"。"万贯"老店是清宣统三年（1911 年）由逃出紫禁城的皇宫内御厨小德张所创立，而张海涛的爷爷张之华便是当年的徒弟，后来接下万贯老店，延承三代。

据"驴总"张海涛介绍，河间目前流行的做法是将馒头大小的火烧先烙后烤，一出炉便是焦黄的酥皮，整个饼看起来圆鼓鼓的，很有张力。驴肉好吃的秘诀是专挑老驴肉，用秘制老汤烹调。

但这驴肉，因供不应求市场上十分紧缺。河间地区最近几年基本没有活驴，要从内蒙古和辽宁交易市场买进活驴，在河间完成屠宰，每日杀六七百头活驴。驴肉本身的营养价值很高，是一种高蛋白、低脂肪、低胆固醇肉类，能为人们提供健康的营养补充。由于中国人爱吃进补品东阿阿胶，现在的驴老板们已经开始满世界寻找驴源，从国外进口驴肉是今后的主流趋势。

听闻驴肉来源如此紧张，我们一行人在最后告别沧州南下徐州之前，又走进当地的一家小店。店名"陈师傅羊肠汤"，早晨专卖羊肠杂烩和驴肉火烧。羊肠汤也是沧州地方名吃之一。不过喝过大半碗汤汁，看到碗底沉淀的羊肠羊胎盘等杂烩，我的胃口就收缩回去了，毕竟不太习惯这样的小吃。高玛纳的驴肉火烧价廉味美，但是最终因为没吃到"功夫驴"的正宗火烧，就此留下了遗憾，成为下次再来沧州的念想。

过去多少年来，河间驴肉火烧不辱使命地为 1500 年悠悠历史的沧州文化代言，并受到越来越多的人的喜爱。但愿日本和世界各地的美食街上，有朝一日也会出现"河间驴肉火烧"的招牌店，像土耳其的流动餐车一样受到游客欢迎。

（此文刊登于 2017 年 5 月 28 日《解放日报》"朝花时文"专刊）

冬季的东北铁锅炖与辣白菜

与一群女友在桌边椅坐下，一边笑谈风生一边等着上菜。招牌上写着"蒸笼味坊"，店堂不大，坐落在代代木车站大楼，很容易寻找。隔着开放式厨房的三面玻璃，能看见大大小小的蒸笼喷着热气，员工们正往劈成半截的竹筒里放入新鲜食材，猛火蒸熟蒸透，以保证大部分营养不会流失。菜单名跟国内餐馆一样，毫无违和感，菜式倒是有点精致讲究，在"汁多味美"上见功夫。

首先上来一盘羊肉切片，它是东北人的心头好，夹一筷子入嘴，不油腻，咬劲刚刚好。接着是炒肝拌葱丝、蒜拍黄瓜、豆腐拌皮蛋被送上桌，口味清爽，脆感十足，顿时忘却窗外夏日灼灼。

这仅仅是开始，尝过几只东北饺子，主菜开始轮流上场，美名其曰：墨鱼蒸豆豉、清蒸活鲜虾、清蒸石斑鱼。这三道菜在国内算是南方菜，一到日本换了环境就不分泾渭，南北通用了。平时吃刺身鱼的日本人也喜欢这咸淡适口、鲜美无比的清蒸海鲜。七人瓜分一条石斑鱼，可见鱼的分量足，差不多有两斤重。一位姐妹"筷子功"堪称一绝，专从鱼头鱼眼下手，很快就剔得干干净净。我家宁波姆妈在世时也最爱吃鱼头肉，连眼珠子都要咽下去的，说是富有营养。她活到94岁，食鱼是延年益寿的诀窍之一。

再上来的一道简直是燃烧的火海，辣椒爆鸡丁漂着难以抗拒的火烧味。明明像是南橘北枳，却逼人狼吞虎咽，顺带产生了收入私囊的冲动，一盆辣椒带回家好做下厨的配料。这种心境，也只有我们这些在异国他乡客居的人才会具有。海外华人侨胞因为疫情三年不能回国探亲访友，就冲着正宗家乡味到处寻找中华美食。

食欲是诚实的，它作用于大脑皮质的多巴胺要大于人的味蕾反应。

然后，狮子头炖汤来了，这道菜肴更不像东北菜了，用一个大搪瓷杯盛着，能联想起长春汽车制造厂工人在过去年代的食堂里排长队买"汤泡饭"。

无论如何，这是叫人喜爱的一家东北料理店。老板原来是出生于东北的画家，来日本后改行做餐饮业，如今事业很成功，手下开了十几家东北料理连锁店。用上海话来说有格局有腔调。他亲自上山砍竹子劈成各式各样的蒸具，现在以蒸笼料理作为招牌的，日本仅此一家，完全是靠吃客树立的口碑立于餐饮业不败之地。

自此，我第一次知道东北料理在日本已经分出了很多体系。一位东北姐妹邀大家下次去埼玉县川口吃东北铁锅炖，久闻其名，却不曾体验过。想起很久以前我经过一家料理店，被墙上张贴的漫画吸引，一群饥饿儿童围着铁锅炖，等厨师用长勺捞

辑
一
——
露
珠

出热气腾腾的汤食。有一股香味飘出了画面，但儿童乞讨的眼神却刺痛了我。今年夏天，我在世田谷文学馆阅读赤塚不二夫出版的《少年们的回忆》，才知他不仅是那幅漫画的著名作者，也是画中人物之一。赤塚不二夫出生在中国，从小饱尝侵华战争带来的灾难和饥饿，他用画漫画的笔，表达对侵华战争的抗议和反感。那幅铁锅炖画面，就是记录他童年饥寒交迫渴望分到救命之羹的原始风景。后来长大的赤塚不二夫成为日本一位旗帜鲜明的反战漫画家。

果不其然，东北菜系中最具有氛围感的就是铁锅炖了。位于川口的这家东北料理店最适合在寒冷季节呼朋唤友进行忘年会大餐。这地点类似纽约的法拉盛，街上听见的都是华语，大大小小的中国餐馆就有近50家。东北料理店的装饰风格是过去东北人爱穿的红绿大花棉袄与被面，女服务员佩戴红肚兜和三角巾，墙上张挂与黑土地有关的风俗画卷轴，浓厚的农家乐喜庆气氛扑面而来。更令人心动的是那地地道道的东北乡土料理，往圆桌中间安放一口大锅，让食客全都睁大眼，看铁锅炖究竟是啥东东，就这香味四溢，也能把人给馋倒。

开锅的时候十几只黄澄澄的玉米饼涨足了身，把它从锅沿边撕下送到嘴边，盛上一碗炖熟的豆角和排骨肉，那种味觉非同寻常，竟有着过大年的豪放与感动。不管荤素什么都可以往锅里搁，大家一味吃喝没有人说不香的。最让人乐开怀的不仅是赴汤蹈火的味觉，还有聚合一桌人话题的暖心温度，那是一种红红火火不断上升的热腾气，有点像东京高圆寺夏日祭的万人阿波舞，紧锣密鼓触动每一根神经，叫人欲罢不能。

等到一锅子汤快要见底，差不多酒足饭饱的我却对一盘佐餐辣白菜不住地点头称赞。它牵动了我心中的一份依恋，年轻时在吉林延边农村插队落户两年，唯一记住的美食就是延边大米饭和辣白菜。辣白菜是朝鲜族农村世代相传的一种腌菜，秋冬之际家家户户忙着将收获的大白菜腌制成辣白菜。腌菜最初的意义不是腌菜，而是贮藏。由微生物作用促成乳酸菌发酵，产生独特风味，我至今还记得，寒风中冻得发红的一双手举起一块石头压在腌菜缸上。

辣白菜的一口酸辣脆甜，引得我热泪盈眶，说不清楚是什么感觉，有些东西在内心贮藏了几十年，是拔都拔不掉，毕生难忘的了。

辑二　命运

幸存者心底的荆棘

3月29日凌晨，东京突然下了一场鹅毛大雪。

冬天拖了这么久，竟然还没有离开。从宅居的窗户往外望去，盛开的樱花树在簌簌颤抖中散落了一地粉殇。纷纷扬扬的雪花仿佛在演绎生命数字的变化。新冠危机中的感染者正在一个个地倒下，注定要以这样一种雨雪滂沱的镜像来震撼整个世界。

它唤起了我对2011年日本大地震的记忆。那时我和家人被"疏开"到大阪避难，在匆匆告别东京时看了一眼目黑川上的樱花，不由得心中一阵酸楚。樱花在余震中仍在摇晃，显然是一种"物哀"现象。谁承想，今春的新冠病毒竟突如其来地遍及全球180多个国家和地区，包括日本也卷入其中。2020年的樱花季，以前所未有的国民"自律"，迎来了无人观赏著名樱花景区的局面。在上野公园，在新宿御苑，在代代木公园等地，游人被一块"禁止通行"的告示板挡住。我步入寂静的目黑川樱花道，情不自禁地写下这一首诗：

> 季语是现成的
>
> 从春芽的形态里抽出
>
> 哪怕倒流的冰雪一再覆盖
>
> 只剩下最后一个单词

我也要把它写成短短的俳句

用忧伤的声音

念诵给每一朵美丽的樱花

一直想把疫情以来的日本生活轨迹用笔记记录下来，然而在键盘上手指沉重得抬不起来。每天都会受到新闻的打击，世界处于动荡不止。作为在日本定居 30 多年的华人，慢慢理解并适应疫情直击海外生活的同时，情绪也渐渐被焦虑不安一点点地吞噬了。

就说 29 日那天深夜，突然传出日本著名笑星志村健因新冠肺炎而殒命的消息。第二天日本开始弥漫一种焦虑，电视屏幕上风高浪急，官方立场的 NHK 和民间 TBS 等频道都在谈论黑云压城的新冠危机。

志村健是因为在银座夜总会接触一位从西班牙旅游回来的人，而不幸感染。在钻石公主号事件之后，海外输入病例已经成为日本国内的感染源。由于担心大批外国人来日避难或过境引发输入病例，挤兑首都圈紧张的医疗资源，日本开始禁止欧美、中国、韩国等外国人入境。日本机场在 3 月 26 日曾捡漏了 92 名来自美国芝加哥的入境旅客和乘务员，虽然联络过这些旅客，请他们自觉隔离 14 天，但一些人还是擅自使用公共交通工具回家。舆论一时哗然，并知晓了一个更坏的消息，日本将进入感染数据大爆发和医疗系统崩溃的临界。

有着"巾帼不让须眉"之誉的东京都知事小池百合子被迫出来警告：东京已是"爆发寸前"。安倍首相在声明中使用"国难"二字，呼吁国民团结一致，并指示政府迅速制定"应对方针"。

东京超市出现了排队购物的人群，大米和肉类鱼类食品在货架上被一扫而光。我不得不打电话给住在市中心的女儿，她和丈夫刚从伦敦搬来东京，上班没几天就接受了宅家办公的模式。尴尬的是我们都缺少口罩，整整一个月没见过医药商店有口罩出售。我们母女之间的距离从远隔两大洲的英国调整到东京，但进入 3 月后，只能用视频电话保持联系。同样，我婆婆今年 95 岁，住在东京的养老院里，院方一概拒绝家属前去探望。

NHK 播出了特别节目，记者报道纽约疫情，已经无比揪心。三周前纽约出现 400 多名感染者，至 3 月底飙升到 4 万人以上。而东京无论是城市管理还是对照人口密度，其潜伏危机都会高于纽约。东京医院仅有 500 张隔离床位，即使到 4 月底扩张到 4000 张床的规模，也远远跟不上新冠病毒暴发速度。一旦发生大暴发，东京就会像纽约一样陷入医疗系统崩溃。

那么，如何防止オーバージュート（指感染人数爆发），使处于严酷局面的医疗急救系统免于崩溃呢? 日本病毒学家押谷仁教授说，那就是避开"密闭、密集、密接"的高危场所。NHK 与传染病协会合作播放了实验视频，通过高敏感度的精密相机，不仅能看见打喷嚏、咳嗽或大声说话时的飞沫，还能分辨肉眼难以见到的微小飞沫。那些直径小于 10 微米的飞沫在空气中悬浮、扩散，成为传染媒介。因此人们在"三密"的空间中大声交谈或咳嗽时，容易产生许多微小飞沫，成为传播病毒的渠道。

NHK 的特别节目果然收到了预期的效果。人们开始自主检查预防措施，随时准备接受"东京封锁"。然而很难理解，安倍政府在 31 日出来"辟谣"，称东京仅有可能进入"紧急事态"，而不会考虑下达"封城"令。同时，安倍政府决定将 2020 年的东京奥运会延至明年夏季举行。奥运会的一次停摆成为日本社会的剧痛，由于推迟奥运会日期，日本必须承担 6408 亿日元的经济损失（引用关西大学名誉教授宫本胜浩推算数据）。国外则猜测安倍政府在筹备奥运会过程中有"瞒报"日本感染率数字的可能，核酸 PCR 的低筛检率使日本的佛系防疫更加匪夷所思。

我承认我有了抵触情绪。曾听闻两位朋友发烧数天咳嗽不止，保健所接到求助电话后竟劝其住家观察，并未安排进一步检测。渐渐这样的话题越来越多，尤其说到医疗 ICU 的人工呼吸机若按人口比例，是连万分之十都不到，还不及意大利的半数。心里不免惶惶，万一自己和家人感染，很可能得不到及时检查和治疗。

进入 4 月后，日本的疫情继续蔓延。安倍首相终于宣布实施"紧急事态"，他担心两周后东京感染人数会超过一万人。

NHK 的一位制作人跟我分析安倍首相为何优柔寡断。由于众议院未授予安倍一种不受宪法制约的权力，因此以首相名义"封城"谈何容易。

我联系东京大学附属医院的医生，问怎样看待日本不实行大规模检测的问题。他意味深长地说，请看死亡结果如何。是的、感染者数据模式可能不准确，但死于冠状肺炎的患者人数是具有法律责任的。我对照了欧美以及亚洲各国发布的死亡数字，全世界已有近 10 万人死于这场蔓延之灾，日本数字最低，却不等于今后不会发生变化。

押谷仁教授说过一段令人感动的话：致死率不是数字，对于病死的人来说，你即便告诉他这个致死率只有 0.1%，也是毫无意义的。我们必须直面许许多多人离世这一事实。如何减少死亡人数，如何挽救生命，是我们现在必须去做的事情。

我和朋友们在手机上互相说"一定要宅家自保"，2020 年的目标是"要活下去"。好在此时传来了武汉解"封"的好消息，令人感到一阵欣慰、一线希望。

4 月 11 日，NHK 再次聚焦新冠疫情，播出了新节目。日本防疫前线权威人士东北大学的押谷仁教授语重心长地说："日本如果持续出现第二波第三波，其社会、经济和民生都会出现破绽。年轻人向往就职的企业将发生倒闭，中老年人将长期失去安定居所。人民进一步跨入暗黑时代。为避免这样不堪的后果，我们现在不得不需要做什么，究竟怎样做才能一边维持社会经济生活一边全面控制住感染之潮？"

日本政府和医学界强调的是日本特立独行的防疫模式，但是冠毒感染究竟什么时候能终止，又有谁能准确地回答。

我出门健身小跑了一圈，在夜幕渐临之际发觉车站附近的街上依然有私人餐馆、咖啡馆和小卖店在开门营业。虽然电车出行人数已经减少一半以上，但与西村教授说的减少 80% 密集接触的数据目标还有一段不小的距离。这就意味着，疫情收尾会徒劳往返。

在这样忧心的日子里，幸亏我们有一部手机、一台电脑、一个可供阅读写字的书房。最近我为日本华人女作家编辑了"樱花·疫情"文学专辑，我在前言里写道：

世界已然不再一样，它令人陌生，也让人惊悚。严峻的情势之下，所有在场的人都是"幸存者"，所有经受过或将要经受的疼痛和恐惧，都会变成直戳幸存者心底的荆棘。

（此文载于香港《明报月刊》2020 年 4 月期，原名《逼近疫情大爆发，日本开启危机模式》）

转向窗外的视线

我家客厅有一个视野开阔的转角窗户，除了东南和正南朝向，还有西面的落地窗可以远眺富士山雄姿。日出日落，一年365天的日子就在行云流水、星转斗移中不断变换四季的颜色。

转眼间，上半年翻过了日历。世上存在不能流泪的悲哀。21世纪的这条沧桑之河何去何从？人类的奋进与愚蒙无策、生命的苟且与痛彻人心、正义与非正义之间的冲突较量，正在盘根错节、水深火热地向我们铺陈开来。随着第二波、第三波疫情暴发的预期，我们在下半年中仍然会深度参与人世的冷暖与悲欢。

窗台上压着螺蛳壳形状的一块玛瑙石，像极了疫情下的生活状态。原本喜欢周游世界各地，频繁去美食店和博物展览馆捕捉新鲜感觉的我，完全囿于蜗居空间。每天柴米油盐、一日三餐翻着新花样。三双运动鞋伴我走过了周边所有能遍及的步道。时尚衣物挂在衣橱里至今没有拿出来穿戴过。想埋头阅读堆积的藏书，然而视觉、嗅觉、触觉甚至听觉无时不在说严重缺失了什么。苹果手机有一种功能很刺激神经，会自动提示去年同期在哪里拍摄过什么。难免令我凝视良久，发出一声叹息。自然，总想着如何从螺蛳壳里爬出来，自由自在地呼吸外面世界的空气。

但变化迟早还是会发生，因为不想过这样的坏日子。无独有偶，我触及了"間"字包含的所有字义。

"間"是門、日组成的多音汉字。日语字义指两者或物与物之间，间隔、间隙、间接、人间、世间、时机等。在戏剧表演和音乐演奏的过程中，动作音节的抑扬顿挫，正是灵活运用"间隔"所产生的节拍韵律。

"间"，亦作建筑物分隔数量词——四帖半帖和十帖的两"间"。四帖半称为"狭间"，十帖的客厅称为"广间"。

我惊讶于它的字源是来自中国古代的"閒"字。有《说文解字》注：开门月入，门有缝而月光可入。《礼记·乐记》有曰：一动一静者，天地之閒也。

可见，这汉字从广义或狭义上能引申出宽窄之分。这是多么具有哲学含义的字眼啊。

把门关起来，你就幽闭在房间里面，把门打开，你能见到日月光下的一切。

一个人面对外面的世界时，需要的正是这样的门或窗子。

北野武说过，把握"间"的方式方法可以改变你的世界。"间"能给人带来运气和时机，有好亦有坏，就看你如何与这个"间"达成默契。

顿时大彻大悟，知道自己该怎样去改变蜗居生活了。

压抑不住地想来一次说走就走、玩转四国冲绳的旅游计划，冲动地想预约一帮朋友去美食街大快朵颐，看来皆属于"不要不急""間を置く"，以后再说。手机塞满了铺天盖地的消息，要有勇气拒绝"投喂时代"的垃圾信息。故镇定地删除掉很多微信群、公众号，养成处事优先顺位的习惯。

晨起有两小时的阅读时间，增加了户外健身运动的时间，并为自己增加一门插花学艺的课程。

我每日站在窗边，先看窗外天气如何，决定要不要出门走路。对于爱好俳句的我来说，从来没有如此充裕的时间在行路中观察植物与节气变化，给季语做出详细的注释。六月与七月，草木葱葱茏茏密密层层地爬满了河堤和路边篱笆。一低眉，一抬头，你就能看见泥土里生长的一抹嫩绿，以及挺拔于青空的苍天大树。真该感谢自然生命体给予了惊叹和感念，让身心疲惫的人静了下来，在草木物候的治愈空间慢慢恢复元气。

在这样的国土上居住的人，自然而然会执着于花鸟风月的唯美耽美，从家家户户的庭院细节里可以看到无数的例子。日本人的插花艺术，很多年前就形成了各种花道流派。其充满艺术素养的加减分割手法，不乏探索美学之真的精微汇聚。

我走在通往寺院插花教室的路上，总感到生死界里会发生点什么。插花所用的植物，都有向死而生的勇气。被修剪后插入方寸间的剑山，在溆溇潋滟中现出摄人心魄的神奇。

草木各有气场。生趣盎然的插花艺术，与表达文学情绪的和歌、俳句颇有相契之妙，那是一个相互凝视的空间。我在这一时期写下了许多诗歌俳句，多与草木生花有关。我的插花作品受到了喜爱者的赞赏。在知遇者面前，我嘴角上扬，眼中闪

出几许女性的温柔。

尽显侘寂之美的艺术插花在我家客厅里孤光自照，让我意识到精神内涵与审美，同样适用于阅读空间。尽管旅游受到限制，我有意识地选读历史地理教本，以便能重温过去旅游路上的见识和历史遗迹。这就等于是通过想象力的扩展又去旧地重游一次。过去的历史学家是"究天人之际，通古今之变，成一家之言"，今天的通史版本大量融合了考古学界最有价值的发现和研究成果。中国央视拍摄成大型视频，用深入浅出、见微知著的方式来展示历史的纵深全貌。

看过千年的跌宕起伏，面对纷繁的世相，必是内心豁达大度，游刃有余。人生中虽然蕴藏了许多无常和无奈，然明历史之鉴，深入自然本质的朴素之美，才不会动摇世界观和思想哲学的根基。

总而言之，转向窗外的视线是对大自然释放善意和友好，是去遇见有趣的灵魂，去碰撞一些很强的东西，来了解自己的"内核"发生了什么变化。

（此文发表于《香港作家》2020 年 8 月　作家出版社《2020-2022 海外华文文学精品集》）

怪异来客：一只背离游戏规则的乌鸦

夏日草木葳蕤，城市在晨曦升起后一片寂静。

漫步闲庭，一阵晨风轻轻拂过脸庞。蔚蓝的天空万里无云，在这样空廓的背景上，大自然显得颇有活力，枝干上传来了不知疲倦的蝉鸣。我两眼习惯性地扫过树荫，依然不见那歪着脑袋一副娇憨姿态的阿鸦的身影。试着呼唤了几声，还是没有动静。计算日子，我和这只黑鸦差不多相处了四个月，每每想起最后看见的情形，胸中就感到一阵难过。那天它是一瘸一拐地走到我面前，悲哀的眼珠里似有泪水闪出。它受到了袭击，右腿和翅膀血迹斑斑。束手无策的我打过几次电话，始终找不到一家愿意接受的动物医院。其于一周前突然失踪，十之八九是死于非命了。

疫情生活中的这个插曲，也引起了其他居民的长吁短叹。昨日有人在草坪上插木牌为它立冢，很快地，聚集了一些鲜花。

乌鸦在日本属于受保护的野生动物，没有市府命令不能任意驱逐。但近几年不知什么原因，成千上万的栖息于明治神宫、国立科学博物馆附属自然教育园和丰岛冈墓地的乌鸦突然间蒸发，不知去向。上个月偶见电视节目报道，记者在追踪调查中发现，乌鸦的生态环境产生异变，成群结队地迁往东京邻接的埼玉县。这是 2022 年的一大奇观。随着人类疫情生活的反复无常，自然界的动物也面临残酷的现实。下面的例子，更诉诸了生态环境的某些变化。

住在京都的杉山小姐最近去了奈良，她反馈回几张照片，平时以观光游客撒食为生的鹿群，似乎又恢复了在草地觅食的本能。这个饮食结构的改变应该叫作"返璞归真"。乌鸦同样是群居性的鸟类，以前主要栖息于山林之中，寻觅野外食物为生。20 世纪日本经济飞黄腾达，涩谷和新宿等繁华街上堆满了大量用塑料袋装填的生活垃圾，早晨成群飞来的乌鸦用尖硬的嘴喙啄破塑料袋，将垃圾翻弄得狼藉一地。有了容易到手的生鲜食物，乌鸦便在都市里繁衍生存。一有什么动静，就呱噪个不停，黑压压地扫过城市上空。东京的乌鸦以数量多、脸皮厚、作风凶悍狡猾而闻名于世。来日留学的外国人常被警告不要轻易与乌鸦目光对接，否则它会追上来狠狠啄你几口。

这是一道令人哭笑不得的风景线，但是日本的管理部门却想方设法绕过"野生动物保护法"，加强了城市生活垃圾的分类管理，并为垃圾收集站配备结实的"尼龙网"，以防乌鸦强食巧夺。最明显的变化还是因为东京都发布了《紧急事态宣言》，限制饮食街营业的时间，因此生鲜食物垃圾在吨位数上立即减少了四成以上。日本动物专家的研究表明，长期摄食高蛋白和脂肪食物有助于乌鸦提升智商，它的大脑回路几乎跟石器时代的灵长类相同，具有随机应变的能力。东京大学名誉教授樋口广芳指出，通过减少乌鸦入口食物可以逼迫其转移栖息地，他

辑二——命运

认为有一部分乌鸦已经迁移到埼玉、神奈川或千叶等地区。

颠覆我认知的，是一只奇葩的怪异来客阿鸦。当然，它本来没有名字，当它横冲直撞地飞来这里，原以为是鸟类的寻常风景。未曾料，这只乌鸦是以独特的寄生方式居住下来，才有了"阿鸦"这个亲近的外号。

每天在小区庭院溜达的阿鸦，从未发出过嘶哑难听的声音，也不曾发现它在人行道上排泄一坨坨白屎。有小孩蹦蹦跳跳地走过，阿鸦会先行避开。它似乎在制造一个好印象，想亲近人类，改变人对乌鸦根深蒂固的成见。久而久之，在深谙孤独之感的人与鸟类之间，自然而然就出现了惺惺相惜的场面。

阿鸦具有乞求食物的本能。我第一次走近它，看到它掀开翅膀在地上作奄奄一息状，就吓得赶紧回家抓一包食物解救扔它。后来明白这是它耍小聪明的阴谋，只要锁定几个慈眉善目的人，便可衣食无忧。我每天朝空中喊一声"阿鸦"，它就会现身，一步一跳地到我面前行礼。豆粒般的小眼睛很机灵，也很柔和。常常在对视的几分钟里，感觉彼此有一种善意。它令我想起早已去世的宠物狗"露"，有极通人性的相似之处。

为避人耳目，我偷偷摸摸地给阿鸦投食，让阿鸦在拐角的背阴处摄取食物。由此喂食了不到一个月，阿鸦的羽毛就变得油光晶亮，两眼炯炯有神，走到哪里都很讨人喜爱。当然，主动喂食阿鸦的还有其他人，阿鸦照收不误，会把多余的食物隐藏起来。

六七月恰逢住宅区进入大修，施工车辆进进出出，金属器材的搬运加上建筑物围起脚手架等，每天噪声不绝，有时还发出很大的轰响。阿鸦一点都不惧怕，它知道哪一个空间是安全地带，白天照样优哉游哉，踱着方步走来走去。引得施工人员说这是一只灵鸟，说不定是能带来好运的"八咫乌"。小区内的八栋高楼同时进行室外施工，在高温天气下脚手架上从未出过一桩事故，不能不说是暗中得到了神灵的保佑。

在日本神话里传说"八咫乌"是天照大神派遣的使者，曾经解救过困在熊野山里的神武东征军。在八咫乌的一路指引下，神武天皇前往橿原建立了大和朝廷。至今熊野本宫大社还高挂着"三足乌"的神纹。由于它象征着忠实、诚实、大无畏的精神，日本足球协会的会徽采用了"三足乌"形象。这些传说揭示了日本传统文化如何被乌鸦影响并定义，同时也让人想起在另一个半球的英国，乌鸦被当作关乎国运的"神鸟"。栖息在伦敦塔的乌鸦终年得到无微不至的照顾，最年长的一只异乎寻常存活了40年。英国文化中的乌鸦是一种在困境中顽强活着的精神的比喻。另外，早在中国宋代之前至上古时期，乌鸦就寓意着吉祥，甚至是与祭祀有关的神鸟。《山海经》描述三足的踆乌，是一只会飞翔的太阳神鸟。金沙遗址的出土文物青铜有领璧形器，雕刻了太阳神话传说中的三足鸟。

当人们了解到这些文化背景，是否会有认知被刷新一遍的感觉。想想看，大多数人都厌恶有食腐习性、胆大妄为、带来厄运的乌鸦，很少有人像研究学者那样，冷静观察乌鸦的喜怒哀乐和遗传因子。事实上任何动物都可以与人和谐相处，只要让它产生足够的信任和安全感，它就会展现不为你所知的另一面。

春夏之交，正值鸟类求偶和繁殖生育期。不知不觉，随着人类生育率的下降，自然界动物和鸟类的繁殖数量已经大为减少。有一天阿鸦带来了一个伙伴，但很快发觉那只乌鸦不够意思，一次次地冒充阿鸦，饱食一顿拍拍翅膀就走，毫无感恩之心。人凭肉眼很难分辨雌雄，就凭这微妙的差别，我们决定不再给外来者投喂食物。只对形影孤单的阿鸦加以怜悯和关注，这样反而忽略了阿鸦不求偶不交友的怪异一面。

日本学者运用犯罪搜查的声纹侦查手段对乌鸦发出的各种声音进行分析，编纂成 40 种可模仿的语音。当我在电脑上听到这些语音的声线翻译后，才恍然大悟。阿鸦为何像哑巴一样缄言不语？原来是阿鸦放下了自卫能力。它满足于获得食物和安全的保障，加上小区花园里没有其他鸟兽会来抢夺地盘，自然而然，它为自己长出了一层壳，宁可远离弱肉强食的集团生活，放弃交配和繁殖。

这看起来就像是一场离经叛道，背离了鸟兽丛林生活的游戏规则。

2022 年，是地球上罕见的人与动物为生存而度过的一个持续的艰难时期。阿鸦与我们别离是命中注定的、不可抗拒的。它在小区里度过一段自娱自乐的日子，最终却葬送了自己。小区不曾出现过野猫野狗，外来的天敌很可能就是它的同类。对于一味孤独而不合群的异类，丛林里的乌鸦必会攻击之，甚至把它吃掉。我这样推测也算八九不离十，不会再有其他的解释了。

令人难忍的是，一次次从阿鸦眼里收获信赖和依恋之情，早已像一股清泉流过了我们早已焦躁得只剩杂草丛生的荒芜之地。一旦失去，又重新缭乱了人与动物之间和谐的风景线，需要付出更多的努力和等待。

哀哉，阿鸦！

（此文载于《香港文学》杂志 2022 年 10 月期）

安倍遇刺，警钟为谁而鸣？

　　日前日本著名评论家、参议院议员有田芳生在朝日电视台综合节目上发表言论，一度使现场的空气颇为凝结。这位曾经令奥姆真理教成员胆战心惊的专业记者，经历过脱离日本共产党加入立宪民主党派、长期担任电视新闻首席评论员、两度当选参议院议员，如今被问起为何日本没有铲除统一教会这样的邪教组织，他暴言固然是有"政治的力量"干扰，使之有所庇荫。此言一出，举座皆惊。我对十多年前有田芳生和媒体一起猛烈批判统一教会的灵感商法还记忆犹新。"愛の爆弾（love-bombing）"是统一教会惯用的劝诱手段。一场盛大的集体婚礼，为许多素不相识的人搭起鸳鸯桥，背后有多少被洗脑的信徒，像山上徹也的母亲那样源源不断捐出私人财产，导致家破人亡，种下仇恨的恶果。

　　2022 年 7 月 8 日，日本前首相安倍晋三在奈良市街头为参议院竞选进行演说，突然遭遇枪击身亡，震惊世界。最近我在推特上发现自由记者米本和广公开了凶手山上徹也的信件。米本是 13 日打开私人信箱才发现这封来信。因他持有批判统一教会的立场，虽未与山上徹也谋面，却得到了对方倾诉动机的信任。山上追踪安倍到冈山，暗杀计划未能得逞，又奔向下一个安倍助选演说会场奈良，因此在冈山寄出了这封长信，大致说明为何要对安倍晋三前首相行刺。虽然这不是警方调查的正式结论，却不能不浮出事件的始末和统一教会的邪教形象。

山上彻也对统一教会积怨已久，认为"母亲入教后浪费逾亿金钱财产，导致家庭崩溃和破产……自己在童年时代的这一经历无疑扭曲了一生"。他曾痛苦地思考过，"安倍本来不是仇敌，只不过是现实世界中具有影响力的统一教会的赞同者之一而已""安倍之死会获得怎样的政治意义和后果，我已无暇思考"。由于无法遇到对统一教会文鲜明一族进行报复的机会，山上决心将仇恨的子弹射向安倍前首相。

显然，这封信会导致一部分社会舆论倾向"安倍躺枪"的说法。但不管怎样，山上彻也的行为是犯罪行为，必将受到严厉的刑事惩罚。而安倍殒命于一场报复性的暗杀，也向所有党派的政治家敲响了警钟。日本媒体如果能接受有田芳生的调查报告，刨根问底追查统一教会的黑幕，或许能扳倒不清不白的冰山一角。

统一教会，原名"世界基督教统一神灵协会"，现名"世界和平与统一家庭联合会"。文鲜明在《原理解释》（1956年出版）《原理讲论》（1966年出版）等书中，说明统一教会的教义是从《圣经》《周易》、佛教经典、弗洛伊德的精神分析学以及韩国民间信仰中的概念或术语里各取所需拼凑合成的。韩国主流基督教会判定这个教义是异端邪说。中国和一些国家也明令禁止了这个邪教组织。根据1992年资料调查，统一教会在138个国家和地区建立支部，自称信徒达400多万。其中在韩国本土有22个教区和231个教堂，同时混入美国宗教的主流，成为一个世界性的邪教组织。

我在文章开头提到过统一教会的集体婚礼，这里需要文字补充：3万对男女的婚配对象，是由统一教会教主文鲜明随意指定。其中约有70%的婚配是韩国人与日本人，20%是韩国人与西方信徒。文教主主办这一盛大的集体婚礼是为了产生"纯洁的家庭"，生育"无原罪"的子女，成为统一教会真正的"家人"。

确实，看到超大型婚礼的新闻图片，除了惊讶之外丝毫没有共鸣感。很好奇这些信徒为何失去正常意识，匆匆与陌生人结婚。当然，婚礼的背后是借由促进世界"和平"的名义，传播统一教会教义，对信徒进行更多的洗脑和敛财。

接下来我想说的是，宗教组织为何能改变日本人的价值观。

日本的主要宗教是神道与日本佛教，代表西方文明的基督教信者为数不多。各地都能看见神社、寺院和基督教堂。略做一番调查的话，就会感到日本的新兴宗教林林总总、花样繁多，宗门流派数不胜数，教义更是五花八门。有将基督教和佛教合二而一的，冠名"美丽教"；有代表"幸福的科学"的，教主滔滔不绝说些奇怪的理论。还有佛教系教团敛财有术，在各地建造金碧辉煌的圣殿，让人见识了灵感商法在日本通行无阻，绝非统一教会一家独占。

在这个自由国度生活得久了，会发觉很多日本人心理上并没有坚定的宗教信仰，在宗教名义下反而容易被人洗脑。一些宗教团体的秘宗有着种种非伦理、反社会反人类的主张，并被推崇为悟性之道。例如奥姆真理教被定义为邪教，它就是一个佛教和瑜伽结合的新兴宗教教团。1995 年 3 月 20 日，奥姆真理教成员在东京地铁发动沙林毒气恐怖袭击，导致 13 人死亡、660 人受伤。真正可怕之处是在奥姆真理教总部发现制造大量沙林毒气的基地，俨然一座化学工厂。教主麻原彰晃被执行死刑后该教团分裂成两派，使用的仍是原教主的教材。日本警察不得不派人严密监视它的活动。

我之所以提及日本人的价值观，是因为参与不同的宗教活动也能折射出日本人认定事物、辨定是非的一种思维或价值取向。

一般来说，要理解日本人的价值观，就有必要去理解这个国家的宗教。然而日本的宗教却很难理解。现今的日本已把佛教、神道乃至基督教混为一谈。很多人参拜神社举行婚礼是按照神道的仪式，葬礼是按照佛教的方式，然后到了生日和圣诞节这天又按照基督教习俗来庆贺。由此可见，日本人对宗教不是汲取思想或学习它的传统理论，而是以风俗和习惯为先，甚至是处于一种无常和危机意识。

在多灾多难的岛国，宗教能带来一种寄托和安全感，帮助摆脱无力的感觉。人和物的灵魂在死后会升天成佛，这是日本人从神道崇拜中一直延续下来的宗教观念。一个人面对无常的世界，力量是渺小的。大多数人愿意从自己赖以生存的金钱和时间里拿出几分之一，进行交换性的付出。这就是参与一个集团，在组织中进行统一行动，实现共同的理想和目标。而一旦成为集团，就能发挥很大的力量。

一个宗教性薄弱的日本国，却能模棱两可地包容外来密宗的传教。一个被异质文化扭曲的非常识的邪教，在价值观转化中却可能被日本人加以接受。很难说明加入邪教组织的信徒究竟抓住了哪一个核心价值观。精神上的贫乏投下了阴影，不可能做出带有全部人格的判断和选择。他们逃避现实，当教主说自己是基督再生，是新的救世主，可以用超凡能力灭灾，他们就会寄希望于这样的教团，等自己死后能被顺利送到极乐净土的彼岸。

由于安倍晋三前首相在 7 月 8 日遇刺，使得人们重新审度统一教会寻求世界政要站台的高层路线。统一教会的商业利益大多来自美国，在信徒身上刮取的"民脂民膏"大多来自日本。20 世纪 80 年代，日本信徒差不多贡献了"统一教"全球收入的百分之八十。文鲜明在言论集著作中记载过他对日本政坛的影响力。每次选举时，干部就在教堂礼拜中告示信徒要投票给谁。众所周知，在投票率很低的日本国会议员选举中，宗教组织的投票常常能左右政界。在这一点上，政治家比谁都清楚，如果能和一个整合了宗教、商业财团、媒体和政治势力的利益组织握手，基本就坐定了自己的地位。

2021 年 12 月，在世界和平联合会（UPF）（由文鲜明和夫人韩鹤子建立）举办的第 7 届希望集会上，美国前总统特朗普、日本前首相安倍晋三等多国政要通过视频发表了讲话。这是统一教会拉拢世界政要为教会站台的一个模式，世界和平联合会连续 7 年举办国际集会和峰会，有上百个国家的前政要、宗教领袖参与。或许这就是山上徹也迁怒于安倍、实施暗杀的原因。

1998 年我认识日韩国会议员联盟的一位秘书，她是统一教会的信徒。参议院议员中村敦夫曾在国会会议上发问，整个国会中有多少这样的派遣秘书？不言而喻，统一教会更多的水下运作是渗透政党，影响主流舆论，为自己谋取超级利益。

有些事只能意会，不好随便说的。安倍晋三究竟与统一教会有什么瓜葛，我不清楚。政治本来就是一个大染缸，近朱者赤，近墨者黑。我们冷眼旁观，握好手中的选票不可随便投给反民意、反世界和平的政见者。

笔者作为一个无神论者曾有过几次信仰动摇，因看到日本的邪教组织依然还在运转，耳畔自然会响起时远时近的警钟。但愿善良的人们，对统一教会这样的邪教组织能有所警觉，保持一定的距离。

（此文刊载于香港《明报月刊》2022 年第 8 期）

在生命的一片绿叶上另能所悟
——从伊维菌素和疫苗产生的副作用谈起

最近，英国白金汉宫突发声明宣布，曾接种三针疫苗的英国女王伊丽莎白二世确诊感染了新冠病毒，此消息引起了世界的震惊。有媒体透露，英国新批准的新冠特效药，包括辉瑞的帕西洛韦（Paxlovid）以及美国 MERCK 公司的莫纳皮拉韦（Molnupiraivr），可能会用于帮助女王快速康复。但是另一条来自澳大利亚 ABC 电视台节目的消息又透露，英国女王的用药选项里出现了伊维菌素，人们从一个公开的视频里看到一盒药物是"STROMECTOL"，实际上它的每一片药粒含有 3mg 的伊维菌素。英国媒体对引起争议的这个视频似乎没有公开报道。

伊维菌素是什么

笔者发现，伊维菌素并不是新开发的药物。它最早是在 1981 年上市，被应用于畜牧业、农业、水产养殖等领域，几年后证实这种衍生物"从根本上降低了河盲症和淋巴丝虫病的发病率"，以及有效对抗快速增加中的其他寄生虫疾病。

日本北里大学学者大村智在 20 世纪 70 年代，从土壤中发现了新型链霉菌；随后，又从土壤样本中提取阿维菌素，经过美国默克治疗研究所威廉·坎贝尔改造，伊维菌素诞生。

大村智和威廉·坎贝尔在 2015 年荣获诺贝尔生理学或医学奖。新冠蔓延全球后，澳大利亚蒙纳士大学研究团队在《Antiviral Research》杂志发布重大发现，伊维菌素在实验室环境中使用时，可以在 48 小时内杀死新冠病毒。很快，有人尝试老药新用，用于治疗 COVID-19。伊维菌素在全世界得到了神奇药物的称号。

2021 年 7 月，大村智和教授直接找到日本知名药企兴和制药公司，请他们帮着做用于新冠患者的治疗的临床试验。当时日本正开始流行第 5 波疫情，感染德尔塔变种的病人激增，兴和制药公司考虑到他们作为制药企业有守护国民健康的使命，于是开始了应用伊维菌素的临床试验，并对药物的有效性和安全性进行跟踪。同年 8 月 19 日东京都医师会会长尾崎治夫在新闻发布会上，向所有医生推荐使用伊维菌素，用于救助感染新冠病毒的患者。

2022 年 3 月 4 日，日本厚生劳动省决定资助兴和制药公司的新冠治疗药实用化项目。兴和制药公司和北里大学合作研究，并正在进行第三次临床试验，以进一步证实抗寄生虫药 IVERMECTINE（伊维菌素）对现在的奥密克戎变种，以及之前的德尔塔变种等都发挥了有效的抗病毒作用。兴和公司希望尽快将活性成分作为新药提供给医疗系统。

值得一提的是，伊维菌素在证实其抗新冠效用上，被迫走了一条与众不同的路。

使用伊维菌素的争议

治疗新冠病毒的伊维菌素在日本未被贴上认证许可标签，该药是否有安全疗效一直存在争议。WHO、FDA 未批准该药物用于治疗新冠。世卫组织曾发布声明，说使用伊维菌素治疗新冠肺炎患者方面尚无定论，建议仅在临床试验中使用。

伊维菌素的生产商——美国知名药企默克药厂也认为，尚没有科学证据证明伊维菌素对新冠具有治疗作用。FDA 甚至在 2021 年 8 月警告使用伊维菌素的新冠患者："你们不是马，你们不是牛。说真的，所有人，请停止服用伊维菌素。"

但结果又怎样呢? 根据多项研究，全球 22 个实施试验的国家中的部分国家已批准使用伊维菌素治疗 COVID-19。一些国家准备效仿包括印度、印尼在内的使用伊维菌素的国家的成功范例，来抗击和克服新冠病毒的流行。

令笔者印象较深的是，它在经济落后国家被广泛使用，因为安全且便宜。印度是仿制药生产大国，他们不但为本国人生产大量的伊维菌素药片，还出口到了国外。

在德尔塔疫情异常猛烈的时候，印度政府在几个邦试用伊维菌素，投入早期的门诊治疗，据称已治好数万名新冠肺炎患者。故而在奥密克戎疫情之前就给国民发放防疫药包，内有锌片、多西环素和伊维菌素。如今奥密克戎对印度脆弱的医疗保健系统构成的威胁正在减小。3 月 2 日，印度的疫情是每日新增病例数降至 7554 例，而 1 月 20 日的峰值为 34 万例。这至少说明，印度利用伊维菌素抗疫成功，日本药企做了三期的临床试验，欧美国家不完全否定此药效果，这或许已经给了世人一个明确答案。

笔者无意为这款老药做免费宣传，事实上也确实没有在电视上看到过它的任何广告。美国那么多世界知名的制药公司，没有一家肯出面做伊维菌素的临床试验，他们都在开发新的口服药，极力推广疫苗和昂贵的新药。人民总是期待了又期待，希望有疗效更好、价格又便宜的口服药帮助减少新冠变种病毒给人类带来的恐惧。

伊维菌素有望作为新冠病毒传染病的治疗药物（片剂）应用，但不知离 FDA、WHO、AMA、NIH 等国际权威机构的正式认可还要走多远。

接种疫苗后出现严重不良反应

日本从 2021 年 12 月 1 日起，向全民推进第三针新冠疫苗的接种。但是对奥密克戎变种有效与否却不明确。日本向美国订购了 2 亿多剂的辉瑞、莫德纳、OVAVAX 疫苗，因为这些疫苗的保存期限，一直在催促国民要尽快施打，而且允许第三针错开前两针的疫苗。

有记者来问我是否愿意打第三针，我不得不说出自己惨痛的疫苗过敏史。

我的第二针莫德纳是去年 6 月下旬完成。当夜高烧，浑身酸痛，胳膊上扎针处红肿，出现血管性水肿，第三天恢复正常。但过敏反应却是刚刚开始。7 月中旬，反复出现心跳异常，胸口不适。到 8 月至 9 月，症状加重，几乎每天持续出现心律不齐，有时甚至要去医院急救。我没有高血压和糖尿病等基础病，经周边出现过敏症状的友人提醒，才意识到是疫苗引起严重的不良反应。

辗转去了东京最权威的心脏外科医院，主治医生给我做了一系列检查后告知我要接受一个心血管射频消融手术。才几天工夫我已满脸憔悴，感到死神就在身边。真没想到避开了新冠病毒感染，人还是进了 ICU。术前签下手术同意书，纸上满满写着手术可能遇到的风险，当我被推进手术室时，感觉生命就像是系在漂移的气球上，那根牵连的绳子随时都可能一刀两断。麻醉师把一个球状的玻璃体放进我的鼻腔，没多久我就失去了知觉。

即使那天我死在手术台上，恐怕那些医生也会说没发现特定原因。第二天我从病床上醒来，如获新生。可是医生故意避开疑问，对于我身上发生的症状是否与疫苗有关只回了一句"评价不能"。术后 3 个月进行复查时，血液细胞、免疫细胞、炎症指标都恢复正常，手术过程中没有发现其他心脏病灶或血管梗塞，这一个治疗过程便结束了。

"评价不能"，像一根穿心的刺，时刻提醒我对疫苗的排斥感。遗憾的是，因为存在诱导罕见的心肌炎心包炎等风险，莫德纳疫苗被德国、法国、瑞典等国家谨慎封禁。虽然我一直都相信，所有的疫苗都有挽救全球风险的使命和潜力。目前各国推进甚至强制接种的主流疫苗是莫德纳、辉瑞的 mRNA 疫苗，但是科学家和制药公司是否低估了两次接种的副作用？疫苗从研发到推出，不足一年，却已注射进数十亿人体内。

最近南非的一项研究显示，辉瑞公司的疫苗对奥密克戎的有效性比对以前的变种低40倍。日本京都大学西浦博教授在NHK采访中谈到，对南非疫情进行分析的结论是：打疫苗的人和之前感染过新冠的人，都很可能被Omicron变种病毒感染。一个Omicron感染者的传播扩散人数可以达到德尔塔变种的4.2倍。

现在经过国际航班入境的阳性感染者，几乎都是打过两针以上疫苗的人。据记者调查，疫苗和副作用的因果关系，目前的结论几乎大多是"不明确"。然后因"不明确"，将其束之高阁。

日本国内接种新冠疫苗的人数是9940多万人，出现了1325个死亡案例，其中99%被指摘跟疫苗的关联不能特定，日语是说"评价不能"（截至2021年10月24日数据）。

可想而知，一些身上出现副作用、差点去见上帝的人对于"评价不能"会是多么地反感和抵触。

第三针疫苗有没有作用

Omicron传染能力非常强。目前正肆虐于亚洲多个国家和地区。尤其中国香港在三月连续发生了一日5万人感染的惊悚数字，医疗系统无法照顾更多的病人。这使人不得不疑问，打第三针疫苗有没有作用？为什么打过两针的人会成为重症被送进ICU？这尴尬的事实可能让疫苗制造公司不知如何自圆其说。

日本不止一位私人医生在诊所门口挂牌，呼吁患者不要再打疫苗。推特上还出现 800 名日本医生联名声明，要求终止对 5 岁至 11 岁儿童以及孕妇的接种义务。日本政府没有强制接种，官方表示高效接种率是必需的。因为这个社会，减少一个传染者都是对社会安定做贡献。

关于 Omicron 全球大流行，我们耳畔还回响着比尔·盖茨最近在 Twitter 上的一席公开言论。苏格兰爱丁堡大学医学院教授 Devi Sridhar 向盖茨提问："疫情大流行将会如何以及会在何时结束？""Omicron 是否表明我们可以与 COVID 共存，还是在 2022 年会出现其他危险的变种？"盖茨回答说："由于 Omicron 的快速蔓延，将会看见未来大幅度下降的重症率，这主要受益于感染者获得很好的免疫抗体。Omicron 基本上可以视为一种'疫苗'，它可以产生大量的 T-cell 和 B-cell，因此透过感染 Omicron 而获得的抗体将会非常有效。"

盖茨还说，目前可用的疫苗具有预防严重疾病和死亡的潜力，同时它们确实存在两个主要缺陷。这些缺陷"允许突破性感染"和只具备"短暂的效果"。盖茨提醒说人类需要更好、更持久的疫苗，是可以防止再次感染并持续多年的疫苗。如果采取正确的步骤，大流行可以在 2022 年结束。

想想看，如果这符合科学，我们这些饱受疫情之苦的芸芸大众是否看到了黑暗中的一抹曙光。

日本推出新疫苗

为此值得关注的好消息就是：日本盐野义制药公司与北海道大学联合研究并经过临床试验，即将推出一款更安全的新疫苗。通过对接种这款疫苗的人进行对比，其抗体值是辉瑞疫苗接种者的 1.17 倍。与辉瑞、莫德纳疫苗所不同的是，盐野义公司的疫苗为蛋白质重组，试验结果证明其副作用更小，且防护效果毫不逊色。该疫苗有望最快在本月底上市第一批，成为日本首款国产疫苗。

该公司还向日本厚生劳动省正式递交了用于新冠病人治疗的口服药申请。盐野义制药公司研发的新冠口服药"S-217622"和美国辉瑞的新药一样，都是利用病毒自身的 RNA 进行复制，是一种 3CL 蛋白酶抑制剂。该公司在 3 月已生产完成了 100 万份。一旦获得日本政府批准，有望成为像感冒药一样的非处方药，成为抵御新冠病毒的有力武器。

记得英国作家查尔斯·兰姆说过，疾病何等强烈地扩大了一个人的自我的范围。另一个英国科学家达尔文说：疾病一发现我们露出弱点，立刻乘虚而入。

人类是脆弱的，病毒很像宿命的使者，惊醒我们并非世界的主宰。你甚至无法相信，春天万物复苏的环境中会有病毒的生存空间。但愿乘此盲目奔驰之余，驻足观望，徘徊行，在生命的一片绿叶上另能所悟。

青山一道，同担风雨

日前，在微信上与在上海的著名钢琴家孔祥东先生聊天，引出了一个话题：前不久，上海纪实人文频道在上海思南公馆纪实空间举办了"人世间 + 音乐肖像"特别场活动，它分为两个部分，分别是致敬英雄——"音乐肖像生命之歌"和《人间世》抗疫特别节目分享会。

从 6 月 28 日开始整整三天，孔祥东和青年摄影家郭一紧锣密鼓，在现场为邀请到的 30 位上海援鄂医疗队成员创作"音乐肖像"。每一位上场的医护人员分别会收获一首专属个人的原创乐曲，以及郭一用黑白摄影捕捉的一组肖像照片。人们看到，当一位医护人员在琴键上按下四个音后，孔祥东就会根据灵感迅速创作出一首新曲。新曲弹奏完毕，他立身给对方一个热烈的拥抱。一束光打在医护人员的脸上，有的医护人员情不自禁地流泪不止。

孔祥东给我发来了其中的三首钢琴即兴曲和数张黑白照片，照片上每一双眼睛的背后就是一个抗疫的故事。于是上面提到的内容就从我上网搜寻的新闻里源源而出。

我被震撼了。聆听过几遍，澎湃起伏的音符涌入了脑海。语言很难形容音域里流动的旋律代表了什么，我放大了音量，在满屋子里回响。同时我凝视那几张照片，黑白之中能感受他们为夺得一炬光明，经历了多少黑暗的时刻。他们的肖像会被放大成巨幅照片，出现在上海地铁站里。过往行人只须用手机扫描二维码，就能听到孔祥东为他们谱写的每一首钢琴音乐。

我知道孔祥东不仅是当今中国乐坛上出类拔萃的钢琴家，同时也是深入佛道禅学、具有菩萨面相的公益慈善事业志愿者。他在国内多次参与公益演出，让音乐走进听众的世界。他也常常来到日本四国，在遍路行脚中寻访千年古寺。"四国遍路"距离长达 1200 公里，途经 88 座寺院。他身着白衣、头戴草笠，在中日之间往返三次终于走完了这条修行之道。

前年在上海友人家中与他相见，他为友人新买的一架高级钢琴"开光"，即时演奏了几首经典乐曲。有一种远离城市喧哗的自然气息，在主题交织变奏下层层推进，时而清脆悦耳，时而浑厚迂回，高音与中低音的华美和弦，与琴键上舞动的十指完美地衔接为一体，掀起了在森林里游走的美好心绪。

如今在疫情下的东京，我也能感受孔祥东远在上海的正念气场。他在微信圈里常常发送大饼油条、馄饨小笼包的小吃照片，不断让我们这些海外游子感到馋虫难忍。实际上他也是表示上海防疫情况尚好，人们可以上街购物活动四肢。他每天一大早就带领一帮健跑者从徐家汇跑到外滩，那些后浪推前浪的小辈跟他一样充满活力朝气蓬勃。

今年 3 月初，孔祥东发来过一个信息，说想参加东京奥运会，并说到他有一位家人，正在协助马云基金会向日本医疗机构捐

辑二——命运

献 100 万只口罩,以此报答日本无偿调拨紧急防疫物资给中国。后来日本电视也报道了这一新闻,正可谓:青山一道,同担风雨。

他给了我一个大大的宽慰,在微信上将"疫"字轻轻一划,变成"没了"两字。我眼角一湿,感谢他的幽默。

昨晚反复听了这三首钢琴曲,我辗转难眠,起身写下这一段佳话。一个人,一个故事,一组肖像,一首乐曲,能组合出一个完整的生命之歌。顺便我就想在笔下再提及一个默默无闻做好事的上海人,他是著名诗人陆渔,也是上海风流倜傥的人物。

许多人知道陆渔是 IT 企业老总、资深艺术收藏家和戏曲评论家。不光是做人有腔调,还有极好的人缘文缘。他倾囊赞助过许多文学艺术活动。从办公室一面墙上挂满了捐款证书便可知晓,他是连年向联合国儿童慈善基金会捐款、经常参与扶持失学儿童等捐助项目的金主。

时值庚子年二月开春,"山川异域,风月同天"成为中日两国共同抗疫共同行动的真实写照。当日本暴发第一波疫情时,陆渔是最早以民间人士名义向日本红十字会捐款的中国人。为捐款一事我们之间通过几次话,一般来说个人向红十字会捐款,多是做好事不留名的慈善人士。我咨询过上海的日本领事馆,回复意见是,汇款给日本红十字会,由红十字会交付给受灾地区。陆渔闻言又主动捐了第二次,汇款单据抬头写着"江南无所有,还赠一枝梅"。

这件事令我感动,纵观全球,疫情不容乐观,陆渔手下的企业受到了新冠疫情的严重打击。这种负面影响在上海这样的大城市表现得尤为明显。这时候，陆渔首先关注人类命运共同体，向日本伸出了援手。

我每次回到上海，都会呼朋唤友去他开的一家餐馆闹到深夜。那家餐馆有精致的酒菜，有诗画合璧，举办过上海诗歌春晚，我们曾一起朗诵诗歌。虽然感到眼前一片繁华，少了很多老上海的烟火气，但新老朋友照样能在饭桌上倾杯交谈，海阔天空，脸上涌出灿烂的笑容。这样的城市，人到了两鬓斑白，还是会倾心怀念的。疫情久矣，插翅难飞。幸亏有两位真君子的故事，能聊补大半年回不去的遗憾，感觉故乡仍在眼前。

2020 年 8 月 18 日

从"雪之梦"说起

不止一次地梦想，天降大雪，把所有的一切都覆盖成冰天雪地。

好梦坏梦都轮流出现过。雪花默默地为黑夜洗白，晨起一看，白晃晃的世界，一尘不染，雪化妆的白桦林在大道上延伸到苍穹底下，就模糊了。

降雪，对于东京人来说，在 12 月里简直是一种奢望。"大雪"节气到来了，只能透过玻璃窗遥望远处的富士山。海拔三千多米的山顶早于秋天 10 月冠雪。近中午时阳光强烈一些，雪冠上出现云蒸霞蔚，如果用长焦距镜头望远，能看见积雪在微微融化，一层层剥离出山脊裸露的青筋。

翻了翻案上的一本俳句集。明治时代文学宗匠正冈子规在 1894 年 12 月写下了"錦带橋長し初雪降り足らず"（译：走过锦带桥，初雪尚未始）。这一年正是风云突变，经过明治维新"励精图治"改革，日本发动了甲午战争。

子规博学多才，从小在外祖父大原观山（汉学家）的私塾学习汉诗，奠定了深厚的汉学功底。自 12 岁起开始创作汉诗，一生有两千首汉诗遗存于世。他在日本近代文学史上开风气之先，对日本最传统的和歌发起改革并大获成功。他主张将连歌

的发句（起句）独立为俳句，并以子规之俳名，在短短的生涯之中创作了20万首俳句，其中最脍炙人口的是："柿くへば鐘が鳴るなり法隆寺"（译：方啖一颗柿，钟鸣法隆寺）。与松尾芭蕉的"古池や蛙飛びこむ水の音"（译：寂寞古池塘，青蛙扑通跳水中）一样齐名。

今年春节前，我从东京飞往四国，首次尝游了俳人圣地松山。散步途中，到处有子规俳句的立碑让人驻足吟诵。一首"十年の汗を道後のゆに洗へ"（译：十年汗水逐当至，道后温泉此沐浴），刻印在道后温泉的汤釜上。泡入温泉时墙上又见一句：松山や秋より高き天主閣（译：松山秋高齐举首，不言知是天主阁）。

子规在 1896 年写下了《病中雪·四句》。当时他身患肺结核久卧病榻，听见母亲和妹妹说"下雪了"，他抬起头，透过障子门上破裂的缝隙，窥见院子里的雪景，执笔写下了第一句："雪ふるよ障子の穴を見てあれば"（译：下雪啦，看看障子门的洞眼吧）。

仿佛雪花飘进了屋子，落在被褥上。子规一次次询问家人，院子里积雪有多深了，他迫不及待地写下第二句："いくたびも雪の深さを尋ねけり"。

接下来第三句"雪の家に寐て居ると思ふばかりにて"的意思是：觉得自己是在下雪的家里睡着了。外边的雪带着彻骨的冰冷，这时子规一边问积雪有多深，一边意识到自己还在雪之梦中。他产生了只要"吱"的一声拉开障子门，就能看到上野白茫茫的大雪的意识。因此最后一句"障子明けよ上野の雪を

一目見ん"反映了子规隐隐的忧患意识：记起和忘掉一切，只需要一场上野的大雪。

子规去世后，日本大众文学的巨匠——司马辽太郎历经十年心血，借明治时代松山历史舞台刻画秋山好古、秋山真之、正冈子规等风云人物，写下一部恢宏的长篇小说《坂上之云》。京都大学学者梅原猛教授一针见血地指出："小说在整体上带来了一种感觉，坂上看到的黑云始终被有意识地描述成一片白云。"

话题有点扯远了，还是回到文章开头说的雪之梦。关于雪景，我是既喜欢，又怕它过于肃杀。雪之景对我来说一点都不陌生。它常常出其不意地蹿上心头，令人惴惴不安。

有一年，在北美定居的一位著名作家接受大江健三郎的邀请来日演讲。他在台上讲到北京知青下放到黑龙江后，如何冒着生死风险扒火车皮回城。他对于那种场面的语言描述令全场人屏住了呼吸，眼前出现一幅画面：一辆火车奔驰在东北雪野上。知青们爬上火车顶部，开始时有人在上面说笑和唱歌，不停地抖去头发上披挂的雪絮，渐渐地这些人冻僵得失去了知觉，没有了声息，衣着的颜色被白雪覆盖。火车一头钻进山洞，一声声凄厉的汽笛好似送丧乐队的哀号，一道道浓烟呼地跟随出洞口的火车喷泻而出。这时，黑烟为这些灵魂勾勒出一幅悲惨的形象，年轻人像石雕一样凝固在一起。

我在台下哭得稀里哗啦，压抑着嗓音还是收持不住。那一年我在吉林延边农村插队，也经历过在北方边城火车站等待救命的一个雪夜。那天夜里雪下得很残酷，气温降到零下20摄氏度，由于被人发现是上海知青，列车员把我们赶下车，我和另一个知青抱头痛哭，瞬间眼泪水与睫毛冻结在一起，骇得我拼命咽下泪水，停止了哭泣。我看见雪景背后泛着死神的冷光。四肢血管在一点点地凝固上来。深夜12点有一趟直达长春的列车经过这里，无论如何在它放缓速度进站时要死死抓住生还的机会。终于，上帝没有丢下我们……

由于疫情，一切都放慢了速度，忧患意识下的明哲保身可以暂时让大地雪景祥和、平平坦坦。还有人不吝于安上各种各样和谐的措辞。这样的"雪"景，也终于构成一种特定的文化内涵了。

2020 年 12 月 10 日

仙波理摄影

假装在塔尔寺冥想

一

或许是刚过了元旦，才体会到 2020 年分分秒秒逝去的时间是从心里带走了生命不该浪费的一部分。从未有过这样不平衡的失落感，如何拿生命的韧性去和 2021 年的未知数较量？

前几日收到了高木先生的新年问候。身患癌症几度与死神擦身而过的陶艺画家为何送我一张手描菩萨像？我用此图替换了微信号头像，很多朋友见了都说跟我本人有几分相像。我有点不安，又换回原来的素面朝天。

入夜，无以遁逃的思虑从苍穹伸向了远方。梦中神游，行到水穷处，相距十万八千里的塔尔寺浮出了轮廓。恍惚间，塔尔寺像是一片被凝冻的黄叶，由一阵风吹送过来，轻轻落进了我的枕边。

那一年，秋风萧瑟。我从东京前往西宁，去瞻仰藏传佛教世界第二大佛宗喀巴大师的诞生地。

塔尔寺地处青海省湟中县鲁沙尔镇，创建于明洪武十年（1377 年），是中国藏传佛教格鲁派六大寺院之一。同时也是青海省唯一能与布达拉宫相比肩的一方圣土。鳞次栉比的几十座佛堂殿宇占地 45 万平方米，拥有僧侣近 700 人。其中以弘扬佛法为目的的壁画、酥油花、堆绣尤为闻名，被誉为"塔尔寺艺术三绝"，蜚声海内外。

我本不是虔诚的佛教信徒，却愿意接受法相庄严，了解西藏佛教密宗的博大精深。

那一日，正值藏教格鲁派创始人宗喀巴大师圆寂600周年的纪念日。为迎接宗喀巴大师涅槃日，僧侣和信众点燃了上万盏酥油灯，在九间殿前升起黄色幔帘，大师的庄严佛像正坐其中。一阵阵低沉、肃穆的诵经声从大殿中传出，上百名僧侣围坐于大殿堂内的地上。

双手举过头顶又两膝跪下匍匐而行的信徒纷纷从自身口袋里挖出酥油，放入铜缸，以表达对释迦牟尼的敬仰。僧侣用酥油制作成各种雕像和花卉，一朵朵精美的酥油花供养在佛前，鸟语花香，娑罗树上繁花盛开。

传说释迦牟尼的母亲走到娑罗树下，因为触碰了一根树枝，悉达多太子就从她右肋出生。太子降世后向四方各走七步，口中念念有词：天上天下，唯我独尊。顿时空中飘落香花，九龙吐水为太子淋浴。太子到了16岁时眼见各种生物争相残杀、老残病弱者与死人更是凄惨可怜，他痛感到人生无常，便在29岁那年剃发出家。经过六年苦行僧般磨炼，又度过降魔、成道、转法轮、入涅槃，完成了"八相成道"，从此世人尊称他为佛陀释迦牟尼。

释迦牟尼生前讲过大量佛法，随机说法并没有文字记录，他本人也未曾写过只言片语。后世传诵的第一部佛经是在释迦牟尼涅槃之后，由 500 名弟子凭借惊人记忆编辑成书。当僧侣在诵经时拖长喉音说"如是我闻"，便如同佛陀亲临说法。

有一本佛教入门书说，在此岸和彼岸世界中，众多佛祖里有一位佛的界限是模糊的，这就是"菩萨"佛。菩萨上求菩提，下化众生，前者是自利，后者是利他。一切过正常生活的人都能成为菩萨，在世俗世界中行菩萨道，度化众生，积累功德，最终肉身即可成佛。

那一年，我行走大西北的参禅之路，将六世喇嘛仓央嘉措的诗歌背得滚瓜烂熟：

那一天 我闭目在经殿香雾中
蓦然听见你诵经中的真言
那一月 我摇动所有的经筒
不为超度 只为触摸你的指尖
那一年 我们磕头匍匐在山路
不为觐见 只为贴着你的温暖
那一世 转山转水转佛塔啊
不为修来生 只为途中与你相见

确实，伴随梵音的出神入化，玛尼经筒在我手中转得飞快，大有悲天悯人的加持感应。"你见，或者不见，我都在那里，不悲不喜"。

二

　　冬之梦，让睁不开眼的人腾云驾雾，一个跟头翻进了塔尔寺。

　　夜空下万籁俱寂，是原生态里的那种安宁祥和。刹内大门紧闭，只留一个侧门进出。雪地上仅有一人脚印，一步一步挪向前方殿堂。佛灯不明不亮，里面一片黝黑。一线微弱的光线从门隙中射入，经幡垂直悬挂，坐垫积落尘灰。我点亮一只小碗的酥油灯，摇曳的火苗照见了千手千眼观世音菩萨、弥勒佛菩萨、极乐金刚等栩栩如生的高大佛像。

　　我问佛：世间为何有那么多的遗憾？

　　佛曰：这是一个婆娑世界，婆娑即遗憾。

　　梦游迷宫时，似乎毫无方向感。入一间殿堂，壁画描述的全是十八层地狱惨象，顿觉冷汗湿背。又走许久，冷不丁撞上一人。那人身着藏族长袍，两胳膊将袖子挽起，在一块布料上刷胶、上石膏粉，把各种颜色涂于布幔上。待他回过头来，我一惊，怎么是大病初愈的高木先生？

　　我看见了那一幅画。菩萨的表情随和、沉静、安详。高木口中念念有词，我问那是什么意思，他回答：六波罗蜜。很奇怪一忽儿那幅画里的我，变成了一棵雪莲。整幅画演变成色泽艳丽、有格鲁派风格的唐卡，六道众生轮回图滥觞于画面。尔倾，唐卡又恢复了原状。

　　我问高木：这，抑或是我未来的样子吗？高木不语，递给我一面镜子，人就隐去不见了。

　　我醒了。额头沁出了一层汗。回想细节，很奇怪有一半

感觉接近真实。

在洗脸间的镜子面前久久端详自己，终于明白高木先生的用意。从哲学意义上来说，随缘不变，不变随缘，大乘佛教的人生观影响着许多今人。布施、持戒、忍辱、精进、静虑、智慧，这六种法门通常叫作六度。这六件事做圆满了就叫"六波罗蜜"。菩萨以"六波罗蜜"作为舟航，在无常变化的生死苦海中自度度人，功行圆满，直达涅槃彼岸，名为成佛。

我对看得见摸不着的菩萨抱有敬畏之心，且不说今后是否拜佛成佛，单就高木先生画的慈眉善眼，可鉴照"心宽自有吉人相"。古圣先贤告诉我们"相由心生"，是指我们的形象、我们的身体、我们的样貌是由自己生活的性情和境遇来变化的。

以我等这般年纪的人来说，要保持一种宠辱不惊的平常心，不仅在佛学里可以找到很多依据，在中华经典著作的字里行间也处处透着大彻大悟。

镜子自然照见了我心灰意懒的另一面。疫情席卷全球，生活质量受到影响。在新冠病毒的肆虐下生命随时会按下快进键。悲观是客观存在的，去年大半时间宅于家中，眉间紧锁心事，难以开怀一笑。

当我把注意力集中到冥想上，我大概能拿捏得住高木的心愿。他传给我三张照片，除了将我的面容搬上菩萨像，还践行了知足常乐的法门——坐禅，以及对烧窑艺术的不离不弃。

他深居简出，放慢生命的脚步，为的是保持体温正常，让潜心创作盈满他的灵魂。他战胜了悲观失望，战胜了自己身上的病魔。所以他给我的新年礼物是不立文字，唯有自己琢磨。

三

花一两个小时打坐，可不是件容易事。假装在塔尔寺盘腿打坐，一味苦思冥想。人生最可怕的，便是让自己的心灵处于脆弱、悲观、消极、黑暗的阴影里。

要学会放下过往的失落。无论 2021 年会遇到什么，都要冷静观照，而不是深陷其中。人世间的是非争斗和疫情之难，放到一个更宏大的时间系统来看都可能是微不足道的。

倘若你抱怨身处黑暗，不如振作起精神提灯前行。让自己的所在之处成为一束光，照亮世界的角落。

2021 年 1 月 19 日初稿　27 日定稿

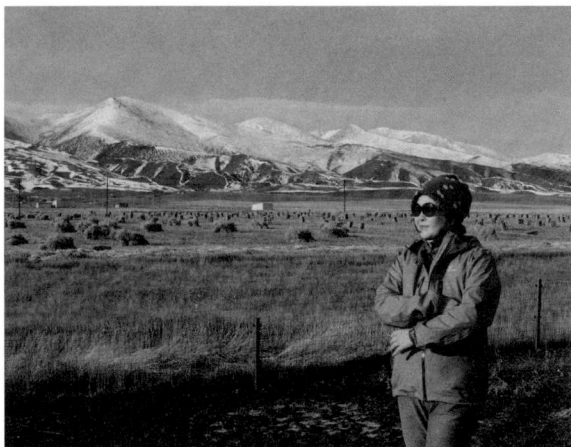

灼
灼
其
华

鼓起生命向前的风帆

——为《日本华文女作家散文精选》作序

值此中日两国庆贺建立友好邦交 50 周年之际，亦迎来了日本华文女作家协会成立三周年的纪念日。新冠病毒从 2020 年初在全球肆虐，人类经历了一场突如其来的疫灾和动荡。世途多舛，人神共愤，在日本华文文学史上是值得书写的。

记得在庚子年之春，本协会在中文导报和《香港作家》推出"樱花·疫情"文学专辑，我在序言里写下：世界已然不再一样，它令人陌生，也让人惊悚。严峻的情势之下，所有在场的人都是"幸存者"，所有经受过或将要经受的疼痛和恐惧，都会变成直戳幸存者心底的荆棘。有诗人在彼时云："当天空与樱花一起醒来，你将与幸存者一起'向死而生'，靠光线，靠文字，或者靠一瓣温暖的声音……"是的，时代的一粒灰尘，落在每一个人头上就是一座山。当时大家唯一的心愿，就是希望庚子年沉重的春天能连同它吹落的樱花，成为不再复返的过去。然而疫情接连一波又一波，不断席卷日本，甚至我们其中有不少人也感染了新冠病毒，几乎是来不及一只手挡住疫情的袭击，另一只手匆匆在纸上写下日记。

然而，这三年里总是有些什么撞击到心灵，有些令人徘徊和唏嘘的路口，刻下了深刻的烙印。它终于要从笔墨下溢出，伸出文学的触角，超脱浮于日常表面的现实，引领作者和读者一起体察并观照自己的内心世界。

作为20世纪伟大的现代主义与女性主义文学先锋、两次世界大战期间英国文学界核心人物的伍尔夫，为我们留下了颇具预言意味的指引："不必行色匆匆，不必光芒四射，不必成为别人，只需做自己。"

本散文集收集了叶广芩、陈永和、黑孩、华纯、弥生、孔明珠、林祁、孟庆华、杜海玲、赵晴、元山里子、房雪霏、庄志霞、丹孃等知名作家的散文，并有学者型作家长安、王一敏、裘索、河崎深雪、高文军、徐前、苗苂、刘心苗等人的精彩作品，以及姐妹花清美和洋美、漫画家胡蓉、资深媒体人龙丽华、实业家罗罗、医院护士木子浪等的妙笔生花。

这本集中了20万字的散文集，我认为它的价值是取决于作家对文学镜像的碰撞，泛起人生境遇中在场的精神境界和人格。岁月之殇藏于时间的皱褶中，用汉文写作不仅仅是倾吐人生的乡愁和悲哀苦乐，更不是为了做出什么闪闪发亮的伟大之举，它是一种对抗疼痛和失败的方式，是用文字点燃真知灼见，直面世界，也直面过去，鼓起生命向前的风帆。

诚然，自21世纪以来，日本华文文学在世界华文文学的发展格局中，一直处于低调状态。很难像北美、欧洲以及东南亚华文文学那样，文学成果直接被更多的读者和研究者关注。但是，在中日关系错综复杂又离不开一衣带水邻邦关系的跨文化环境之中，日本华文作家反而获得了别样的域外视野。曾在东京大学做过访问学者的许爱珠教授(南昌大学)发表论文《映日之花别样红》，其中一段评论说：具体到日本华文女作家，尤其是散文家，在创作上还有天然的优势。日本文化的物哀之美，艺术对于人的自我成长、解放和行为变化的潜能，女性和艺术都具有鼓励自由的非限性特质。女性的感知气质认同，是女性艺术家的生命基因中，充满生命活力的灵光。日本华文女性作家的创作，犹如映日的娇花，成为日本华文文学一道亮丽的风景线。

对此我们应抱有充分的信心。日本华文女作家协会在现任会长弥生的带领下，定期在中文导报和北美中国日报发表文学专辑，举办各种题材的文学讲座，倾向于对文化、社会、生活、艺术的思考，呈现出女作家独特的风格和立场。同时，日本中文导报媒体的支持和北美《世界周刊》出版社的大力支援，也是必要前提。还有协会顾问之一、著名作家叶广芩率先在经典文学上树立典范，《母亲的辉煌》成为压轴之作。终于这一本散文集，作为日本华文文学丛书的第一部著作问世了，此书收集28位作家不同题材的精彩作品，能够在短时间内为这部书稿的付梓做好了准备，谨在此对所有协力者一一致谢。

3月的灾难记忆

去年 3 月我在京都赏花，无意中证实了一个传说，樱花树下是怨灵出没的场所，掩埋死人尸体才会开得甘美滋润。我怕我一闭上眼睛，就会联想到被海啸卷走的上万生灵。佛家之学有往生之说，死者僵冷的血液一旦化开，顺着树干一点点爬上来，渗入花骨朵里，会是怎样的凄美和感伤。

一片片血色的花瓣撒落在春寒料峭的拼图里，我的灾难记忆就从这里开始倒叙吧。

一位中年男人呆坐在地上，欲哭无泪。记者走过去问他，他平静地说，我的妻子和孩子在山坡边缘被汹涌的海啸卷走了。当时我死命地拉住他们的手，用尽所有力气，却眼见着海水一下子将他们吞噬得无影无踪，就是这个鬼地方啊，潮水退下去后，我终于认出痛失亲人的地点。男人的眼睛起了变化，泪水奔涌而出。

记者顺着他的手指看去，渔港小镇一片狼藉，房屋在海啸过后东倒西歪，走几步就会在污泥里发现几具死尸。自卫队队员正在 24 小时内枕戈待发，准备寻找无数尸骨和失踪者。中年人悲哀的心境可想而知，记者无语。我看到他拍摄的这些照片也感同身受，只能发出重重的一声叹息。

救助人员在受灾地的废墟里发现了幸存者。他们像拔萝卜一样，从瓦砾底下奋力拉出一位年轻女子。女人满头满脸，不，浑身上下都是泥浆，只露出一张微笑的脸。她没有号啕大哭，看起来完全可以自己走路。这真是不可思议，在10多米海啸淹没房顶后，她如何获得空气和呼吸，怎样战胜了极度的恐惧？

活着，只要能活下去就好。人们见面时互相告慰和鼓励。我深深呼吸东京的空气，庆幸自己死里逃生。3·11大地震袭来时，我坐在剧烈摇晃的出租车里四肢瘫软，慌忙择路逃入公园避难。须臾间天昏地暗。我的手机显示，数百公里以外的三陆海岸线出现了海啸的动向，后来便发生了一系列可怕的事⋯⋯

当数万人失踪死亡、福岛核电站发生泄漏牵动了全世界神经之际，我的故乡上海老家那一头，许多人心急如焚，著名作家陈村在小众菜园论坛上紧急呼唤日本"菜农"，你们安在否？

我在心里哭泣，还好，我们没事。可是美丽的日本却遭受重创，我当怎样为它忧呢？

第一个在空中目击受灾地区惨状的日本《读卖新闻》记者，转发了举世震惊的三陆海岸实况录像。只有经历过1923年关东大地震的老人才当得起这种恐惧。福岛县一个市，1800户全毁。仙台市若林区在震后第二天发现了近300具尸体。那真是好莱坞灾难大片弄假成真，彻底暴露了人类的悲凉与无助。

我的神经变得十分脆弱，夜间一惊即起，躺下去又辗转难眠。和日本国民一起，基础生活完全被打乱了。出门去买简易燃气炉，商店里手纸、电池和大米等生活用品、食品已被一扫而光。我悻悻而回，家里有5公斤大米、若干罐头和一箱饮料。

可是第二天上街，高兴地发现柜台又有了这些商品。我看到马路上没有人惊慌失措，公司职员在公休日仍自觉加班，地铁停驶也没人起哄鼓噪，主妇静悄悄地采购必需的避难生活品，手机和谷歌网站免费提供寻人和自报平安的服务……

耳濡目染，我觉得日本国民素质真是不可小觑，成千上万的民众能镇静地面对空前的灾难，自觉遵守社会秩序，显示了人类的尊严和谦卑。

我从尘封的记忆里抽出另一张拼图，2008 年中国发生了汶川大地震。日本华人志愿者队伍站立在上野动物公园门口，为灾民和卧龙大熊猫基地进行赈灾。有很多日本人带领孩子前来捐款，希望大熊猫的故乡能迅速复原。这种慈悲胸怀令我难以忘怀。那时日本政府也派出代表团，带去许多救援物资。在自然灾害面前，两国人民总是站在人道主义立场互相伸出援手。当我在小众菜园论坛上一笔笔写下日本发生的灾情，很多人便回复"日本加油"，赞美日本人能保持"平常心"，没有人借机幸灾乐祸。

震后第二天，我十分诧异地发现附近的饭店在举行婚礼。国难当头，新婚夫妇何以这样镇定和从容不迫？我看见他们面带微笑，频举酒杯。新郎在致辞中说：我们在这样庆贺结婚，不仅是要完成人类的使命，一代代地衍生下去，同时也意味着今后无论遇到什么事，都会以两个人的身体来分担一切。

这世界上只有爱情，才能使人类具有纯粹的信心和希望。幸福的微笑如同 3 月报春的花苞，在我心中一点点地释放出美丽和芬芳，减轻了度日如年的抑郁感。

未料早春气候突变，漫天飞雪狠狠地扑向了三陆海岸的灾区。有明火的地方被大面积刷黑，人们在寒冷彻骨的黑夜里跪地向上苍祷告，千万不要雪上加霜，让日本迭受灾难。当媒体如实报道了"福岛核泄漏"这一消息，许多人茶饭不思、夜不能寐，祈祷日本能挺过危机。电视反复播送海啸冲击核电站的录像画面，我的泪水止不住流淌。啊，美丽的日本，但愿樱花盛开之际，你能够有力量制伏"核辐射"这头怪兽，寻找到最好的新型能源来替代它。

在不平静的日子里，我一边执笔为香港报刊写专栏，一边在上海"小众菜园"论坛发言，诉说地震频繁，手机在三四秒钟之前就能收到预报，最多的一天竟达一百多次余震。桌下是避难所，我一猫腰说"又震了"，上海那边就一阵紧张。家里的浴缸蓄满了饮用水，还收集了蜡烛，以应付突然间断电断水。最刺激人神经的是每天都有负面新闻。福岛县20万居民紧急疏散，最初撤离至核电站3公里，后来是30公里。那一段空白地带成为可怕的无人区，弃猫弃狗和猪马牛羊成了牺牲品。日本政府和东电公司对核辐射问题拿不出妥善方案，铀钚混合燃料一旦泄漏就极其危险。外国人闻风丧胆，纷纷撤离日本。上海小众菜园的"菜农"们急得一再呼吁，快回来吧，躲开核辐射污染。

直到月底，丈夫工作的德国公司指示家属随同到大阪避难，我才离开东京，在大阪租借房子，暂时过起太平日子。这样反而成就了我的夙愿，可以去考察京都、奈良的名胜古迹。

正是小春日和，气候渐暖。我从大阪出发去春日神社，一眼望见郁郁葱葱的参天古树和紫藤花树，蓦然想起日本的原始森林孕育了最早的神道崇拜，后来又纳入佛教的核心思想，即一切众生皆在生死之间循环，这种文化深深扎根在日本人的心底。曾听说日本的古代人之所以随地处置亲人的遗体，是认为天国或地狱为人的灵魂洞开了大门，尸体只不过是一具跑掉灵魂的躯壳。灵魂留在现世才是最为可怕的事，这就是日本人常提到的"怨灵"一说。

那天一早从大阪坐电车过来时，就有乘客和我聊得起劲，说起了"怨灵"这种事。他太太怕吓着我，连声说对不起。我询问梶井基次郎描述"怨灵"的那本书名是什么，乘客写了个条子给我，还一再强调说灾年"怨灵"特别多，走一步能撞见好几个。

下午绕道去岚山赏樱，只见漫山遍野的山樱姿色撩人，像一团团燃烧的火焰。近看却发现果冻似的樱红花瓣，好像是梶井基次郎笔下的"怨灵"将之轻轻托起，带出了吐血颜色的半凝固状。

其时我还无法从日本政府混乱的统计中得到准确数字，3·11大地震和海啸造成的死者与下落不明者究竟有多少？只有一家报纸透露过，估计 2 万人以上。自卫队和美国空军基地不断派人到废墟中寻找遗体，又下海打捞尸骨，可是进展十分缓慢。

我心底里明白乘客的迷信，对于至今仍未知下落、不得不在樱花树下似隐似现的"怨灵"来说，这一定是"尸骨未还，死不瞑目"了。岚山的景象竟一下子转换成血红色的拼图，我的心如同沉铅一样不由自主地掉落下去……

直到现在，我一想起去年那个时刻，还是会忧伤得透不过气来。都快一周年了，日本政府最新公开的统计数据里，仍然有很多人下落不明，尸骨无从寻找。

（此文载于《中国作家》杂志纪实版，2012 年第 3 期）

日本3·11震灾拼图

　　有点恍若隔世的感觉，下面的日记是断断续续写在互联网上的，那时日本的震灾牵动了国内很多人的心，而网络时代催生了比报刊媒体更便捷的流通渠道，有很多认识或不认识的人，都来关注我发出来的东京消息。我有种种在东京留下来的理由，似乎因为过去吃过很多苦头，对灾难反而有点钝感，把持着"天不会塌下来"的信心。我对文字稍许整理了一下，这样很容易想起一些非虚构的生活场景，有时我们面对这种艰难时光经历过的印记，要感谢生活中的不幸，它可以刺激我们享有生活，感受生活美好的一面。

日记之一　3月23日

　　早晨阳光炫耀地照进了房间，我睁开蒙眬双眼，手机在拼命作响，一惊，紧急地震预报，震源来自千叶县海冲。我急忙下床，不到30秒钟，房间就震动了起来。一阵晕眩，又很快平静。不由得深叹一口气。从3月11日发生9级大地震到今天3月23日，我的生活状态就是在摇摇晃晃中度过，在摇摇晃晃中不断地写字。生活秩序完全打乱了。余震来得这样频繁，令人惊吓不已，更为揪心的是福岛核电站在地震中受到冲击后发生了核辐射向外泄漏的事故，至今事态非但没有止住，反而更是危机四伏，使全日本都人心惶惶。现在电视上的播音员说，今天从福岛核电站的方位来看，气象台预报上午将刮西北风，下午转向南风。我寻找日本地图，趴在地上用放大镜看福岛和东京的位置。明白下午的风会将发电站不能控制的核物质一路漂游到东京。我赶紧起身，要带我家名叫"露"的宠狗出去散步，免得下午遇着南风。

露眼巴巴地望着我，家里的老男人不见了，去伦敦读书的女儿飞走了，就剩下我一个欧巴桑（日本对中年女人的称呼）。浴缸里面放满了水，大大小小的避难物品堆在房间的角落，两个行李箱早就收拾好，是担心万一房屋发生倾斜，可去区民避难所。但事实上，居住房屋的牢靠度足以抗拒九级地震。我们这里离震中区很远，余震最多是五六级。后来箱子几度打开又关上，是做了回上海的准备。已经用带子结结实实地绑上了，不料又有特殊变故，让箱子原封不动。

露是一头极有灵性的墨西哥无毛犬，在余震的惊恐中，时时刻刻观察我的表情，注意我的行动。我忙里忙外，很少有时间抱住它。我正在忙碌的事情中有一部分是为了它。我心情不安地带露出门，忍了忍，眼泪没有掉下来。正逢隔壁的邻居青鹿女士也抱着孩子带上狗出来溜达，见到我很优雅地招呼"早上好"。我见她眼圈红肿，孩子才 11 个月，很顽皮地笑着。我心头一紧，她家男人从来没露过面，青鹿会不会是单身母亲？在这样的时刻，她一定很需要人帮忙。平时我家的露见到她家的狗如同见到仇敌，即使是在她家门前经过，露和那条狗也会彼此大吼好几下，绝不相让。可是今天却太平了，露一声不哼，真是狗通人情，青鹿家的狗也是灰溜溜地耷拉下耳朵，知道主人心情不佳。

我带狗去了宠物医院，要求医生做全面检查，预备打几种混合疫苗。露抗拒针头插进插出，不由得大叫大喊，挣扎了好一阵。回到家里又是一场余震，露无精打采，直到第二天还是这样。看样子是疫苗有反应，只能让它咬牙忍受了。

日记之二　3月27日

电视上滚动一条新闻，福岛核电站核泄漏问题引发大气污染。因为连日降雨，农作物和自来水中检验出微量放射性物质，甚至危及东京都内葛饰区的一个净水池。东京政府紧急呼吁，要求对婴儿慎用自来水。

超市的矿泉水和草纸很快就卖完了，政府发言人不停地解释为何要对婴儿采取断然措施。我想到了隔壁的青鹿女士，立刻从家里拿出3瓶1公升的瓶装水，告诉她我家还有一箱子，请她不必过虑。

万万没有想到的是，我必须在浴缸里放满水，用德国进口的净水过滤器，来解决日常生活的饮用水。一个正常人的体内含水占体重的65% ～ 70%。有诗人说："湿润的眼睛是活的，干枯的身子是死的。"我们的生命怎能够缺少干净的水源？

福岛周围50公里以内开始动员人员避难，只有牲畜留在

原地。这是一场自然灾害引发的重大事故,海啸高达 10 米以上,
冲破防线淹没核电站反应堆后,应急措施出了漏子。一辆发电
车开到现场,拖着电缆要接上应急电源,这时反应堆的蓄电池
电力消耗殆尽,冷却水不再循环,但是谁都找不到接电头在哪
里。我说不清楚一系列发生的事的前因后果,据说三个反应堆
中的核燃料过热导致部分堆芯熔毁,3 月 12 日福岛核电站 1 号
机组发生爆炸,往里面派人抢救就有点像派遣敢死队了。

天天看电视新闻,这些负面新闻的作用之一,就是超市
里谁都不敢买福岛的蔬菜食品。大受震撼的人们为了搞清楚
到底吃什么才安全,开始抢购核辐射检测仪器。日本共产党
是一个在野党,为了帮助人们找到关于辐射风险的信息,派
出人员每天测量风向中刮来的核辐射微粒,他们爆出来的数
字高于电视上公布的信息,不免人心惶惶。

日记之三   3 月 29 日

正值樱花季节,一早严严密密地戴上口罩,去了家附近的
樱花名胜目黑河。赏樱的人无论男女都衣冠楚楚,说不上来是
喜乐哀愁还是漠然无视,熙熙攘攘地走过了长长的樱花道。真
希望一切都会好起来,然而这当中又发生了一次余震,我低头
看见马路的边缘线在移动,建筑物仿佛左右移步几公分,又回
到原位。我抬头看二十几层的建筑物,不可置信防震大楼的神
话是真的。

每天电视不断报道海啸中死亡的人数,随着福岛核电站

的核辐射泄漏，隔离区的范围越来越大。居住在日本的外国人，尤其是华人同胞，首要的就是拼命撤退，离开日本。并非离开这里的人就是卑劣地逃跑，我和铃木已经做好了最坏的打算。铃木在一家德国公司上班，由于欧美国家的大使馆为避开核辐射污染，率先转移到大阪或九州办公，外资企业也纷纷效仿，安全转移。铃木跟公司去了大阪，临行前郑重其事地对我说，你可以带上露回上海避难。这句话让我心头一热，自古以来战争和大难临头就有让女人和老弱病残先行撤退的成规，以减少不必要的牺牲，我佩服男人有说出这句话的勇气。

我忙着为露做出境准备，带它回中国并非易事。宠物医院的志贺医生给露打了狂犬病预防针，还核实了露在前两年送检的狂犬疫苗抗体值通知书，上面的有效期是今年4月底。接着又开具了一张健康证明书。我填写了一张递交给机场检疫所的申请书。备齐了这些必需的材料，我订妥4月回国的机票，开始收拾行装。没想到机场检疫所的人来电话说，因为去年没有给露打过狂犬病预防针，今年必须重新补办抗体值检查，否则露一旦出了日本就甭想再进来。但是如果抽完血，这个检查结果起码要等上两个月。

我心急如焚地去找志贺医生，志贺问我，你想不想处理掉它，我这里有区保健所的电话，专门处分灾情下有特殊理由不能留下的动物。我吓了一跳，结结巴巴地说，我宁肯为它留在这里。

露抬起了头，竖起耳朵，很警惕地看着我们，知道我们正在议论它。我抱住它逃回家。在电话的另一头，铃木听我讲了事情始末，斩钉截铁地说："不能伤害露，它是一条生命，要活下去。十多年来，露一直陪伴着我们，是我们的家庭成员……"铃木的声音听不见了，我怀疑他在偷偷掉泪。昨夜，我难以入睡，苦苦想着用什么办法来躲避这场灾难。

日记之四　4月4日

前天，手机接到铃木短信。铃木问我愿不愿意去大阪避难，德国公司将支付所有搬家和房租的费用。我立马回信，太好了，明天就去大阪找房子。

我很高兴放弃 JAL 航空的回沪机票，朝大阪方向"逃难"。

现在我人已经在大阪，离福岛有 500 多公里之遥。在大阪的好处是再也不会感受到余震的摇晃。3 月 11 日东日本大地震，几乎没有波及这里。我用最快的速度，通过不动产公司选中了我和铃木居住的公寓。走进一上一下的宽敞房间，空荡荡的没有任何家具，一只纸板箱当桌，一张空气床放在地板上。窗户没有窗帘，生活用品很快就在附近商场收罗齐全，避难生活就这样开始了。从东京等城市疏散到大阪的人相当多，一般都是这样。

不过我似乎有了地震应激症，冥冥之中有时一阵晕眩，就知道东京又发生余震了。黑夜里看着窗外的星空发呆，想起在报纸上看到镇魂的俳句：この星も亡びつつあり天の川。俳人

批评了人类过信于科技发达，表达对未来的不安。

最近日本民间出现了强烈的反核电的抗议声，在世的蒙受过原子弹摧毁力的战争难民，质问为何不吸取教训去发展危险的核能产业。

现在新闻集中报道搜寻遗体，安顿避难人群，在受灾地的遗体安置所里，活着的人不断向死者说道歉的话，对不起，对不起……再坚强的人，也抑制不住泪水从紧闭的眼里溢出。

遇难的人数直线上升，很多人来不及逃脱海啸席卷而来的灾难。那一夜太平洋沿海地区的警报声，在心中回响不止。而更多的惨象出现在电视上、新闻上，3·11 大震灾和核电站事故，给日本人民造成了精神上巨大的伤害。不管是谁，除了灾区以外的人，都开始抱有原罪意识。因为损失太大了，所以感觉所有日本人都做了什么坏事，受到了惩罚。不用说，国内的互联网上，出现了违和的幸灾乐祸，所幸我认识的朋友圈里，都很冷静、很人道主义地看待灾难中的日本。

日记之五　5 月 28 日

阴天，预报下午有雨。从大阪出发前往京都。

京都古老的西本愿寺内，将上演一场别开生面的"Fashion Cantata From Kyoto"。国际影星渡边谦的女儿杏从 15 岁跨入时尚模特行业以来，渐趋成熟，人出落得像一朵出水芙蓉，袅娜娉婷，姿容姣好。

下午 3 点的开幕式上，渡边杏与世界著名华裔设计师

Anna Sui、中国藏族女歌手阿兰·达瓦卓玛联手出演这场国际时装秀。尽管下起了淅淅沥沥的雨，庄严恢宏的阿弥陀堂前还是挤满了上千名观众，他们身穿会场分发的雨衣，秩序井然地鱼贯入座。

Anna Sui 设计的仿英国 20 世纪 60 年代时尚风格的复古洋装，以及代表京都染织文化的和服系列，在台上如行云流水般的绚烂飘逸，令人惊鸿一瞥。几个月以来，压抑在人们心头上的阴霾，似乎冲走了一大半。《源氏物语》的人物模特交织成一座千年之恋的浮梦桥，形形色色的和服美人在桥上姗姗往来。在创意主题的"时间之美"下，穿插了渡边杏的举伞、打伞、甩伞的一系列动作。手绘友禅、和染、红型等传统工艺，在和服上得到了精致的表现。

接下来阿兰身着 Anna Sui 品牌的镂花连衣裙登场，以二胡演奏奏响一首"绊"之乐曲，征服了台下的观众。东日本大地震后"羁绊"这个词开始流传开来，意味着一条联结家人和友人的纽带。刻印在每个人心里的"绊"字，也是将过去、现代和未来连接起来的关键词。这就是日本时尚文化的出发点，从京都历史发源地出发。

阿兰还献唱了几首歌，圆润柔和的音色划破了沉闷的雨空。这个当过兵、被日本著名唱片公司看好的走红女演员，得到了最热烈持久的掌声。

美丽的日本，我当怎样为你忧？
——追记3·11日本大地震

　　星期五下午 (3月18日)，我戴上口罩和防尘眼镜，脚步有几分沉重，独自站在涩谷街头的广场上。十字路口人潮如流，一切都冷静得出奇，人人不慌不忙，脸上没有阴暗的表情。地铁附近，艺术学校的学生为赈灾举行义演，举起了"pray for Japan"的标语牌，女人、男人和孩子，一个个走过来将日币投入募捐箱。我看了一下手表，差不多快到 2 点 46 分，我一时怔住，一周前正是这个刻骨铭心的时刻，一场日本观测史上从未有过的大震灾撕裂了日本……

　　那是一个风和日丽的晌午，与平时并无两样。人们几乎忘记前天有过轻微的地震，各家报纸争先恐后地报道新西兰基督城发生强震的惨况，对此事并未加以更多的注意，就这样，乘人们毫无防备，尖端科学测量器也无察觉，太平洋板块加速了移动与异合，3 月 11 日下午时针指向 2 点 46 分，猛烈的地震波突然冲出地面，狠命地摇撼了日本环太平洋的东部地区。顷刻间，数以万计的房屋顿时倒塌，被冲毁到海里。震波在一瞬间里传到了数百公里之外的东京。这时候我和丈夫正坐在出租车里，路上车子剧烈摇晃起来，司机不可置信地回头说："不好，是不是地震了？"我在车座底下，感受到一阵阵强烈的冲击，眼见公路高架的桥梁随时都会塌陷。道路两旁的电线杆和建筑物在拉扯中发出了奇怪的声响，这种可怕的异状持续了五六分钟，远远超出了我们以前的经验和预测。我开始感到害怕。司机打开短波频道，终于听清楚是宫城县近海的三路冲发生了七点九级大地震，这正是前天出现微震预兆的地方。出租车立刻改变方向朝近处的代代木公园开去。

代代木公园是东京最大的绿地公园，我们下了车，见到很多人纷纷逃离办公楼，但走路的速度完全不像是逃命，更像是应付公司组织的防灾演习。这种井井有条的秩序，也许是日本处于地震带和火山频发地培养起来的民族的勇气。渡边淳一的一本书里解释说，"钝感力"是生存在这个时代所必备的一种才能，可避免过度的精神内耗。那么，大难当头，钝感力很可能是我要寻找的一个安心符，能够为我镀一层膜来抵抗心中本能的畏惧。

路上见到四五个幼儿园老师带领20多个幼儿出来避难。那些三四岁的孩子被集中在一部手推车上，一部车可上五六人，大一点的孩子就乖乖地跟在老师后边。他们进入一个操场，然后在老师的安排下坐在地上，没有任何惊慌的样子。显然是经过幼儿园的防灾训练，让孩子们从小就知道地震发生时应该怎么做。这时老师忙着通过手机向家长报告避难地点，让他们迅速来接孩子回家。这一幕让我深受感动，家长把孩子交给这样负责任的幼儿园，一定很是放心。

怀着侥幸心理走进公园的人们，真是没想到仅过十来分钟，

辑二——命运

大地又开始剧烈摇晃，这一次余震来得更加恐怖，两脚都站立不稳。人们迅速打开手机寻求消息，公园的高音喇叭开始播送地震消息，先报出东京震度为里氏五级以上，后来又纠正为弱六级，震中区在东北宫城县北部，这两次地震令大都市交通瘫痪。地面上出现了一些裂缝，实际上的感觉是超过了里氏七级，据说六级以上的地震释放的能量相当于美国投掷于广岛的原子弹所具有的能量。

地铁车站陆续走出很多人，通过公园散向四面八方。接着手机显示地震情报被纠正为八点四级（后来又纠正为九级）。这是日本史上最强烈的大地震，几分钟后，一些女孩子一边看手机，一边发出了"怖い"（恐怖）的尖叫声，我紧张的神经又绷得更紧。

日本气象局预报，地震将引发 10 米高的海啸，我们闻讯急匆匆赶回家去，这时候晴空发生突变，天上奇怪地密布阴云，四边冒出张牙舞爪的狼烟。我一到家就打开电视，画面惨不忍睹，海啸开始袭击日本海岸，最险恶的是岩手县大船渡，整个渔村小镇被一气卷走，数天后几百具人体埋在淤泥里。

宫城县的气仙沼燃起了冲天大火，整整烧了一夜。那里有著名的渔港，每年秋刀鱼从北海道顺流而上，经过气仙沼时鱼肥肉厚，味道最为鲜美。气仙沼市和我居住的东京目黑区有约，每到秋刀鱼上市，目黑区就会操办大型祭鱼活动，由气仙沼渔民连夜送来上千箱新鲜的秋刀鱼。在广场上架起的十来米长的炭火炉上烧烤，整天烟雾弥漫，香味扑鼻。排队的人排了几公里的长龙。

这种盛况也吸引了外地游客,成为一种美谈。祭鱼传统在目黑区持续多年,眼看要断送在这次的强震和海啸中。当我在电视上看到气仙沼开出第一部避难的车辆,本地渔民送妻子和家人登上车,挥手告别之际背转身流泪,这情形也让我感到痛心不已。

"活下去,好好地活下去。"这句话成为重灾地区人人见面问候的口头语,镇定、自持、为他人着想也是灾难之中日本国民做人的基本准则,表现出天灾面前不失做人的尊严。

经过第一天的动荡,我终于明白余震还会接二连三地袭来。噩梦般的感觉袭击了每一个人的心灵,使我和家人体验到死亡和生命的存在感。余震、海啸,加上福岛核电站散发核泄漏的危机,我们的情绪从镇静中跌入不安。最厉害的是 14 日下午每隔三四分钟就有余震,人在摇摇晃晃中打开电脑,我收到了很多人的问候和关心。其中一个被反复提到的问题是,我为什么不买一张飞机票逃回上海。我这样回答,我在这里生活了 20 多年,除了我一生的祖国,日本是我舍不得远走高飞的第二故乡。我丈夫是日本人,他在大地震发生的第二天,就放弃休假去公司上班,几乎每一位上班族都是这样,全靠个人自觉维护生活秩序和忠于职守。这里不曾发生抢购食物和油盐酱醋的行为,没有蔓延或滋生过任何搅乱人心的谣言。当日本首相宣布日本面临二战以来最大的灾难时,居住在日本的每一个人很快就能承受这句话带来的沉重的分量。

现在是必须用智慧和勇气,对付每一天意想不到的困难。关注人类生态问题的加拿大作家阿特伍德,在小说《The Year

of the Flood》中提到了人类面临末日的预言。人类过度开采矿产与石油资源，竭力滑向毫无节制的开发深渊，这种对地质结构的破坏，或许是地震频繁发生的原因之一。世界各国都在声援日本"加油"，但日本岛国在高科技发达的今天，仍然无法掌控地震、火山和海啸的破坏力，福岛核电站的不妙事实越来越明朗化，人们对核污染的无可奈何，充分显示了人类的力量如此渺小。悲哉，这就是人类历史必须翻过的一页。美丽的日本啊，我当怎样为你忧？

（此文曾载于 2011 年 4 月香港明报月刊特辑《痛思日本大灾难》）

灾后的日本低碳生活

为不久即至的炎热酷暑殚心竭虑，紧锁双眉。因为电源危机，日本拉响了节电节能的预警，提倡进入低碳生活。

空调控制在摄氏 28 度　　　节电 11%

尽量使用电风扇，不用空调　　　节电 50%

用苇席和窗帘遮阳　　　节电 10%

冰箱设定改"强"为中等　　　节电 2%

照明：日间熄灯 夜间节灯　　　节电 5%

使用省电型电视机　　　节电 2%

厕所温水坐便关闭电源　　　节电 1%

不用煮饭锅　　　节电 2%

出门家里拔掉电线　　　节电 2%

在大阪寓所附近的一个不大的公园，草地上音乐绕耳，十几个俏模样的美人挺胸健步走上舞台。她们的"换季秀"颇有点背离时尚界的国际潮流，当最后一个个举起团扇亮相时，我才领悟这种轻如蝉、薄如纱的奇装异服能带来 COOL 的凉夏效果。

日本和世界各国签署京都环境协议书的那一年，为承诺减少二氧化碳排放指标，很多公司准许上班族入夏不必再穿笔挺的西装加领带。原任首相小泉纯一郎带头穿上冲绳传统的夏装进入办公室，成为 cool 服装的代言人。同年 5 月，东京时尚流行发源地涩谷原宿举办"cool Asia 2006"服装秀，邀请各国驻日大使登台亮出自己的 cool 服装，将这场低碳运动迅速推向全世界。

今年日本发生大地震和海啸，又继而遭遇核电站失控，导致关东地区在夏季高峰用电期陷入困境，因此日本政府发动全民实行节电节能的低碳生活，以同舟共济方式渡过这一难关。一家大公司的全体职员已是轻装上阵，穿上大红大蓝的短袖花衫，好像刚从夏威夷归来的旅游者，室内不到摄氏 28 度绝对不开空调。合理用电和节电体现了企业的基本道德。

在贩卖数量上占世界第一位的洋服青山连锁店今年推出了酷毙的蓝系列品牌 COOL BIZ 西装，从里到外皆下功夫。通常一套夏季西装折叠后的重量是 650 克，蓝系列的清凉西装是 454 克以下，保持了世界最轻量级纪录。其素材由 48% 轻羊毛和 52% 聚合树脂构成，能够记忆身材的形状。垫肩上打入气洞，网状夹里通气无阻，令人穿着特别舒服。男人会因此变得神情自若、更加潇洒。如果脖颈能围上有吸热作用的高分子聚合冻胶带，即便是在办公室停电的环境里，也能够支持长时间地进行工作。

日本家庭主妇开始主动陪同丈夫或子女去挑选合身的"酷

毙"衣装。在畏惧停电的心态下，女人们也会挑选新环保方案的麻棉混合素材的夏衣，还会在阳台或院子里种下"朝颜"和"夕颜"（同属牵牛花），待它们长到一人多高时，一刀剪去青藤向上的枝头，任其往横里生长，连成一片绿荫，就能挡住烈日的光照。这种办法可降低室温三到四摄氏度。

"夕颜"是《源氏物语》使用的人物名，花语叫"虚幻之恋"。"朝颜"是奈良时代日本遣唐使从中国带回的药性植物"牵牛子"，花语竟是"爱之绊"。这一朝一夕、一虚一实，的确给都市家庭带来了一定的受用感。女人们盘算，今夏出门上街，也许不会遇到邻里外墙的空调外机猛吹热风，兴许还能坐在绿荫底下乘凉，与人说说话儿。这可是从前盼都盼不来的好景象。城市的生活陋习之一就是左邻右居锁入自封自闭的密罐，很少加深交往。久而久之，人们在积久的社交闭塞中生成一种内向的性格。可悲的是，最近不断传来忧郁不可自拔的人走上自杀之路的消息。

不久前一些艺术家联合起来在涩谷举办《明るい鬱》（中译：明朗郁闷）画展，我特地去买票参观，大受震撼。"鬱"是郁的日本汉字，画家要淡化前面的"忧"字，改换成明朗之色。"明朗"和"郁闷"，乍看之下似乎没有联系到一起的话语。鬱是日本现代常用汉字中笔画数最多的 29 画。艺术画家有意识地使用人们所讨厌的这一文字，策划了这个企图让世界和人变得更勇敢向上的"明朗郁闷展"，日本设计家仲畑贵志的广告语"在云之上，一直有蓝色的天空"给人以一种励志的暗示。现代社会中人们会遇到很多郁闷事，主办者东本三郎身患抑郁症16年，终于成为可以以这种话题来与人聊天的画家。这是一个很特别的画展，从展场走出的我，眼睛湿润了一次又一次。

　　在暑日还未到来之前，有经济头脑的人翻看日本经济新闻，不禁为之牵动的是与低碳生活挂钩的企业动向，为了实现低碳社会，从通过大量消费来寻求生活富足感的虚荣中挣脱出来，日本有意识地引导和改革工业结构，鼓励节能技术和低碳节能创新的投资。而震灾之后的人们，将节电节能措施细化到日常衣食住行上。核电站泄漏事故发生后，日本加速推行太阳能政策，并在风能、光能、燃料电池等方面寻找代替方案。这是人类命运共同关注的方向，因此我在大阪的避难新居，一个月的用电量奇迹般地降低到东京家里通常用电量的一半。

Lady Gaga为日本带来绿色旋风

正值 6 月阴雨连绵，美国流行歌星 Lady Gaga 为日本带来一股绿色旋风。她从东京成田机场走出来时一身绿色皮衣打扮，延续了一贯的奇特风格，表情略显夸张。在新闻发布台上，她一把抱住日本观光厅长官一阵狂吻，那情景笑倒了在现场摄影的记者。因为对日本赈灾做出过贡献，6 月 23 日这天，日本政府向她颁发了感谢证书。Lady Gaga 在台上激动地表明自己是无偿地热爱日本，她一边流泪，一边抽动着肩膀。为了支援日本恢复受打击的旅游业，Lady Gaga 给大家看她左肩上纹有"Tokyo Love"和菊花图案。宠犬的名字叫"YOKO"，手提包上涂鸦日本的名言。这样的顶级哈日族，能不打动日本灾民? 甚至于前所未闻地传出，她将自己喝过的留有口红痕迹的一只咖啡杯，写上"为日本祈福"字样拿到网上进行义卖，帮助日本灾区赈款。

25 日，Lady Gaga 现身于千叶幕张的赈灾音乐会，成千上万的日本粉丝疯狂喊叫，整个会场一片骚动。这位富有争议的歌星，在日本男人装杂志上曾刊出一幅很有男性气质的照片。大胆而前卫的 Lady Gaga 让人难以分辨她究竟是男还是女，而上一次她来日本时，脸上画熊猫眼，秀出熊猫爪，让奇装异服涂黑眼的涩谷少女们无比兴奋了好久。

我打开电脑听了 Lady Gaga 的几首流行歌曲，老实说，睡觉前听这种刺激耳膜的歌，犹如喝一杯浓咖啡，居然也有了情绪，干脆为避难的新屋置换了绿色的窗帘和桌布，果然气氛一新，整个房间充满了温馨气息。Lady Gaga 的效应从窗帘缝间钻了进来。若说自己不是女神 Lady Gaga 的粉丝，恐怕没人愿意相信。

今晚电视上又见满头绿发的 Lady Gaga，她说自己甚至想从美国搬家到日本居住。主持人问为何如此迷恋日本，她瞪眼做惊奇状："Why not（为什么不这样呢）。"几个月来，Gaga 通过个人演唱向全世界呼吁人道救援日本，她还捐献了 2 亿 4 千万日币，组织慈善义卖活动。我相信日本观众听她鼓动说日本十分安全，要动员全世界的观光客来这个美丽国家旅游，一定是泪眼模糊。偏偏这时候新闻联播送出一条煞风景的坏消息，东京都江户川区焚烧生活垃圾的处理工厂里，从 1 千克的灰渣中检测出 9470 贝克勒尔的放射性铯。环保部门紧急宣布，超出上限指数（8000 贝克勒尔 / 千克）的焚烧灰渣，暂由处理厂封闭保管。关于灰渣的来源，有专家谨慎解答，可能来自地面生长的植物。

不能不感到郁闷和失望，放射性铯是福岛核电站反应堆泄漏的裂变物，易为人体吸收，大量摄入后会引起内脏软组织的损伤。前不久法国戴高乐机场截获一批日本静冈县运出的新茶，检测出 1 千克新茶含放射性铯 1038 贝克勒尔，超出欧盟允许上限的一倍，结果将之全数销毁。

看来在日本激情飞扬的 Lady Gaga 只是一厢情愿，不久她就会飞离日本，仅留下新发行的音乐 MV，来陪伴水深火热中的日本粉丝。

城市与自然的和谐相处，体现在空气、水、食物和对垃圾的处理上。我参观过日本最著名的大阪舞洲垃圾处理工厂，外观上像一个色彩斑斓的童话宫殿，是由奥地利艺术家 Hundert Wasser 设计。我参观了垃圾分离和焚烧成灰的每一细节。当时最关注的是怎样减少过程中释放出戴高辛。现在东京同样规模的工厂在垃圾处理中发现了放射性铯。

哦，谁都难以接受这种尴尬。撒由那拉——Lady Gaga 的绿色旋风。

升龙道，日本的正月

元旦清晨，旭日东升，万丈霞光染红了富士山的雪顶，从子夜的跨年时刻起直至大白天，人们第一句话必是互道新年大吉。这一日不容忽视的是一笔一画书写贺词。我像小学生写毛笔字，紧张得背部汗水涔涔，一生没练出好字，左看右瞧总不能满意。下午照例出门去神社初诣，带回神箭供奉家中。虽不曾入宗信教，但有了开光的这一信仰物，如佛在前，常生善念，想必也是值得。

坐电车到调布车站，下车行至不远见参拜的队伍蜿蜒从神社鸟门延伸至一里之外。附近有一座常行院，先吸引了我过去。庭院正对外开放着，林木葱茏的院落空间有日系电影的复古情调，我拿手机拍摄了几张，正想利用调光软件达到"胶片模拟"效果，突然手机振响，仅仅几秒一阵颤悸涌进了全身，在石川县等地发生的巨大地震迅速波及了关东地区，东京的地面在摇晃，人们平日习以为常的承受力这一回不得不收紧。

这时，神社殿堂灯火通明，住持带领持斋念经祈祷，木鱼上时起时落的槌子，沉重地敲在每一个人的心弦上。一阵静穆哀长，人们倾听着远方地动山摇，反复响彻着凄厉紧急的声音:快逃，海啸就要来了。快逃，往高处避难，刻不容缓!

一声声警报刺痛着内心。强烈的 7 级地震之后，又连续发生
5 级余震，能登半岛受此重创，将新岁元旦裁开一道，令人
黯然神伤。

我想起，这地方我是去过的。从日本中部的名古屋到石川
县能登半岛的旅游路线，因其走向形似一条飞龙而被称作"升
龙道"。升龙道被世界游客誉为钟灵毓秀之地，能登半岛正位
于龙首，拥有许多温泉和旖旎的自然风光，是世界闻名遐迩的
观光地。

我仿佛看见我在金泽坐上一辆观光列车到达那里，举着相
机在人群里穿梭。真无法想象，它在一日之间变成了惨不忍睹
的重灾地。我回到家后在电视屏幕上一幕一幕地看见大量房屋
倒塌，道路被撕裂。轮岛市场的一夜大火将 200 多栋建筑物
焚毁殆尽。最初以为遇难人数不超过 20 人，其实许多人在生
死界里下落不明。而这时余震中有新生儿降临人世，一声啼哭，
呱呱坠地。母亲看上去很疲惫，不知经历了什么。

一夜未曾合眼，觉得过去经历的 3·11 大地震悉数重现，
接着又是一个晴天霹雳，1 月 2 日一架日本航空公司客机在羽
田机场降落时与搬运救灾物资的海上保安厅飞机相撞，一头
栽在滑道上，机长强行迫停，在千钧一发中 379 名乘客和机组
人员从机舱门成功逃生，及时脱险。那架开上跑道的运输机有
5 名机组成员遇难，仅有机长一人受重伤获救。

看到这画面，脑子里久久摆脱不掉飞机熊熊燃烧的情景，
只能叹息今后出行多多祈祷上天保佑一路平安。

新年伊始，就有了日本流年不利的说法。有人说，大地震时看见天空腾起一条黑龙模样的云烟，变幻莫测。推特上有专家解释地震时地下有炽热的火山熔岩在涌动，岩层膨胀，使地面出现裂缝和液体化。导致能登半岛轮岛市的地壳向西移动 2 米，隆起 1.3 米，一些住宅因此发生倾斜和倒塌。

能登半岛是日本著名的温泉疗养地，进入地震频发期后令人心惊肉跳，高压状态下的熔岩一有裂缝即窜涌而上，变成一条作恶多端的黑龙。看过 TBS 电视台现场播放的视频，我相信地下一定潜行着这样的恶魔。

京都的东福寺藏有一组《云龙图》，无论从哪个角度看都相当恐怖。黑龙被描绘成掌管黑暗和邪恶的化身，凶狠无比。上古神话的女娲斩杀了为祸人间的黑龙，黑龙又从海底兴风作浪，象征着不可知的破坏力。

2024 年恰恰被中国农历称为"青龙年"，是一个百年一遇的特殊年份。在中日两国的传统文化中，青色苍龙被誉为神灵和万物之长，是守护东方的神兽。它如天马行空，雷鸣电闪，威震四方。日本奈良药王寺的金堂中就有青龙雕像，是万象更新和生命力的象征。当青龙降临世间，它带来的是吉祥和祥瑞的象征。关于黑龙青龙的传说，显示了人类在大自然面前的微不足道，祈愿守护神超凡的能力，能平衡阴阳，祛邪扶正。现如今各种天灾人祸接踵而至，蓄势待发的青龙蹲在哪里呢？

信也好，不信也好，我们来看看这两件事：

一是年轻人组织的"龙组华人援助协会"，由会长刘勇带着几个志愿者，奋勇奔赴石川县进行救援。他们开车穿越布满裂痕与断层的公路，跨过满地的废墟瓦砾，屡次在余震时遇见险情，最终化险为夷，将救灾物资带到了灾区。并且还将困在里面的几位华人转移到安全地点。

在完成这次惊心动魄的救援任务后，刘勇因操劳过度被送进医院救治。紧接着日本各地的华人团体和个人纷纷加入赈灾救援行动，一条条捐款捐资的接龙名单，日夜不断增长着人数和金额，让人看到了振奋人心的青龙精神。媒体问援助协会为什么叫龙。——因为是龙的传人。日本媒体记者撰文介绍"山川异域，风月同天"是日本在2020年新冠病毒肆虐时期向中国赠送医疗物资和口罩时写在纸板箱上的一句诗，曾感动了许多在日华人。如今成为互联网上互相支援的常用语，将这种友好精神反馈到对日本灾区的救援行动上。

其二，气象发生异变。奇哉，1月13日下午东京上空突然云雨巫山，雷鸣电闪，滚出了震耳欲聋之响。须臾雨停，气温降到3摄氏度，雪花悄然洒落。冰冷的夜幕中，东京车站的灯火在镜头上交织出融化的暖意。回头一看，天边竟挂着一弯月牙。这是什么征兆？正月发出第一声巨响的春雷，以及元旦降临人间的宝宝，是否透露出青龙是我们生活中不可或缺的象征？春雷更像是一次昭告，升龙道上抬头的是青龙而不是黑龙。

今日是正月十五，余震已经持续了两个星期，至今现地的救灾进程艰难而缓慢,但一切都会慢慢地好起来。一定是这样。

（载于《明报月刊》2024 年 1 月号）

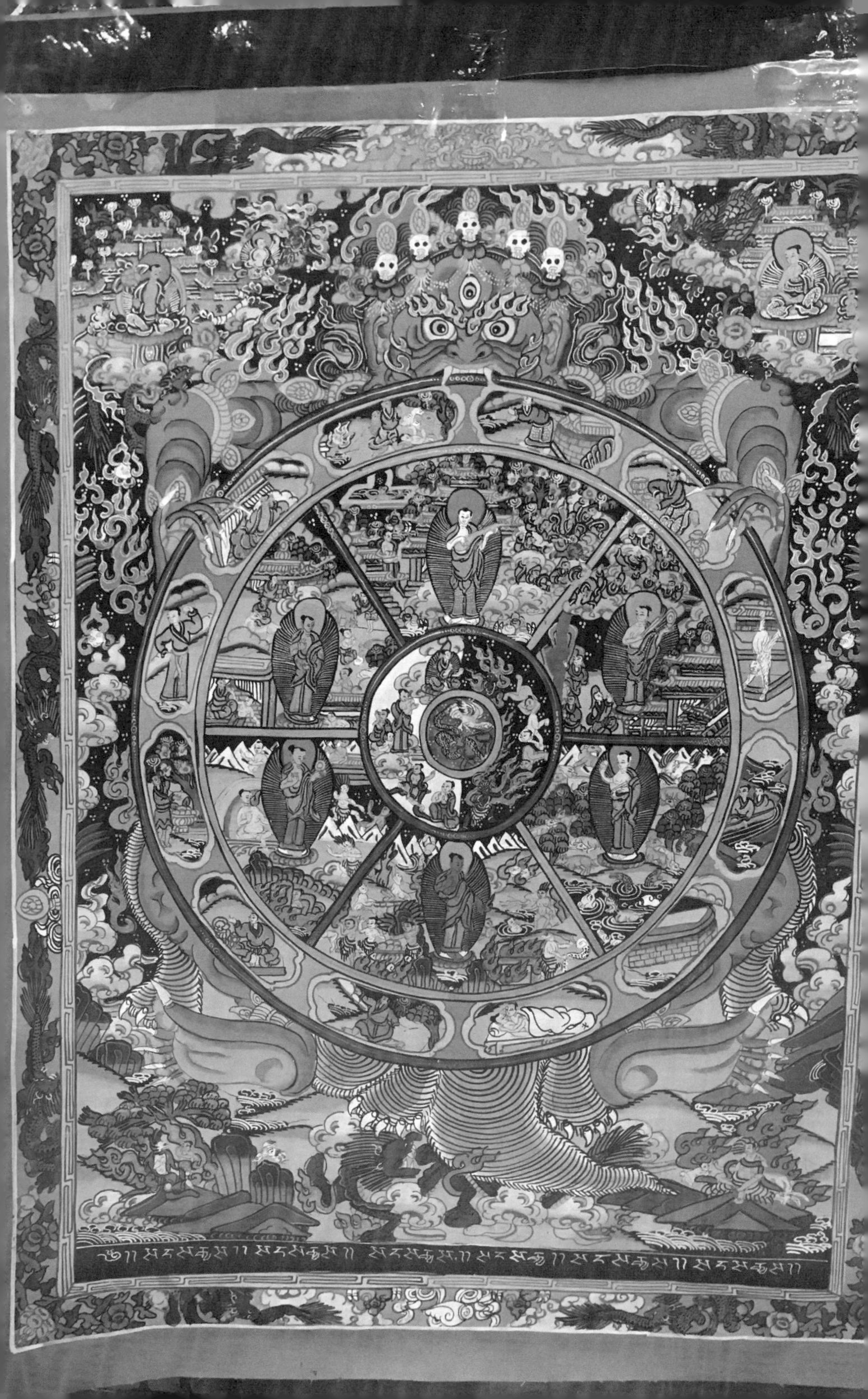

辑三 语翼

我的贺岁:"乐"与"藏"

转眼又到了新年春节。连续一个多月,忘年会、新年会连接不断,参加杯盏交错的宴席最起码有十次。每年从圣诞节起,依次排列到中国传统的农历春节。海外华人社会的热闹丝毫不亚于国内张灯结彩的庆祝氛围。而且与时俱进,日本首次出现除夕夜点亮东京塔中国红的灯彩,让日本上空也洋溢起中国红红火火的过年气氛。其实,我觉得整个冬天最有人文意义的是这两件事:"乐"与"藏"。

先从"乐"说起。2018年我出门旅游的次数不算太多,但其中最难忘的乐游经验是从喜马拉雅山南麓的空中俯瞰珠峰。不丹和尼泊尔之间的冥想空间竟然是喜马拉雅山深谷里的一方净土。神秘的雪山、藏传佛教,以及途中的吉光片羽、晨昏薄暝,一次次地引起了心灵的战栗与感动。那险峻的大山不时来一点惊险,路悬在盘山道上,一边是断崖绝壁,一边是万丈深渊。然而到达山顶,令人快乐莫名。韩国的秋冬之旅也是别具一格,脑海里的东京都市日常瞬间被切换成南怡岛万物凋零前的层林尽染、云蒸霞蔚,生命似火。眼角忍不住泛起一阵涟漪,"冬日恋歌"既澄澈人的心脾,又诱发肺腑之叹。

告别 2018 年，恰恰可以用朋友书写的一句话来概括：在机场里，每一个人就是一条航线。他们从自己出发，而后又抵达自己。

在岁月的长河中旅游是何其短暂，然而它串起来的快乐和启蒙足以改变生命的状态。

俗话说，"回家过年"是因为亲情的想念和温暖。春节传统文化充满了人世伦理色彩，人们阖家团圆欢乐聚会，奉祀家族祖先，彼此间的亲密交融使亲情得以升华。而西方社会是以信奉基督耶稣的圣诞节为新年。多数欧美人以个人愉悦为主，假期中纷纷出门，追求旅游的旨趣。日本的元旦习俗与中国春节略有不同，半夜零点一听闻寺庙钟声长鸣，倾家出动去神社祭拜许愿。也许最近几年中国人的年味淡化意味着春节的传统观念受到了挑战。现在乘春节假期出国旅游已经蔚然成风。东京的大街小巷，北海道的滑雪场，到处游走着追求快乐寻求刺激的中国游客。过去叫作"仙境"的秘境小路，早已成为旅游达人的探幽胜地。你很难说这是受到了西方思想的浸淫和同化。

贺冬之"乐"，便是去异国他乡的单行或结伴而游，透过空间改变生命的质量。当一次走向海阔天空的旅行，变成文字走向心灵时，就等于提升了行走空间的情致之美和文化层次，新生活不再是乏善可陈。

而"藏"，是指行者在达观上的精神境界。季节收获是自然孕育和开花结果的过程，久蛰思启，唯久为美，人生何尝不是如此? 人们习惯利用冬季腌制一些蔬菜瓜果。腌菜种类很多，辣椒，茄子，蒜头，荞头，萝卜，豆角，黄瓜，生姜……凡是地里长的，几乎都可入瓮成为腌菜。腌菜最初的意义不是腌菜，而是贮藏。由微生物作用促成乳酸菌发酵，产生独特风味，这就是春节的味道。一冬之食也许收取一年之功。同样，对一个旅游爱好者来说，旅游与游记，动与静，观与思，都与大自然的启迪相关。隔一两个月发作一次旅游之痒，为的是等待厚积薄发的过程。这样的过程，本身就是我们生活的一部分。

因此，新春辞岁，不仅是引出冬天各种腌藏珍肴的极致美味，也是借那些文字之功的旅游文化，让每一颗新的种子、每一次旅途出发更加有所期待。

笔者最近参观了东京中国文化中心举办的西藏唐卡艺术展。触景生情，眼前一再浮现自己去不丹、尼泊尔寻找手绘唐卡的记忆。

唐卡源于印度古老宗教布画"钵陀"，随佛教传入西藏。唐卡有弘法布道、修行观想的作用，视觉引出时空万象，色彩与佛相灵动万分。如果没有一一参拜不丹、尼泊尔的寺院佛庙和僧舍，就很难对之产生传神的感受。这个展览从1月29日到2月14日免费对外开放，有40多张精美唐卡体现独具特色的绘画艺术。还有藏族歌舞表演和藏族书法。笔者建议大家不要错过做旅游功课的机会。

2019年，必有更多的航线，延伸向诗歌和远方。

在日本寻找瓦尔登湖

　　立秋以后，连续几次收到河崎先生从长野寄出的纸箱。里面不是装满了带泥土香味的新鲜茄子、土豆、番薯，就是刚摘下不久的毛栗或自制的蓝莓果酱。秋天的味道，一下子滋润了五脏六腑。煮上一碗咖喱蔬菜汤，紫色茄子闪着诱人的光泽，一家人吃得津津有味。

　　说起来，河崎原来是东京的上班族，前几年公司裁员不得不提前退休，因此在乡下建造新房，一心一意地种起地来。河崎太太还在医院工作，两个孩子皆已独立。每逢休息日，太太从县城开车去乡下看望独居的河崎先生。这对和睦相处的夫妻，谁能料到婚姻上会亮起红灯。河崎先生突然间离家出走，整整一年杳无音信。从未跟丈夫龃龉不合的河崎太太在孩子面前忍辱负重，不敢说出丈夫患有失业抑郁症的现实。后来听说事情有了转机，河崎新年前从北海道归来，生活又恢复了常态。我在他那里租下了一个果园，对田园生活的憧憬使我在现实世界中迈出了小小的一步。

　　与其说"租"，不如说是一种形式而已。我在东京和长野之间一年往返几次，义务帮助河崎整理荒芜多年的田地。当时我信心十足，以为能找到朝思暮想的瓦尔登湖，过上布衣蔬食

辑三——语翼

的乡村生活。

日本的农村景色，无论走到哪里，都会看到牧歌式的田园风光和自然村落。刚踏入乡间田野那会儿，禁不住一阵心绪涌动，弯腰抓起了一把黑土。这土壤的成分与我过去在中国北方农村侍候过的庄稼地不同，它肥沃而松软，一尺长的萝卜可以从地里连根拔起。长野县距离东京 200 多公里，农作物和果树长势旺盛，整整齐齐排列在田野和山坡的矩阵中。

河崎家花两千多万日元盖起了一栋房屋，因采用太阳辐射热能发电系统，获得政府补贴的两百多万日元。屋顶上的一块辐射板基本解决了全天候热水供应和冬季取暖，即使发生地震，也无断水断电之虑。我问他为何不多盖两层楼，他说孩子不会回到农村生活，夫妻俩没必要住大面积的"一户建"。现在乡村居住人口平均年龄是 65 岁（2010 年统计），未知将来的农村命运会是怎样。说到此处他不禁长吁短叹，窗纱上的落叶也飞了起来。

河崎家祖传的水稻田是用包租形式租给了别人。他说农民光种水稻没法养活自己。我第一次听说，日本政府是从农民手里高价收购稻米，低价卖给消费者。第二次世界大战后麦克阿瑟将军从美国带来奶粉和面包，逐渐改变了日本人一天三顿米饭的传统。日本国民受西方生活影响，从大米主食趋向了面食的多样化。因此大米过剩，国家库存不断增加，年间仓库管理费达到 4700 亿日元以上。这样国家亏损越来越大，政府不得不出台新的政策，鼓励稻农将一部分田地改种其他农作物，以

达到食物链上的供需平衡。据 2008 年统计，日本全国有 40%
的水稻田转种小麦或大豆，其面积相当于整整一个埼玉县。

河崎家的主食时常翻换花样。客厅置有意大利进口的烤火
炉和面包机，这两样先进设备给河崎家的生活带来了变化。河
崎太太经常自己制作面包和比萨，有时拿出去换点收入。我跟
随河崎夫妇下了几次地，渐渐进入了乡间生活的轨道。

有一家日本的生活杂志，封面上醒目地写着：退休后，为生命
寻找一种生活方式。归乡种田，让一种怡然清澈的快意穿梭时光。

我与乡村一来二往，渐渐知道现代人说这些话是有点尴尬
的。日本农村的高度机械化和少子化，几乎抹杀了陶渊明那句
"采菊东篱下，悠然见南山"的神话。

我多次想起主张回归自然、崇尚简朴生活的梭罗，他在《瓦
尔登湖》里描述了瓦尔登湖畔独居两年多的所闻所思。我问自己，
如果我置于同样的一个地方，同样的一间木屋，我能否像梭罗
那样完成一次生命的体验？

我听见心底发出了另一个声音："这里没有瓦尔登湖。"我想
写诗，却写不出来。梭罗文字里的气场，这里没有出现过。

这一年里，河崎明显衰老了许多。城市退休人员适应农村
生活，究竟需要多长时间？我理解他们疲惫的表情，现在乡下
这个样子他们并不喜欢。起因是果园收获了一整车成熟的板栗，
树上的毛栗是用长棍打下来，然后脚上套一双特殊的靴子用力
踩，让毛栗外壳裂开，滚出板栗。一个下午打下来，我们几个
人都筋疲力尽。直到晚餐桌上端来了粟米煮饭，特别好吃，才

让我们有了收获的补偿。可是处理过多的板栗却成为令人头疼的难题。剥皮颇费时间，只好将一部分的剥皮栗子蜜腌起来，以备过年时食用，剩余的大部分只能慢慢处理。由于不懂得怎样保藏，眼看栗子一点点地烂了，我人一下子就跌进郁闷里了。

河崎告诉我，每年收获栗子，因品种问题甜度不高，他们非但卖不出去，还要倒贴不少钱打包寄给亲戚朋友，免得白白浪费。大多数收获的蔬菜瓜果，也是一半自掏腰包免费送人。这样，除了满足自给，还能有多少怡然清澈的快意穿梭晚年生活呢。

第二年春天我再去长野乡下，是为了向河崎家告别。那时听闻日本大米开始出口中国，我告诉他们这消息。

河崎说，一线曙光出现在眼前。感谢中国，日本大米得救了。

我吃了20多年的日本大米，一直认为它是世界上最好吃的大米。不光是我这么说，购买日本大米的国内人也都这么说。而这时候，听说有两位日本著名水稻栽培专家，自告奋勇地在中国传授推广水稻旱育稀植技术，引发了中国水稻栽培史上的革命，水稻亩产几乎翻番，一跃成为黑龙江的主要粮食作物之一。

转载于《人民日报海外版》2016年1月15日

辑三——语翼

世界上唯一的花，会进入"无用阶级"吗？

在书房的柜子里翻出一枚昭和六十四年（1989 年）的 500 日元硬币。昭和六十四年仅有 7 天，1 月 7 日昭和天皇驾崩，改年号为平成。那时我刚接到去日本公司就职的通知书。日本的"昭和年"，是从公历 1926 年起始，经过 62 年再加 14 天。搞不清楚昭和与公历年关系的人可以这么计算：昭和六十四年+25= 公历 1989 年。

昭和六十年（1985 年）左右来日留学的中国人正好赶上了日本经济腾飞的时代。中日两国邦交正常化后瞬间走过 10 年路程，总有日本朋友跟我解释"百姓昭明，协和万邦"是引自中国的四书五经。那时候，日本在努力改变自身的形象，并兴起去世界各地的旅游高潮。

我忆起一件事，有一次国会议员会馆组织在日外国人参观宇宙开发事业团的科学卫星基地，出乎意料的是运载架上的火箭长度不到 5 米，与美俄已拥有载人航天飞机，甚至研制出太空反卫星武器相比，日本研制的这个微型火箭又矮又瘦，只能用于商业和科学研究。一位国会议员说日本《和平宪法》第 2 章第 9 条规定，"永远放弃把利用国家权力发动战争、武力威胁或行使武力作为解决国际争端的手段，为达此目的，日本不保持陆、海、空军及其他战争力量，不承认国家的交战权"。因此，我最早对宪法第 9 条的认识是始于发射台上的那只小火箭。

1989 年 1 月 11 日，日本著名歌手美空雲雀在国民为天皇服丧期间含泪演唱《像川流一样》一首歌，「知らず知らず歩いてきた細く長いこの道、振り返ればはるか遠く故郷が見える」（不知不觉走过的这条又细又长的路，回头望去，可以看到遥远的故乡），许多人在电视机前流泪，平成年就这样在昭和岁月的余音绕梁中开始了。

我上班后几乎每天都在接受新事物。日本的新年号"平成"来自《史记》与《尚书》里的"内平外成""地平天成"，寓意日本无论对内还是对外，都要与天地达成和谐。前 10 年中最大的震撼莫过于联合国发布《地球白皮书》。宇宙飞行员从太空发回的图片暴露了人类与大自然相克。东西方冷战结束，真正意义的地球危机浮到表层上来。巴西举行地球高峰会议，是有史以来人类第一次为保护地球家园采取联合行动。日本政府海部首相内阁积极推行 ODA 政策，支援和帮助第三世界国家实现绿化项目，使日本号称世界"援助"大国。地球的公害问题日益引人关注，日本开始出现了新兴的 NGO 团体，提出地球人的理念，跨越国界支援中国和非洲国家的环保开发项目。平民开始流行"小欲知足"，接受"清贫思想"，学习减少地球负荷量的低碳生活方式。日本作家更注重接近人类心灵共识，关注人类价值观伦理观的变化。日本经济发展速度超前于中国，故而他们深入现实和解剖社会的环境题材的创作也先于中国和其他国家的作家，在世界引人注目。

这 30 年内我离婚又再婚，孩子读完大学本科，考进英国艺术大学追求艺术设计师的梦想。当时流行过这样的人生警句："想对社会有所贡献，必须让你自己变得不再是一个浑蛋。否则的话，你越把自己奉献出去，社会就越加糟糕。"

我在日本公司上班时不断被灌注要绝对服从集体精神，个人作为公司的一员要配合集体齿轮的运转。1989 年日本出现了新流行语："性骚扰"一词（sexual harassment, セクシャルハラスメント），在日本公司上班的白领开始像美国女权主义者那样奋力捅破社会的阴暗面。日本一家报社为此邀请了一批外国女性进行"打破玻璃天花板"座谈会，女性纷纷揭露职场上受到性骚扰和性别歧视，不能容忍因个人反抗遭遇解雇或职位降格降薪的差别待遇。次日新闻见报，引起日本社会强烈反响。虽然一时间还难以清除男权社会的深刻陋习，但人们更愿意思考地球公民的价值观，以及平等、自由与博爱的精神。多次往返非洲和中国的治沙学者远山正瑛教授，不断收到大小企业的邀请函，为上班族和学生们描述地球家园的现状和未来。读到他的一些热忱的语言，你会觉得世界正在开始变得美好。你会发觉你之所以喜爱过这个国家，是因为在平成的记忆板上见证了日本的成长与发展。

然而，不知从什么时候开始，人们开始习惯于在平成碌碌无为的社会中行走，对许多事物逐渐表示了冷漠。一种像是沮丧却又不完全是沮丧的没落情绪在慢慢地滋长。

经历了泡沫时代的毁灭，经历了长时期经济低迷和萧条，经历了日本前所未有的 2011 年大地震、大海啸、核泄漏等天灾人祸，曾经是昭和年代国家支柱的集团主义精神，逐渐被分离瓦解而渐近崩溃。

对社会产生过影响的政界经济界元老接二连三地老去或病故，在政权更迭中安倍首相连续三届执政，"宪法九条"受到了冲击。明仁天皇陛下定于 2019 年 4 月 30 日退位，皇太子殿下 5 月 1 日继位。安倍的修宪动议如果在 2019 年秋季通过，将意味着日本自卫队将变成一支武装的军队。

90 后的一些年轻人陷入不知为何而活的精神困境，陷入孤独的世界不可自拔，不知不觉中成了平成的废物。

不是所有的鱼都愿意生活在一片大海里。世上最遥远的距离是频频碰杯却碰不到你的一颗心。

平成社会最人气沸腾的 SMAP 突然宣布解散。意味深长的是五位歌手最后一次同台演唱《世界上唯一的花》。一首励志歌一下子变得如此困难，五人歌毕画上终止符含泪分手。20 年前一群健康快乐的男孩，走上事业顶峰后因为关系分裂做不了第一，宁肯做自己的 only One。

当我们要对平成说一声再见时，突然发觉周边已经吵闹成一团，新元号"令和"二字成了旋涡的中心。除了中国学者引经据典批驳新元号语源首次打破传统，采用日本文学古籍《万叶集》是难以自圆其说之外，欧美媒体也出现安倍政权在新元号上有国粹主义倾向的评论。更有日本华文媒体人指出，"日本年号的本土化，或许会成为日本固守自己传统的独特文化标志"。

我不知自己是否成了平成的一颗玻璃心，私下请教了一位退休的日本友人。

日本友人答："令和"二字，语出《万叶集》的"初春令月，气淑风和"，对此有中国人指出东汉张衡《归田赋》曰"仲春令月，时和气清"，也许不惟《万叶集》独有。但世界文化艺术都是互相渗透影响的，诚如东京大学美国教授罗伯特所言："日本国书和汉籍都无所谓，只要是能唤起超越国家的共同语言的力量和形象就好。"

友人还表露担心，指出过去在昭和天皇崩御的悲哀下，政治家和官僚的举止都非常谨慎。这次改元号安倍发言如过于露骨或用词不当，都会带来政治台风。相比较之下，像熟读中国四书五经的宫泽喜一先生这样的政治家已经不存在了，少数几个日本首相连毛笔字都写不好，大不如从前汉学渊博的政治家。

另一方面，一位研究日本历史的中国学者在圈里发文，瞬间获点击数 10 万 +。作者在最后尖锐地一问：要确认日本的独特性，是否只有通过切割日本中"非日本"的部分才能够实现呢？假如这一答案是否定的，那么我们又应该通过怎样的方式来确认日本独特性的存在呢？

不仅有华人热衷研究字源，日本在野党也有人将令字拆开来解读的，恨不得将安倍总理大臣拉下马。

安倍表示：悠久的历史文化，四季美丽的自然，构成了日本国家的品格。希望能够好好传承给下一个时代。就像在严寒之后预告春天的消息、开出高洁的梅朵一样，希望每一个日本人都满怀明天的希望，绽放出属于自己的美丽花朵。我们怀着这样的心情，决定了新年号的称号是"令和"。

　　人工智能的迅速发展正在左右现代人的生活情绪。法国经济学家托马斯·皮克迪的《21世纪资本论》、以色列学者赫拉利的《未来简史》提出了人工智能走向必然的可能性，未来将诞生一个庞大的新社会阶层，叫作"无用阶级"。10年后会有越来越多的人难以找到养活自己的工作。进入高科技社会的日本会产生一部分没有经济价值、没有政治权利、没有工作的失业者。这些人无论在智力上还是体力上，都比不过人工智能AI的优越性。站在大学讲台上的AI教授能准确无误地说出每个汉字的来龙去脉。因此可以说，这是最好的时代，也是最坏的时代。平成产生的废物很容易直接变成令和的"弃儿"。

　　不知安倍政权在选择年号时有没有想过，"无用阶级"何去何从，将是新年号启动之后日本面临的严重社会问题。日本独特的"世界第一"转型为"世界唯一"，泡沫时代的自信切换到不冷不热的佛系，像"温吞水"一样缺少蓬勃精神的一代，能赢得过日益发达的人工智能吗？我脑中反复思考，年青一代的每一个人，应该以怎样的传承力和希望，成为世界上唯一的一朵花？

此文载于上观新闻2019年4月13日

难忘的背影

10多年前，在报社记者的安排下，他第一次坐电车到我家附近跟我见面，我们在一家餐馆点了一些饮料，我小心翼翼地提出问题，真怕单刀直入会刺痛他的神经。那时他是出了名的新闻人物，日本华人报纸和电视台将他在日本非法打工赚钱的事炒作得沸沸扬扬。然而多数人都同情真实故事里的老丁，他两手空空到日本来读日本语学校，没想到学校位于北海道最偏僻的东部，除了冰封的阿寒湖，四周几乎看不到人烟。在漫长的冬季里连鸟兽都不易生存。于是他和同学商议逃离北海道，拼死走出雪地，乘上火车直奔东京。这件事惊动了日本媒体，予以新闻报道。由于就学签证过期，老丁开始一个人非法居留日本，每天出去打工挣钱。他希望能积攒下一些钱，让自己的女儿实现去美国读书的梦想，因此他咬牙忍受了一般人不可想象的孤独和血汗付出。他平时勤俭节约，为谨防警察查处黑户口，他行踪不定，不断更换打工的地点。有一位华人制片人注意到这个典型人物，开始长期追踪他的生活轨迹，并让上海的妻女通过屏幕见到了老丁。

桌上的红酒喝到一半时，我和老丁打开了话匣子。我们差不多是同龄人，同样经历过"文革"和"上山下乡"，没有一个完整的学历，又同是上海老乡，备尝含辛茹苦的自费留学生生活。我离婚后抚养一女，中国人的望子成龙似乎是最普遍的人生押注。俗话说可怜天下父母心，我来到日本这个异邦国家，却发现相当多的男人不管结婚还是离婚，居然有不肯负担赡养父母或抚养幼子义务的行为。单亲家庭正在急剧增加，因此带来不少社会问题。而有些华人的传统观念也明显受到冲击和瓦解，自顾自地让另一半来承担，将对方逼上梁山。我感念着面前的他，可以言说的事有很多，精神上却要承受比我大得多的压力。在他缓慢的上海话语中，许多微小的细节感动了我，甚至禁不住让我泪水盈眶。我轻轻地问他，想什么时候回上海？他一下子细眯起眼睛，脸上现出茫然的表情。一个巨大的出国预算的背后，无法准确推算回国的时间。一霎间，我感到心痛，只能暗地祷告，愿他们一家人能实现团聚的梦想。

红酒打开了思路，想起在日本经济腾飞又往下滑坡的泡沫时代，我因事务所的公关业务，曾与人去过几次银座俱乐部，见识过一位性格豪爽的陪酒女，在酒场上具有呼风唤雨的本事，喝酒的客人常围着她，被逗笑不止。不料有一天我们在场，那女人迟迟不肯出来，据说她生父从来没有抚养过她，却坐在边上等着见她，明显是来讨钱的。女人哭得死去活来，说自己的母亲至死都没说过父亲一句不是，可父亲的良心给狗吃了，自己很没面子。

我两眼盯着老丁，如果我写小说，会有这样的虚构情节，将真实的两种人物命运交叠在一起。我看见一条沾满女人泪水

的红手帕覆盖在上面，突然飘了起来……

老丁走了，我朝一身灰色衣服的背影挥了挥手。很快，我写出了中篇小说《茉莉小姐的红手帕》，先在上海解放日报旗下的《上海小说》杂志上发表，后来被北美以及台北报纸转载，获得了台北颁发的文艺著作创作奖。我没有忘记过老丁，却不知道他人在哪里。这时我女儿长大了，在日本大学毕业后去英国留学。有一日我在富士电视台的节目中再次见到了老丁，老丁的女儿考上美国的大学，特地和母亲一起飞来日本看望久别的父亲。观众的眼泪在屏幕前不可抑制，一位父亲仍背着非法的黑户口身份，不得不因为避开警察耳目而隔开一段距离目送女儿离开成田国际机场，飞往美国成就梦想。这一段场景不知日本执法的警察会怎样想，外国人非法打工的问题在日本十分突出，但是大多数日本观众却倒向了老丁这边，为他付出伟大的父爱所感动。我心里大叫，老丁啊，这下你可以微笑着回上海老家了。

差不多10年之后，由日本的一位朋友提供线索，我们终于在上海握手相见了。老丁不抽烟，不喝酒，骑着自行车从遥远的五角场过来，我们在一家星巴克边喝咖啡边聊天。人生就像咖啡的味道，苦涩中带甜。老丁脸上爬上了皱纹，我的两鬓也添了些许白发。我们的孩子都在美国独立生活，而且是在同一座城市。老丁的女儿获得美国医生执照后已经结婚，建立了美满的新家庭。我发现老丁很开朗活泼，贤淑的妻子厮守身边，过着小康实惠的日子。他很怀旧，不说哪些人或哪些事令他怎样痛苦和耿耿于怀。心地善良的人日子总是好过的，我想起一位风烛老人挥毫写下的人生忠言："荣辱事过皆为梦，喜忧心平便是禅。"但我用不着告诉他这些，因为在他的背影里，曾经的自卑感和刻意的处事谨慎，都已不翼而飞。回忆和淡然处世充实了他的生活，他依然保持着劳动人民的勤劳刻苦。从其他朋友那里我听说老丁仍在打工，天天去日资企业上班。

这篇文章并没有结尾，过了大约 10 年，我在纽约法拉盛与老丁再次相见。彼时他移民到了美国，在法拉盛拥有了自己的一套房子。这房间相当于日本公寓的 3LDK（三房一室），中间用纸板箱隔开，一半租给了当地厨师，这样可以赚点收入。厨房是共用的，我见到房客友好地打了招呼。这时我能感受到法拉盛是汉语的世界，老丁带我参观中华街的商店和百货大楼，所有人都不用说英语。老丁在纽约的一家大酒店当洗碗工，并让我看他挂在墙上的劳动模范奖状，我不禁大笑，真没想到美国纽约酒店业也有对劳动模范的奖励制度。这可是真真实实地用英语书写的奖状。他说再干两三年就准备退休。他拿出一个高级相机，梦想着一边周游世界一边写游记。说到写作的事，实际上老丁通过我的介绍，已经结识了好几位纽约著名的华文作家，在世界日报副刊上不断刊登习作。他时常去法拉盛图书馆参加文学讲座，借以提高自己的写作水平。这样勤奋好学的老丁，与 20 多年前相比已经判若两人。他自信满满，规划着自己的人生，咧开嘴笑的时候，一口牙残缺不全，估计是不舍得花钱补牙。而这时候，国内不知为什么又刮起了老丁热，电视

灼灼其华

上又一次播出了纪录片《含泪活着》，几乎家喻户晓，成为人们饭桌上的谈资。纽约的华人社会对此出现不同的两种争论，究竟老丁的生活是一种人生的成功还是对时代的讽刺？我觉得老丁现象是小人物在大时代的一个缩影，他活出了自己的尊严。在我的眼中，这是一个凡俗世界里了不起的命运人物。

2020 年，丁尚彪（即老丁）退休，并通过了美国公民的入籍考试。

上海人的国际婚姻

我对上海往昔岁月的咏叹里抹不去一个记忆，20年前上海姑娘论婚当嫁，必以新房摆放"四十八只脚、两鸡两鸭"作为基本条件。一套结婚家具，连同桌椅、床、衣橱、写字台在内，正好带有四十八只脚。电视机、缝纫机和两床鸭绒被，俗称"鸡鸭双全"。这已经是很奢华的排场了。姑娘们结婚的对象自然是上海男人。若是有谁和外国人谈恋爱，非得要有豁出去的勇气。那时人们对海外关系惟恐避之不及，家庭成员很可能遭受牵连，被置于死地。稀少的涉外婚姻几乎是清一色的"沪女外男"，偶然出现几位男同胞受外来女猛烈追求，也总是无可奈何结婚报告屡报不批，有的竟惊动了上头龙颜，才促成好事。

早在20世纪二三十年代上海就享有东方巴黎的声誉，一批又一批的外国冒险家闯荡上海滩，打开通往世界的门户，西方思想文化乘机涌入，上海成为重要的通商口岸，堪与纽约、东京等国际都市相媲美。然而在历史隐晦的时期，上海却退出国际舞台，形象也日渐黯淡下来。

一直到20世纪八九十年代政策松动以后，涉外婚姻便花头经百出。例如嫁女对象分"美军""皇军""伪军"和"共军"。"美军""皇军"是指美国人和日本人，"伪军"指港澳台同胞，"共军"则指国内收入较高的阶层。一时盛行各种话题，成为出国的方便途径，喜怒哀乐皆在其中。

进入 21 世纪的今天，侄女在上海举行的婚礼则让我感受十里洋场遗风犹存，然而实质却发生了变化。去年她与一位西班牙人在徐汇天主教堂成婚，当这对新人步入双塔高耸的哥特式教堂，在神圣烛火中接受教主的祝福时，我和来自地球另一边的西班牙人亲属不禁高呼爱情万岁。据说上海市民政局每日为 14 对情侣办理跨国婚姻登记手续。涉外婚姻正变得越来越寻常。然而与以往结婚后就出国的模式不同，侄女并未打算跟随新郎去西班牙定居，新郎愿意辞去领事馆官员的职务，在上海扎下根来。我逐渐理解他们对上海的憧憬和青春梦想，是糅合了东方与西方的情结，梦想在这里一展身手。我在地图上摸不着来龙去脉的一个地址，侄女的"那一半"自告奋勇成为"导游"，出租车司机听他说明地址，驾车穿越市区找到了地方。下车时司机忍不住问："格人阿是来上海做生意的新疆人？"我不禁大笑。什么时候，洋女婿变成了上海人，而从上海出国的我反倒成了外国人？！

如今繁华街道上不难找到风味迥然不同的各国餐厅。一个家庭出现三个不同国籍的家族，会讲几国语言不足为奇。上街时常见老外偕同中国妻子出门散步，表明上海人的自由婚姻已不受任何国界的阻挡。

地球人不再是陌生的名词，世界公民意识深入了市民的脑海。你无法说从未出国的上海人没有国际眼光，他们早就从国际化社会获得了各种消息和认知。比如说国际环境日到来，上海友人会跟我大谈黄浦江如何治理，因为这是一条流向大洋的江河。

见过世面的上海人越来越多，他们从过去仰慕外国人变成了让外国人仰慕上海，这是最值得骄傲的一个变化。

也许上海女人擅长心机会让洋女婿学得门槛贼精，在贸易谈判桌上不输给对方。洋女婿十之八九也像上海男人一样，下班回家就下厨房汰菜烧饭，烹调外国料理。这么一来，围着厨房转就不再是上海男人的专利。而中国女人在事业上能撑起半边天的优点，又明显会令更多的外国男人到这里角逐对象，寻找创业伙伴。上海男人在情场上、生意交涉中少不了要跟这些对手进行一番较量。

夏日炽热的阳光穿透徐汇天主教堂上的五彩玻璃时，变成了深邃的姹紫嫣红，似乎象征了上海缤纷多彩的新气象。这幅图案奇妙地嵌入了我的心中。

（此文载于 2006 年 8 月 19 日《解放日报》朝花版）

摇橹的篷船摇啊摇,摇进了平湖的弯弯河

前几年,听说颖颖家的外婆走了,我在电话那头止不住落泪。好几天,不知米饭为何味。一闭眼,梳洗得干干净净盘着发髻的外婆的脸就会映现出来。

小时候因父母调动工作,拖儿带女从北京搬到上海,迁进了一座花园洋房。母亲于彼时雇佣一个乡下来的保姆,照顾未成年孩子的起居。谁知保姆几次从家里偷盗粮食,父母工作繁忙,并未发觉。直到邻居反映,才知道三个孩子常受饥挨饿,幸亏有颖颖外婆救济,不断塞给我们几个糟蛋和青汁团来饱肚。

保姆在箱子里偷藏几十斤大米,这是三年困难时期国家按人头配给的商品粮,一连好几个月少了这些粮食,让原本胖嘟嘟的三个孩子变得面黄肌瘦、肋骨凸出。那时难得有几次父母带我们去市政协的餐厅饱餐一顿,事前母亲会吩咐我们不许露出狼吞虎咽之状。确实,上市政协吃一顿饭,是我们最开心也是最幸福的一天。吃相难看,也是孩子最纯真的天性。母亲心疼地问为何不说出保姆偷米,颖颖外婆在一边插话:"保姆威胁小孩不准说,吃菜皮引起拉肚子,我家高医生感到事态严重,叫我告诉你这件事。"外婆的女婿高医生是大学医务处处长,母亲这下什么都明白了,抱住我们痛哭一场。从此就让我上父

亲学校的食堂打饭回家。食堂饭菜比家里原来的伙食不知好多少倍，但我们常常偷瞄外婆家的饭桌，故意在厨房里磨蹭，好让外婆塞给两块美味的点心。

颖颖爸爸很早参加革命，处长级别的工资要供养一大帮亲戚。颖颖家的开销很大，生活却安排得井井有条。这全仗外婆精打细算，她老家浙江平湖不断接济点鱼米荤素，派人挑担送了过来。那时我们说一口京片子，很好奇上海话里的外婆为什么是 Nha bu。一起玩耍的颖颖喊起外婆总带有嗲嗲的腔调，我跟着学起来，也一样叫外婆。后来发觉上海话里外婆的声母，与牙、眼、我、硬、偶相同。这苏浙口音的上海话，是先跟着颖颖家学起来的。

当时一幢花园洋房里，住着好几户人家。每逢周末颖颖家厨房飘出香味，女人们都会跑出来张望一番。外婆拿一块五花肉，将带皮的一面滑进烧红的锅底，"吱"地冒出一阵烟，猪毛除得一干二净。她做红烧肉，锅里会加几块风干的咸鱼段，肉香混合着鱼香，味道特别浓厚，让我觉得是天下最美味的一道菜。

等我再长大了一些，一场史无前例的浩劫使我家受到了沉重打击。在短短的时间里父母被批斗和隔离审查，尚未成年的我们依靠变卖家财才能勉强生活，住房被收走大半，三兄妹挤住在一间房里。外婆一家受到的冲击还算小，他们从三楼搬到二楼，跟我们做了隔壁邻居。于是，颖颖常常从阳台翻越到我家送来饭食，我们因此获得人间温暖的一束光。后来市里动员知识青年"上山下乡"，我和家姐被安排去吉林农村插队落

户。外婆含泪送来一只缝了套子的热水袋，怕我们冻着。

　　第三年我从东北偷偷跑回上海。在颖颖家一边吃红烧肉一边忍不住流泪，抬头发觉外婆的发髻不见了，长发剪成短发，添了不少白发。岁月无情，外婆显得非常苍老。一家老小十几人艰难度日，令她操碎了心。

　　过了几年，父亲经过冤假错案平反终于出狱。颖颖家获得消息后决定迅速搬家，好让我们一家早日恢复平静生活。眼看就要过春节了，外婆让我和颖颖到十六铺码头乘坐篷船，去平湖采购年货。

　　摇橹的篷船摇啊摇，经过五六小时水路，摇进了平湖的弯弯河。

　　外婆的平湖故居是大户人家的派头。粉墙黛瓦、花格木窗和方砖铺地的天井庭院，一头通向客厅，一头通向厨房。我爬进阁楼，看到角落堆积着古籍和装满字画的大小箱子，才明白江南鱼米之乡为何代代有无数的文人墨客，颖颖的外婆为何天天读报，能够从容处世。我们在集市上买下黄鳝，抱着八宝饭、糯米圆子、醉鸡、油面筋等年货就往回赶路。这时天落下大雨，码头的汽笛一声紧着一声，两人心头一慌，脚下趔趄，打翻了手中的水桶。黄鳝落在雨水坑洼里，逃向四面八方。我俩手忙脚乱，费力抓了几十根，竟连半桶都不到，赶紧跳上离开的大篷船。

　　多少年后颖颖到了婚嫁的年龄，我发觉她继承了外婆的专长，无论是八宝饭还是粽子，都是地地道道的外婆家的味道。

我则学会了烧出一碗香喷喷的宁波红烧肉。

屈指数来，我在上海生活了28年，可惜人生出现逆旅，异域他乡成为家乡，故乡反而是一个人忘不掉的童年。

2021年2月，仍然是回不去的春节。疫情蔓延造成的隔断，使得这一年要不断地从童年记忆里抽丝剥茧。我打电话给颖颖，问她外婆的八宝饭放哪几样材料。乡愁真是一种难以言说的感情，我不无伤感地说："行遍天涯真老矣，愁无寐，鬓丝几缕茶烟里。"

诗歌与灵魂相遇

　　我的处女作是从长篇小说开始的，也出版过散文集。我想出一本诗歌集的想法很早就有了，而实际上很长一段时间里，散文、随笔和论文的写作几乎成了常态，后来在 2012 年金秋十月接受上海侨办邀请回沪采风，我参加了一场上海诗人王小龙在田子坊举办的诗歌朗诵会。那一天，仿佛是诗人的盛大节日，各地的诗人汇聚在尔冬强摄影中心的大厅里，场面非常震撼，24 小时里诗人们无休无止地轮流上场朗诵诗歌，麦克风前卷起了一阵又一阵的高潮。沪上著名摄影家尔冬强的夫人李琳代我在墙上写下了一首微诗：

　　　　诗歌与灵魂相遇

　　　　在黑夜里风情万种

　　　　不顾你我迷茫的表情

　　而那些墙上，密密麻麻地写下了所有人疯狂的诗歌。

　　从那以后，诗歌就不断地从我身体里跑出来，有别人的诗，也有我自己写的诗。记得有一位资深文学编辑曾说过，诗人写小说容易成功，这是因为诗人善于运用语言，能驾驭叙事和虚构的成分，因此成功的概率是比较高的。反过来小说家和散文家写诗就不那么容易，小说家的特点是叙事能力很强，缺乏诗性。写惯了散文的作家，转型写出好小说和诗歌的并不多。

然而经过了一些年后，我发现自己是栖在三种文体上自由创作的人，并且还试图在诗歌上展开一个新视角，做些与众不同的事。

什么是诗人？说起来仿佛有很多答案，但最根本的其实就是：下决心带着生命的觉悟回到语言中的人。现在将我的诗歌结集成一本书出版，也算是给自己和朋友们一个交代。

我在这本诗歌集里提出了"缘侧"理论，有一些极具代表性的观点，比如用"缘侧"这样一个边界词，可以解释诗人从外向内、又从内向外的一种哲思过程。

"缘侧"是指传统日本房屋中经常看到的走廊。从客厅到庭院之间，人与人、人与自然之间的对话，并不回避世界一面的残缺和黑暗，而是因为看到四季不同的花木衍生出美丽色彩，能启发生活在现代的诗人如何去活用它。

日本建筑师对房屋连接庭院的过道很讲究，走廊的作用不只是走廊和室外庭院的出入口，它还细分为"边缘"和"干湿边"等。在和式木屋内侧的"边缘"，下雨天也能眺望外面的景色。宽阔一些的"边缘"，则可以放置椅子和桌子。在这样的过道上与人聊天，或许独特的美感就潜藏在每一个角落。正所谓世界上没有两片完全相同的叶子，庭院里的植物美学和日常生活的融合便有了更多的可能性。

从这个边缘地带来说含义很多，广义上来说是诗人建立的一种精神地带。新冠疫情下的每一个人，都深深嵌入在这个世界之中。当人们有更多的时间观察自然界植物生长，凭借随处可见，以及采撷方便，日本花道丰富多样的作品就给我们带来了一种真实的安慰。就仿佛最后关头，自然依然是温馨可靠的。细微的事物，在最小的空间里充分地延展着，拉伸出每一天生命的不同景象。

我尝试创作俳句、汉俳和日本插花的三位一体，只是一种走进新视野的理想。窃以为，这种打破常规的创作方式，从某种意义上来说也是海外华人作家就地用母语和本地文化融合的一种新文体。有趣的是，这种诗歌的形式本身，也体现了中日文化的交融和互鉴。

俳句是一门以心传心的文学样式，《现代汉语词典》对俳句的释义是"日本的一种短诗，以 17 音为一首，首句 5 个音，中句 7 个音，末句 5 个音"。俳句有不少规则，如季语、切字等，同时还强调象征性、瞬间性等。短短的句型却能奔向宽泛的主题，而属于现代新诗的汉俳，则是运用唐宋诗词的音韵，简洁、优美，把汉语汉字所蕴含的审美潜能充分地发挥出来。

我长期研学日本花道，感悟插花是对生命和万物荣衰的理解方式，同时也像一首诗，与季语反复交融。一切都理解过了，一切又都在重新理解之中。

如果读者对"缘侧"理论很有感觉，或许不用与作者谋面讨论，就在这本书的诗歌中找找看，看不见的缘侧风景也许更意味深长。这个过程读者可以与我同样享受。

诗集终于在樱花季节付梓，一共收录了50首自由诗、47首微诗，以及53首俳句和71首汉俳。其中最长的一首诗是165行，最短的是17音的一行俳句，并配有50幅左右的插花作品彩图。

在此，谨向出版和发行本书的中国电影出版社表示感谢！向编辑部的敬业精神表示感谢！更对中国新诗著名评论家、重庆西南大学吕进教授不吝教正、拨冗赐序深致谢忱！

（此文为诗歌集《缘侧》之跋）

从一部女权电影说起

　　昨夜看了一部与女权主义有关的电影《静かな叫び》(英文原名：Polytechnique，中文译名：理工学院)。我认识的一位朋友就住在加拿大魁北克省蒙特利尔，据说那是一个充满活力和多元文化的美丽城市，有许多年代悠久的哥特式欧洲建筑，被称为北美浪漫之都。真没想到影片里极其恐怖的校园枪击事件就发生在那里。电影一开始就以阴霾密布的肃杀天气预示一场悲剧即将降临。携带凶器的罪犯马克·勒平驾车来到魁北克理工学院，那些在教室里嘻嘻哈哈等待上课的学生还不知死神正在逼近。这时镜头回溯到事件发生之前，马克·勒平写下一份遗书，他认为是女权主义摧毁了他平静的生活，表明要杀害19名女权主义者，并在纸上列出了杀人名单。接下来屏幕上令人惊悚地看到他面无表情地举起枪支，在校园内四处追杀无辜的女学生，将无情的子弹射向了她们的身体。

　　导演力图复原1989年发生在魁北克理工学院的惨案，运用了黑白映像和不同角色的切转叙述，极少的台词，寂静的杀戮场面，来衬托事件对人们的血腥冲击。影片并未过多地着墨于凶手成长的背景，甚至从头到尾都没有出现过凶手的真名。但是透过这位24岁男子的行为和悲剧幸存者的证词，影片观众得以了解凶手具有反社会心态，对女性争取平等权益充满了厌恶和对立的情绪。

理工学院的一位女学生为寻找毕业后的第一份工作，曾去一家大公司面试，主试官询问有无考虑成家育子，因为航天部门很少有女性职员。她回答说自己没有怀孕和生育的计划，就此顺利获得录用。当这位女生回到校园进入教室后，凶手突然推门进来。他命令所有人按性别分作两组，男性组先离开教室。他对留下来的女性组冰冷地说出"我在与女权主义战斗"，然后当场射杀了这些手无寸铁的女人。

在令人战栗的恐怖中，校园里师生纷纷夺路而逃，仍然有人被凶弹击中。那天，行凶的 20 分钟里一共有 14 名女性被射杀，10 名女性和 4 名男性受伤。这是加拿大有史以来最多女性遭受杀害的事件之一，凶手最后举枪结束了自己的生命。

我被压抑到要用腹部深呼吸来缓解战栗的神经。对于那场悲剧的幸存者来说，即使活着，也会成为一生都挥之不去的可怕梦魇。

我回忆起 20 世纪 90 年代我在加拿大多伦多遇到过女权主义的示威游行。游行引起了全世界关注，西方社会的女性一直在争取男女平等权利，常常率先挑战和抗议诸如生育、堕胎权、受教育权、家庭暴力、性骚扰、性别歧视与性暴力等社会问题。她们愿意示范给世界看，女权主义不是去敌视或凌驾于男性之上，而是主张男人不该忽视女性的工作权利和对社会的贡献度。其后不久，纽约职场女性发起的"打破天花板"运动在日本获得了积极的反响。

影片里描述女学生在求职面试中受到性别歧视的场景，引起了我的共鸣。在过去的求职经历中我遇到过类似的情形，当时对此感到愤懑的女性却得不到社会舆论的支援。我相信现在经过职场女性争取平等权利的呼吁，日本已经有越来越多的社会共识，承认女性能胜任科学文化等领域的任何职务。例如日本政府内阁出现了担任防卫大臣、法务大臣的女性，也出现了第一位登上宇宙飞船的女宇航员、第一位连任的东京都女知事等。

我不知道这些会不会引起有大男子主义倾向的人的反感。如果能敏感日本民主自由的空气里还有什么令人不舒服的，恐怕是这样的感觉：在日本职场担任重要职务的女性为什么多是单身女性？社会热衷于女性选美，让美容整形大行其道，令很多女人深恐自己的相貌和身材达不到男性的审美标准。曾任东京奥运会组委会主席的森喜朗竟然说出了"有很多女性参加的会议很费时间……"。婚姻家庭中的日本男性，总希望自己的老婆"有点聪明但又不要太聪明"，既要她生儿育女，分担大部分家务，还要能挣钱贴补家庭开销。女性在职场受到性骚扰的事依然会时时发生。

事实上关于女权主义的概念也出现了纷繁复杂的分支，在建筑、视觉艺术、文学、音乐、电影、哲学、神学上都产生了极具争议性的话题。我至今不容易搞清楚学术分野上的是非论断。不过，这部电影可以让我们静下来思考：凶手为何会敌视女权主义? 当他的生活越来越糟糕, 他认为女权主义是为了多占男人的便宜, 女人争取权益是建立在剥削男性的基础上。这些失去理性的话语反映了个人极其歪曲的反社会心理, 是一种可怕的毒瘤。马斯洛指出:"期盼社会对自己的尊重, 是个人天性的需要。"但一个人用屠杀手段来证明自己的深恶痛绝, 就无异于"变态"的魔鬼。

我们从这部影片中获取的, 绝不仅仅是对社会悲剧的"管窥一斑", 还应从英文片名中理解它隐喻的全部意义。

（注: 1991 年, 加拿大议会宣布 12 月 6 日为"纪念对妇女的暴力行为全国纪念日", 它也被称为白丝带日。）

纱幸是牺牲者乎?

2007 年一家日本报纸刊出消息,有 400 多年历史的日本花柳界(艺伎界别称)开天辟地诞生了一位金发碧眼的外国人艺伎。此消息一出,轰动海外,媒体记者纷纷追踪报道。5 年之后,敲开艺伎之门的外国女人却败在日本夕阳产业陈腐的森严戒律的门槛下。

我第一次遇见这位澳大利亚出身的白人女子,是在浅草寺的雷门附近。当时她身穿和服与木屐,体态轻盈地走进了一家礼品店,举止相当优雅和得体。说来这也是一场奇遇,听她用日语介绍香典礼仪,以为是外国使馆的外交官夫人,不禁夸了几句。不料她回话说"我是日本艺伎",闻言者皆大吃一惊。她从袖口里掏出拇指大小的名片递给我,上面印着娟秀的字体"纱幸"。自始我便与这位金发碧眼的艺伎有了邮件联系,一来二去做些语言交流。

位于浅草寺以北的花柳街,是东京屈指可数的六大花柳街之一。"料亭""置屋""见番"集中在一个区域,能感受到江户以来的花街氛围。

纱幸解说道,日本花柳界的艺者和艺妓,是完全不同的存在。艺者是一种在日本从事表演艺术的女性,主要是在宴席上表演舞蹈和乐器。有钱有势的客人需要熟人或名士引荐，才能得到名伎的接待。这一点外国游客往往搞不清楚。

难道不是满足男人们的梦想——享乐、浪漫和占有欲？我不禁怀疑。

纱幸笑答，从事艺伎业的艺者，是表演艺术，不是卖弄色情，更不是卖身啊。用汉字随意将艺伎写成艺妓，是对我们这一行的侮辱和曲解。纱幸还对艺伎业做了介绍。艺伎通常是归属某一"组合"，经过吹拉弹唱的严格训练和修业，才能正式挂牌。年轻的日本舞伎，往往是还没有毕业的艺伎，白天跟艺伎学习三味线、舞蹈等技艺，晚上在茶席上服务。因为年轻漂亮，整个过程也会有特别被人注目的本钱。

之后，纱幸在邮件中一再关照，我给她拍的照片无论发到哪家报刊，一定要如实告诉。而照片上的她，明眸皓齿，从头到脚打扮得如同大正时代的和服美人，使我联想起一首诗歌："最是那一低头的温柔／像一朵水上莲花／不胜凉风的娇羞。"可是，若想成为一代"名伎"，也许得花费一生的心血。

如此迷恋日本艺伎文化的纱幸，今年上半年竟被东京浅草艺伎协会无情开除。

纱幸本名 Fiona Graham，15 岁来日留学，从庆应大学毕业后又进牛津大学深造，获取社会人类学博士学位，过去还担任过电视节目制作人和美国《国家与地理》杂志编辑。从 2007年起她接受艺伎训练，以"纱幸"这一艺名，成为历史上唯一长居日本的外国人艺伎。她给我的日文邮件是键盘上打出来的罗马拼音，读来十分费劲。我很想看她怎样妆容和表演，但进入坐席的价格令人咋舌，那是我们这种人万万消费不起的。

47岁的纱幸怎么说也是对振兴日本花柳界有过贡献的外国人，我忍不住向浅草艺伎协会（浅草组合）打听。遗憾的是浅草艺伎协会回答说纱幸已被除名，原因他们不肯细说。媒体有透露消息，纱幸没有按部就班学完所有的必修科目，最近纱幸提出独立开业的请求，浅草艺伎协会本来就忍了一肚子气，自然不允，还下决心与她一刀两断。

有学者认为非日本血统的人在传统保守的花柳界，可能能学到一点皮毛，但那仅仅是皮毛而已。日本花柳界有着非常严格的各种戒律，如今这一产业面临夕阳西下，难以容纳外国人获得艺伎资格。

纱幸其实很有商业人的头脑，她知道在艺术与运动技能方面，日本尚能宽容少数外国人获得成功。例如相扑界里有蒙古人朝青龙、白鹏翔，演艺界有邓丽君、翁美玲等，都能独树一帜，在日本大把捞钱。但是纱幸的气质和做派，并不适合日本的艺伎形象。

日本艺伎的育成一直沿袭几十年前的道规，收取昂贵的学费，而且不允许进行副业和结婚生子。纱幸付出了沉重的代价，花费5年心血，难以站稳一席地位，不免令人扼腕叹息和同情。

她始终没有拍摄成一部有关艺伎的纪录片。她利用广告和视频进行宣传，在大学讲座上介绍艺伎文化。有时因为记者刊登一张照片，就要讨价还价，令人感到她生活拮据。如今日本

经济萧条，花柳界逐步走向式微和倒退，艺伎人数大为减少。金发碧眼的纱幸是生不逢时，没碰上纸醉金迷的泡沫时代。

5月里，我在京都观看了一场艺伎演出。坐于舞台一侧的艺伎，演奏吹笛、打击乐、三弦等乐器，可谓一板一眼、一目了然。一群舞伎在台上演出的节目分上下两场，全体舞艺精湛、声情并茂。而台下的观众席则汇入了京都各界的社会名流，不少女子身穿华贵和服，男士也像旧时代绅士一样西装出席。剧场气氛高雅庄重，足见先斗町作为著名花街之一在京都传统文化中的举足轻重。这是日本遭受大地震以来京都艺伎界首次为捐助日本受灾地区进行义演。

活跃在日本传统花街的艺伎，不能忘记纱幸吹横笛的美丽倩影。她为日本带来了一股新的旋风，让日本人重新审视和发现传统的艺伎文化。纱幸是文化偏见的牺牲者乎？众说纷纭，莫衷一是。我相信纱幸不会就此罢休，如果艺伎真的是她舍命追求的文化艺术，自然会有后续的人生故事。后来有人还告诉我，纱幸去了深川。如果对照一下日本唯美派文学大家永井荷风的耽美小说，一定会觉得纱幸仿佛成为浮世绘中的人物一般，连同那反骨的心情，那番旧习风俗，都卷入了短夜的梦境。

导致这种乱象的原因是什么

打开电视，日本几家电视台除了新闻联播节目，越来越难以引起我的兴致。周一发觉某频道每晚播放高收视率的中国宫廷内斗剧，简直是给人洗脑的节奏。令人深恶痛绝的尔虞我诈、钩心斗角在几十集烂剧中却适得其所，恶俗画面比比皆是。试想头脑比较单纯的观众和华人后代，怎挡得住耳濡目染之后的三观颠覆？

读朱大可评二月河的一段文字，彻悟过去疑惑不解的两种情况：知识分子向世俗化堕落，勇于说真话的人最易遭受诽谤和冷箭。其实这两种现象是与潜移默化的电视剧台本的话语有关。大多爱看国产电视剧的观众，在大众娱乐文化的影响中不知不觉改变了人际关系，心理防线出现了，歪门邪道也出其不意地露出一手。狡猾的中国人啊，小聪明常常用在背后整人和幸灾乐祸上。宫廷电视剧偏偏盛产这种腹黑术和帝王粉，连善良人也会不由自主地想踏人一脚。

时值辞旧迎新，在忘年会杯觥交错之间，海外华人社会的自相矛盾和巧言令色还会少吗？侨务方面通常只关心社团之间的理想格局，对于社团领袖的素质和水下权力之争只是袖手旁观，隔岸观火。坊间传意大利华人同乡会改选之际大打出手。

华人或华侨在海外拉山头树大旗，巧立名目繁多。侨联朋友告诉我有的社团或媒体只是一个人或一对夫妻名义下的组织，简直是滥竽充数。

二月河去世后第一次见到他的遗照。我双手合十，表示哀悼。刚从不丹回来没多久，想起不丹人民的忠君之道，有一种对比在心里翻腾。

有人说，从二月河的《雍正王朝》和《康熙王朝》里的明君，到台湾作家的《纪晓岚》《刘罗锅》，再到网络作家编剧的皇后与众嫔妃争宠的《甄嬛传》《如懿传》等，大清题材的历史剧已经泛滥成灾了。不得不说二月河是始作俑者。

真是佩服这位友人思想敏锐，指出二月河小说直接影响了中国人的社会价值观。一个写历史通俗小说的作家不可避免地成为史观对立点上的标帖人物。《康熙皇帝》《雍正皇帝》《乾隆皇帝》这三部曲所歌颂的明君当政时期，恰恰是中国历史上文字狱最甚时期。其规模之大、手段之毒辣、诛杀之凶残更是远远超出了前代。有人更举鲁迅先生推荐的《清代文字狱档》，因"悖逆之词"而惨遭戮尸、凌迟，株连九族的人不胜枚举。像二月河这样深晓历史细节的作家，却给予读者一个价值观判断的误导。后面跟风而上胡编乱写的许多历史题材成了电视剧的热馍馍，一时误害多少不谙史书的读者和观众。

劝君慎看无聊透顶歪曲史实的"宫廷剧"。从中国浩瀚野史中提取"权谋之道""腹黑术"不仅仅是编剧者故意而为，那些玩腹黑术的人也还真是惹不起，连康熙王朝的皇帝都惧怕三分：朕现在是越来越明白了，这大清的心头之患不是在外面，而是在里面，就在这乾清宫里。

其实，作为我们，对历史剧的印象一开始就被拉入烂俗套路，看久了，才浮出一个明确的反感，说明我们没有白读历史这门课。

2018 年 12 月 24 日

过去、现在与未来

——素描日本写真狂人荒木经惟

艺术家的世界，有谁能三言两语说得清楚呢？

不久前去银座看了摄影展，觉得大师像换了一个人。他两眼噙泪，拿着相机沉思下一世投胎是人还是猫。他身上的癌细胞激发了生命的欲望，空间流动着温馨的气息，除了一个病弱女子匍匐在舢板上之外，其他女人都怀抱着新生儿露出温婉笑容。有一张放大的黑白照片，是湿漉漉的性感的嘴唇，因为倒竖而产生了效果。有观众久久站在那里激情澎湃。翻开大师新出版的影集《空2》，你真能相信这人不久之后会死去？濒死之际还想着女人受虐的肉体，想着创造一个自由享受的天国乐园。

有感于序言里的一段文字，译成中文写在下面：

很早以前我就说过，摄影这种东西只不过是对现实的写真和人生模仿，或逼真的赝作而已。它不会是真正的创作，所以我进而想到了第二个目标。这是一种要用全身全灵来做的事，是我想要描绘并创造出"另一个天空"的心情。……我想到死，同时也会浮想生的另一方面。无论哪一方面逼迫心里，必使另一方沉重而致。当你有了死的预感，生的欲望也会到来，这就是生之欲望啊。这本书是我要留下的遗作，但是或许也说不定，从这里不是走向了终点，而是有可能又冒出新生的开始……

对我来说，要让我喜欢一种艺术，有趣无趣是一个关键。
"趣"字各种各样，艺术家无所拘忌，一张老无赖的猫脸，配
一副墨镜，准有人激动地喊出他的大名——荒井经惟。

母子裸体的展示绝非卖弄玄技，而是纯粹的交流和释放。
两年前我和欧洲的一些女性认为他是色情的猥亵偏执狂。我
和荒木之间的差别是，我从小耳濡目染的是水墨画、油画的纯
粹艺术的世界，女性向来是美丽的象征，带有宗教性的救赎意
义并慰藉人的心灵，而他却像是用鄙俗玩笑捉弄神圣的艺术的
摄影家。

是我看不惯的恶作剧的趣味。唯一不同的是那一张他妻
子——阳子疲倦地匍匐在小船上的黑白照片，让我感受到镜头
赋予作品一种永恒孤独的冥想。

当很多人成为荒木经纬狂热的忠实粉，我唯有沉默不响，
像逃离现实一般远离他的摄影展。

让日本风纪警察束手无策的荒木经惟，镜头底下多是淫秽
的画面和乱七八糟的现实。你无法拿他的黑白照跟《花花公子》
杂志的封面摄影来相比，有一些 sexual arts 都会严重鄙视这个
颠三倒四的变态者。一位欧洲摄影家告诉我，荒木的暴力摄影，
几乎不受西方美学的影响。但即使这样，荒木仍被带上日本艺
术大师的桂冠，在世界卷起了一股旋风。

世风难测，传出北京香格纳画廊正在为他举办个展，不久
会移到上海。荒木经惟在中国拥有大批的追随者，他能够将观
众搅拌在洗衣机的漩涡里。

在一个发表文字的论坛上引起了小小的争论，色情与艺术该被怎样认识？北京的个展移到上海时发布海报，跳出了荒木经惟的两句口头禅："艺术就是欺骗自己、欺骗人生的一种产物。""所有的东西剥去皮就是真实。"

在银座，我仔细地观察荒木的状态，他什么都拍，但这次主题很明确，没有那种穿吊带内衣绑在椅子上、阴毛外露的猥亵作品。我尚能平静地看完孕妇挺着肚皮或怀抱新生婴儿的黑白作品。是那种对于新生的喜悦溢于言表的渲染力，深深感动了观众和我。

据说在上海举办的展览很盛况。不让放赤裸裸表现色情的画面，但观众仍然感受得到照片上花朵的欲情。对没有语言的摄影，好评如潮。似乎成全了荒木的价值观，艺术如果缺乏真实的人体，感染力就会减弱。

荒木在一本称之为遗作的《空2》摄影集上涂鸦，放在展览馆的入口处对外出售。我突然发现这像是荒木对过去、现在与未来的一种注释。

大量的摄影作品对世界进行黑白浓淡的对比，作着生与死的写照，成为过去、现在、未来的旁证材料，人们才会认真看待自己在生活中的真实情况和渴望。

想想看，在荒木经惟逐渐老去的年代里，我们曾经目睹了什么，达到了什么，又掩饰了什么？

像北京、上海这种城市承办荒木经惟的个展，想必不是为了暴露写真狂人的淫乱指数，而是希望公众平静地观察那种摄影方式传达的现实和精神性。

荒木在《空 2》上寄托了对未来的幻想，像是儿童画画般的信手涂鸦，堆砌出与生俱来的荒诞不经，他还开幽默的玩笑，即使去了另一个天空，也有可能"哎呀"一声从彩虹上跌落下来。

在那个天空里，人们还愿意做一个道德的模范吗？

世界为巴西鼓掌

　　当时针快进入奥运会开幕式时刻，我与远在里约热内卢的来自台湾的华侨林美君通过微信你一言我一语地聊起天来。就在前不久，我问她，巴西为什么有那么多的负面消息，全世界喷出的口水似乎就能淹没这个国家。说完后，我顺手将一些关于里约的水流污染问题、运动员遭受武装歹徒袭击和盗窃等网络信息发给了她。我始终没闹明白，巴西到底开的是嘉年华？还是智取生辰纲？对方却给我发来了一个有趣的动画科教片，那是介绍亚马逊热带雨林罕见的珍贵动物。我顿时被奇异的画面吸引，亚马逊河流滋润着南美洲的广袤土地，孕育了世界上最大的热带雨林和神秘的"生命王国"，各种生物多达数百万种。巴西的国名就来自一种名贵树木，在葡萄牙语中意为"红木"。这个国家也是世界上人种最多最杂的国家。在文化上具有浓郁的拉美特色，极具异域风情。似乎是来自于野性的呼唤，里约热内卢通过三轮投票击败了西班牙马德里，获得 2016 年第 31 届夏季奥林匹克运动会的操办权，这也是奥运会第一次登陆南美大陆。

　　及至奥运会开幕日如期而至，才发觉丝毫没有前面想象的那么糟糕。可以说，几经波折点燃的奥运会圣火，非常巴西！

我和林美君在微信上同时发出欢呼。在全场轻松明快的《众神降临里约》的乐曲中，身为南美洲华人作家协会会长的林美君不断在微信上加以辅助说明，开幕式突出的是环保主题，会场采用了最便宜的节能道具和材料。开幕式上的文艺表演在回顾东道主巴西历史进程时，还穿插了上世纪日本移民对巴西农业的贡献。我在这一头对活力四射的现场直播发出赞叹，骑绿色三轮车带领体育团队入场的巴西人好快活，传递了欢乐浪漫的喜庆氛围。那一头骄傲地回答：巴西人的性格是天塌下来也不会发愁。永远不缺少鲜花和绿叶。然后又见一位巴西超模在会场上走秀，全世界人屏息欣赏她的美丽风采。反正这个国家是出美女的大国，永远会被全世界的男人追捧。按照日本的说法，美女可以细分为长腿美人、赤脚美人、性格美人、润肤美人、瘦脸美人、丰满美人等，只要女人占了其中一样，都会得到赞美的机会。但是在巴西，只有一种说法，那就是性感美人。浪漫而动感的桑巴舞，有哪个女人不性感欢快呢。这种舞蹈，起源于 19 世纪的非洲国家，充满活力、狂野和热情，凸显着身体曲线和美感，如今巴西的狂欢节也降临奥运会会场了。他们象征性地投下种子，这些种子被撒在一座公园里，将来会成为一片森林。

　　自然我还会注意到 2016 年里约热内卢奥运会的吉祥物是黄色的 Vinicius（维尼修斯）和蓝色的 Tom 汤姆。Vinicius 代表巴西的动物精灵，Tom 代表巴西热带雨林的植物。我非常喜欢Tom 的创意，隐喻光合作用让植物不断生长，克服各种障碍，最终将成果献给人类。

接下来美君又说一条消息，"阿汤哥已经骑自行车来到里约，为参加奥运会的选手加油。"我这里一头雾水，阿汤哥是谁？阿汤哥名叫汤凯宇，3年前从台北出发骑自行车环球旅行，去过18个国家，有澳洲、北美、中南美，接下来要去非洲、欧洲，走丝绸之路。"

好厉害，一个人带着奥运会精神骑遍全世界。

其实细想起来，我们身上，是不是也能找出一点奥运会精神。我在少女时代参加过横渡长江口的壮举。那时有一个时代背景，1966年7月16日，毛泽东主席来到武汉，以73岁的高龄畅游长江，历时1小时零5分钟，游程近15公里。因此7月16日被确定为毛泽东畅游长江纪念日。1967年全国掀起了横渡长江的游泳竞赛，在纪念日那天，上海各区都派出志愿者组成的游泳队，数万人在长江口浩浩荡荡挺进，这规模堪称上海有史以来的首创。宝山县团队包含复旦大学的志愿者，还有初中一年级的我和一位女同学，我们是队里最小的未成年人。游泳队为了达成目标，进行了两个星期的集中特训。我每天跟随身材健壮的大学生和体育运动员在大海上强行拉练两小时。过程非常艰苦，常常累得举不起胳膊，皮肤晒得一层层裂开。就这样终于迎来了长江口拼搏的那一天。

一早我们一行人被东海舰队派来的军舰送到长兴岛，从那里下水，不到一小时，一股湍急的黑流将我们一下子推出到东海。浩渺连天的大海汹涌起伏，我们遇到了与平时训练不同的情况，长江口和东海汇流，形成许多漩涡，水势复杂，险象丛生。这些问题被市里的指挥部完全忽略了。几乎所有的游泳队都被打散，我们这支队伍在海上漂流了四个多小时后被船队救起。幸好没有意外伤亡，靠的就是一股顽强的拼搏精神。这种能引起一点小小的自豪感的盲目行为，和阿汤哥相比，似乎在某一点上接近，人的运动神经和顽强意志结合，会超越生命力创造出一种奇迹。

我至今痴迷的体育节目除了足球和网球比赛之外，还有游泳项目和马拉松比赛，马拉松最大的特点就是其运动的价值远远大于在比赛中获胜，很多人参加马拉松是向自己的极限挑战，享受一个人跑步的过程。所以每一个城市举办马拉松，总会吸引上万人来打卡。没有人会说他们是苦行者，反而更像是体育上的享乐主义。

奥运会圣火到达会场最高点时，会场上空出现宇宙的多轴旋转，展现太阳和圣火的意义。巴西人的奥运会，无论场内和场外都充满了刺激，各种体育冒险将接踵而来……。接下来，我这个"奥运会迷"，会有多少时间扑在银屏前加剧心跳呢？

我对林美君说，巴西加油！世界为巴西鼓掌！

辑四

文缘

我言秋日胜春朝
——记哈佛大学燕京图书馆一场别开生面的演讲会

11 月的波士顿，汇集了全美最斑斓多彩的秋景。绿叶转化成金黄和橘红，燃烧起一团团火焰，剑桥大学城古老的建筑与红叶相拥，在阳光下形成了一道色彩缤纷的风景线。我从东京起飞，经过 14 个小时来到这里。多少次向往这个城市，命运之神给我安排了最佳时机，让我得以领略它独特的魅力。

到达时是晚上 10 点，哈佛大学中国文化工作坊的张凤老师和她先生黄绍光教授，已在机场出口处迎候了。

哈佛中国文化工作坊续今年邀请中国台湾、加拿大、德国等地知名作家担纲华语演讲后，11 月份再度在哈佛大学燕京图书馆举办华语文学座谈会，我与麻省理工学院郑洪教授接受邀请一起在会上演讲。

认真回想起我有幸与张凤结交，是在 2008 年广西南宁召开的第 15 届世界华文国际学术研讨会上。后来又有多次机会在学术会议倾听她的精彩发言，不由得倾倒于她的博学多识和天生美貌。张凤的高贵、端庄、娴雅，以及她在学术和写作上的独树一帜，赢得了大家的尊重和爱戴。她进入哈佛燕京图书馆编目组工作，即开始了研究哈佛大学百年华裔精英的漫漫长路。其间，她写就了关于哈佛的一系列书籍，被国内评论家称为海外华文作家书写哈佛第一人。哈佛大学是北美汉学发展的重要阵地。据张凤介绍，1928 年哈佛燕京学社成立后开始了互派学者的研究计划。1940 年哈佛大学成立东亚语言与文明系，哈佛汉学进入稳定严密的承接期。哈佛燕京学社在东西文化交流史上发挥了重要的作用，哈佛燕京图书馆也随之建立。目前已经成为世界规模最大的大学东亚图书馆，张凤就在这里工作了 25 年。

离座谈会日程还有一天多的时间，张凤抽空陪我游览了市中心，一眼便看见意大利文艺复兴建筑风格的圣三一大教堂，以及背后高高矗立的汉考克大厦。波士顿公共图书馆引人注目，现有的藏书量仅次于美国国会图书馆和哈佛大学图书馆，走进里面参观，就像翻开了一本历史书，有许多精美的壁画和雕刻，令人目不暇接。这里是美国自由精神的发源地，有不少人坐在宁静典雅的环境里尽情地遨游书海。

波士顿总体给我的感觉是历史气息、现代魅力和未来科学完美融合，处处能感受到这个城市高度发达的文化教育和医疗科技等位于世界先端。一路上看到很多充满活力富有情调的咖啡馆，心里鼓动了多少次想去日本朋友极力推荐的 Thinking Cup，啜饮一杯肉桂味的美味咖啡。可惜晚上一个人，终究没敢离开酒店去陌生的地方。

当我走进哈佛大学校园，时间却匆忙，只能仓促地扫过一眼。据媒体统计，有 8 位美国总统和 151 名诺贝尔奖获得者出身于这所历史悠久、享誉全球的美国大学。屈指一算，哈佛中国文化工作坊已经走过了 20 个年头。张凤本人担任讲座主持人也已逾 10 年。先后有 300 多位来自世界各国和国内高等学府的学者作家在这里登台演讲，主题丰富，包罗万象，对于华语世界的传播、中美两国学术文化交流起到了积极促进的作用。来哈佛演讲的人不会忘记这一次次的精神盛宴，不会忘记张凤与著名学者王德威、李欧梵等对工作坊长期倾注心血。我很幸运地在海外华文文学交流的际遇中，走进了燕京图书馆。

演讲会前一日的 11 月 9 日，是美国华裔作家张纯如（曾出版《南京大屠杀：被遗忘的二战浩劫》）去世 13 周年的忌日。因此首先由张凤以北美华文作家协会副会长之名，与嘉宾听众一同，向故人张纯如女士静默致哀。

一身白衣素缟的张凤沉痛地说，以铁证揭露南京大屠杀的《拉贝日记》作者拉贝先生，还有南京金陵女子大学的传教士、院长明尼·魏特琳，都不堪精神忧郁而去世。10 多年前她十分震惊于将两者生平公诸于世的张纯如女士，也在 2004 年陷入忧郁症自杀身亡。张凤在悲痛之际写了《南京大屠杀与忧郁》一文，并收入《一头栽进哈佛》著作。

演讲会从这个话题起头，张凤介绍第一演讲人郑洪教授为何会以再书国殇的不同凡响，直击南京大屠杀的罪恶历史。

麻省理工学院郑洪教授，不仅是一位世界知名的物理学家，还是在学术研究领域获得诺贝尔奖提名的终身院士。

郑教授拿起了一本书，他花费 10 年心血完成这部英文小说《南京不哭》（*Nanjing Never Cries*）。郑洪教授说，他本人在幼年经历过日本侵华战争的国难时期，因 2005 年参加一场谈论二战和广岛原子弹的座谈会，很不满有的历史学家强调日本人受害、闭口不谈侵略者在中国暴行的事实，他现场提问、事后投书都不见效，遂有了自己写书出版的愿望。1999年他特意回到南京，用三个月的时间收集非虚构历史资料，倾听许多证人的回忆，完成了小说的初稿。《南京不哭》里的主要人物虽然出于虚构，但小说演绎的故事却来自真人真事的口述材料。他说，创作此书的动机，是出于一种历史使命感，写了大半辈子研究论文的郑洪教授说自己初次写英文小说，一开始很糟糕；经过反复修订，历经10年才成书；2016年获MIT出版社旗下的Killian Press出版；半年后，中译版由南京译林出版社出版。他说，二战中中国人受日本人的欺凌远比德国残杀犹太人更甚，日军在中国的残暴程度，连纳粹都不齿。

最后，郑洪教授的结束语铿锵有力：历史不容任意剪裁，真实必须留下。在座听众报以了热烈的掌声。

我听完这40分钟的演讲，心情很不平静。我决定在自己既定的演讲稿之外，临时发挥"战争与和平"的观点。这部分发言要点如下：

郑教授的发言不同凡响。在这里我愿做一个补充，谈论日本人如何看待"战争与和平"。

2000年国际笔会在莫斯科召开世界作家大会，会议期间穿插了原子弹被爆受害者的诗歌朗诵。来自日本广岛的原爆受害者们声泪俱下，背景图播出广岛、长崎被爆现场的惨状，整个会场的空气非常沉重。这时我惊讶地发现，节目单上印有英语、法语、德语和西班牙语译文，唯独没有中文。这些来自日本的受害者以及音乐艺术家自发组成了反战团体，他们旅行世界各地做反战宣传，控诉原子弹给人类带来毁灭性的巨大伤害。我和其中一位诗人交谈了几句，发觉受害者这个概念几乎绑定了他们的主要意识。为何他们愿意思考"受害"的一面，不愿更多地反省日本侵略者如何"加害"于别国人民？这场灾难的前因后果，以及将"受害"放在优位还是后位的思考，似乎带有一定的国民性倾向。我带着这个疑问阅读日本的战争文学，诚如日本的一些进步人士指出的那样，战后的日本对于罪恶战争的认识和解读，仍然存在一些误区。战后的日本人能够从不断修正和隐瞒的文字里知道多少真相与事实？阅读战争文学作品，"战争被怎样解说"的问题立即会显现出来。它或可分为两种状况：作家是有意识或是无意识地去描述历史。

我的另一半演讲内容是事先准备的《关于俳句和汉俳的双语创作》。

听众反应很是热烈，有人踊跃提问。这时我才注意到在座的不但有哈佛大学和其他大学的学者与教授，还有本地退休的华人医生、工程师、金融专家，以及深谙格律诗的当地华侨等。非常高兴的是，我当场得到了郑洪教授赠送的《南京不哭》签名本。

第三位演讲人是一位萨福克大学的访问学者，她的题目是《境外现代中国人物专辑研究现状》。她提到上海交通大学传记中心建立了一个重大项目"境外中国现代人物传记资料整理与研究"，是秉承"为世界华人树碑立传、看世界眼光中的华人"的宗旨，力求对境外的现代中国人物形象进行整体把握与研究。

这位学者不仅是年轻美丽的上海女性，而且有非常好的学历和英文实力，代表了国内新一代的精英阶层。

晚上在哈佛大学附近的餐馆，与一群来美国访学的国内学者、博士生一起聚餐干杯，他们风华正茂，具有很优越的资质，吸收专业知识的能力很强，因此有着十分的自信。在热烈的交谈中，年轻学者透露出不做移居美国的打算。美国的生活已不能够吸引他们，他们愿意学成归国，在事业上施展抱负。最主要的是，中国和美国在物质生活上的差别已经逐渐缩小，在国内拥有"小确幸"的生活，也是一种幸福。后来我在纽约遇到来旅游的上海朋友，发觉这是年轻人很现实的想法，绝对不带什么放空炮的性质。不禁想到了海外华人在异国他乡平安度过几十年，却是那种处于中西之间、新旧之间的样子，什么都有一点，但什么又都不到位。非国民，边缘不清，因此在键盘上写出的小说，还要被讨论是归类于海外华文文学还是中国当代文学延伸部分。

最后一日在波士顿，气温骤降，街上刮起了凛冽的寒风。上海美女和开车的杨先生一起，送我去波士顿巴士总站，我与他们紧紧握手告别，心中充满了感谢之情和温暖，不由得想起唐代刘禹锡《秋词》有曰：自古逢秋悲寂寥，我言秋日胜春朝。

远处，波士顿的太阳明晃晃照耀在穿城而过的一条河流上。

我暗自许愿，下次一个人来，一定也是在金色的秋天。燃烧的红叶能撩拨人对自然、历史、人文、美食的种种兴致，我愿独自一人徜徉在自由之路上。在华灯初上时去看看夜色和灯火衬托的汉考克大厦，那可是建筑大师贝聿铭设计的世界城市地标。还有，充盈着美丽风采、妙语连珠的张凤，她如同阿根廷的诗人博尔赫斯一样，把整个图书馆都装在头脑里。和她交谈时得调动起自己阅读的底气，在愉悦的话题中渐入佳境，一次次地感受知识大海的力量。

生命礼赞
——献给世界华文文学研究的先行者、开拓者陆士清教授

  3 月 18 日，上海作协大厅举办了一场气氛热烈的以"青春是一种生命精神"为主题的陆士清教授学术思想研讨会。来自全国各地以及海外的世界华文文学研究学者、作家们欢聚一堂，共贺陆士清教授 90 华诞。爱神花园一扫往日的静谧，欢声人语，簇拥的鲜花，经久不息的掌声，这一切无不洋溢着出席者对陆士清教授的无比敬仰和感激之情。为这次别具一格的沪上学术研讨会，各路人马全力以赴，让沉寂三年之久的世界华文文学线下学术会议终于拉开了持续复苏的序幕，不禁令人满怀欣喜和寄托希望。

  陆士清教授精神矍铄，风度儒雅地站立在讲台上，他身姿依旧挺拔，心态依然开阔，几乎看不出来是一位耄耋之年的老者。身后现出刘登翰教授一语定音的一行标题：青春是一种生命精神。本人由衷地赞美之：是的，陆士清教授从青年时代进入复旦深造学习到执教于中文系，他的人生历程和学术研究成就，可以说是一个文学时代的缩影，其生命长河满载人生的精彩和芳华绽放。

  会场上陆老师以谦和的语气，在陈思和教授对恩师做出精准概括、谓其著作年表和学术贡献几乎是一部中国世界华文研

究史后缓缓道出一句:"说我有成绩也好,说我有功劳也好,我主要的是不离不弃,我的事业一直会做下去。"

这一番话在我心中引起了巨大的反响,思绪飞进难忘的几个镜头。

三年前我们几位海外作家商量在陆老师进入米寿之际回沪祝寿,结果疫情肆虐全球,等到再次握手会面竟拖延了三年。这三年里世界发生了太多的事,陆老师在今年春节前不幸感染新冠,血压飙升,一时令人担忧不止。后来在电话中听见陆老师痊愈出院跟我说的第一句话,虽然有点虚弱,却告我不用为他担心,这时挂念的泪水止不住流了下来。这才发现多年受其教导深深浸润我心的恩师陆士清已成为我在上海最牵挂的亲人。

说来话长,我于20世纪60年代考入复兴中学就读初中时,就对复旦大学充满了梦想。那时复旦大学附属中学有90%的升学率可直接考入复旦大学,理工科是主要的专攻方向。我每天上学,首先完成的早课是和高年级学生一起,从四川北路的学校门口长跑到复旦大学门口,再折返回来。这个以复旦为目标、往返十几公里的跑步锻炼一直到"文革"爆发学校停课才中止。后来我又跟随复旦大学学生游泳队去横渡长江,可以说很早就产生与复旦休戚相关的意识。自然,我的人生命运,也在复旦写下了重重的几笔……

在今天这样的场合我更想说我是一个直接的受教者、获益者。1979年我开始渴望获得文学知识,在复旦中文系课堂我如饥似渴地听过陆士清教授讲授中国当代文学。那时学生们全神贯注地接受新知识新文学，海峡两岸的文学交流也在这时初显端倪。於梨华登上复旦讲坛演讲"中国台湾现代文学"，引起了热烈的师生讨论。耳濡目染的见识让我理解为何20世纪80年代的文学作品犹如雨后春笋，迅速带来文艺复兴的黄金时代。因此心中产生了更高的追求。不久我告别上海负笈东瀛，经过几年奋斗，终于在日本安身立命。1998年在北京出版第一部长篇小说《沙漠风云》，获得文学界肯定后渐渐走上文学道路。2006年由於梨华、陈若曦等台湾女作家创办的海外华文女作家协会预备召开第九届双年会，在北京白舒荣老师的建议下，时任协会会长的周芬娜命我回沪与陆老师商谈复旦大学作为会议选地方案。借此机会我与陆教授有了面对面接触的机会。陆老师思维敏捷、精力充沛，洋溢着鼓舞人心的感染力。他谈及对世界华文文学和港澳台文学的见解，有许多先创性的学术观点，在今天看来是具有前瞻性的。他对早期从中国台湾去美国留学的聂华苓、於梨华、陈若曦，戴小华等人的作品都进行过梳理、探讨和立论，同时对我的处女作长篇小说《沙漠风云》给予鼓励和肯定。

那天我们走过绿茵场和双塔楼，看到校园欣欣向荣，年轻学生充满了蓬勃朝气。我在陆老师深入浅出的话语中初次了解到世界华文文学研究作为一门新兴学科，存在多种多样的意见分歧，学者们在研究时会有不同的见解。这消息对我来说，不啻带来了一个转折点，写作不单是一种文字和生活经验的表达，还应深入思考文学意义和学术批判等问题，海外华文文学作为一种跨国文学体裁，汇集了多元的文化、民族、种族、语言和文学风格等元素，具有多重身份和多元文化的特点。因此我和陆老师之间打开了一扇天窗，海阔天空，纵横上下，我的收获更上一层楼。海外女作家协会第九届双年会在复旦大学中文系系主任陈思和教授和陆老师的精心关照下终于圆满闭幕。不久，陆老师建议复旦中文系邀请我和王敏、王智新去光华楼演讲，与研究生做一次交流。2009年我出版散文集《丝的诱惑》，收集近几年在杂志上发表的专栏文章，陆老师为我写了序言《扶桑枫叶别样红》，文中写道：日本"也有一些作家，能面对异域现实，注目日本社会，写出探视日本社会生活和日本人精神世界的作品。他们已经把宣泄和乡愁变成了理性的反馈，在自由的风气中以独行的方式凸显文学的新意，显示了对东方和西方社会的解读"。"华纯就是这种解读的实现者。她的处女作——长篇小说《沙漠风云》和近期的散文写作，既显示了她的国际视野，又展示了对日本社会生活的深入挖掘，从而使她的作品区别于一般的留日华人文学。""她的纪行散文在展现环保理念的同时，将笔触伸向日本人的精神空间，以日本为出发点，探视中日文化的交流和联系，这是别具一格和别具风采的，也可以说是'别样红'的一个标志。"感谢陆老师吉言，这部新书获得了首届华侨华人中山杯文学奖。

其实，陆教授的启蒙言行与良师益友般的存在，早已起了潜移默化的作用。我深感陆老师是德高望重、学识渊博、思想深邃、品德高尚，在许多细节上都能反映出来，令人铭记。我参加各种学术研究会议，进一步见证陆老师倾 40 年心血始终站于世界华文文学研究学科的最前沿。陆士清教授作为开拓者之一，马骋先鞭，泽被后世，功德无量。他关爱每一位海外华文作者，他书写的评论成为启迪和鼓舞我们这些海外作家坚持创作的源泉力量。不难想象海外华文作品包罗万象，每次书写论文要做大量的案头工作和收集资料。更难能可贵的是，陆士清老师还是首肯几经兴衰沉浮重新振作的日本华文文学发展的一位伯乐。

2011 年我和王敏、荒井教授赴香港参加文学会议，决定发起日本华文文学笔会，在日本鼓励华文写作者创作更多的好作品，陆士清教授、王列耀会长作为见证人，欣然接受我们邀请成为协会名誉顾问。创会伊始，究竟如何给日本华文文学定位，陆教授语重心长地指出，海外华文文学可以被视为中国文化的延伸，但也有自己的独立性和原创性。日本华文文学要重视中日文化背景差异性问题，一方面要面对历史，不遗忘历史，另一方面也要维护中日之间友好往来的文化交流和融合，在文学形式上呈现较高的创新性和多样性。

2016 年 6 月，世界华文文学学会会长王列耀教授决定联合日本华文文学笔会在广州暨南大学召开一次国际研讨会，白发苍苍的陆教授从上海赶来，拿出厚厚的评论《沙漠风云》文稿宣读论文，这一幕刻印在所有人的心扉上。

如今迎来了陆士清教授高寿可期的九十华诞，我们依然感受到陆士清教授老当益壮、生命不息的拳拳之心。就在 18 日会议前夜，陆老师入住酒店后，又习惯性地打开了工作电脑，在键盘上为一位香港作家写下万言评论。陆士清教授就是这样以不离不弃、持之以恒的毅力，不断地阅读、思考、讨论和写作，努力挖掘作品的内涵和外延，灵活运用学科知识和理论，从而有力地推动了整个学科的发展和进步。这些功绩都会镌刻于历史，让后人永远记住。我相信对陆士清教授来说，最好的祝寿礼物就是后人必承其章，继往开来，谱写新篇。青春是一种生命精神，光华流芳，激励我们永不放弃。我在此恭祝陆士清教授九十华诞身体健康、吉祥如意！并感谢汪澜主持、40多位作家、学者和领导干部共襄盛举，在此次研讨会上汇聚成一首悠扬而生动的爱神花园不朽之曲！

收录于陈思和教授主编的《青春是一种生命精神》（复旦大学出版社）

穿越时空

——为两座城市创造诗意的潘耀明

一、出访泉州

常听说,泉州是一座神奇之城。多元文化在这里融合发展,多种宗教在这里繁衍生息,宋元时期形成的"海上丝绸之路"给泉州带来了独特的风貌,它犹如一弯新月镶嵌在海湾线上,吸引了众多游客纷至沓来。2019年一过完元宵节,我和韩国的王乐教授乘坐高铁来到这个古城。这里依然年味十足,到处张灯结彩,家家户户的门上贴着大红春联。我们下榻在鲤城大酒店,窗外面对着由东向西、两公里长的涂门街老城区,仅这一条老街上就有清净寺、孔子文庙、通淮关岳庙、三十二间巷等好几处历史景观,显示出泉州古代建筑工匠的高超技艺。我们用一整天时间在老城区里尽情眺望开元寺的东西塔,观看日常生活中的热闹,寻找金庸小说里的泉州元素。

而这里,就是香港作家联会会长《明报月刊》总编潘耀明先生的故乡。前不久他回到这个充满千年风雅古韵的小城度过了自己的生日。潘先生的一段抒情文字深深打动了我,"十岁来香港,童年魂牵梦绕的面线糊、菜头粿、蚵仔煎、肉羹……仍然挥之不去。这半世纪都为童年的闽南小吃寻寻觅觅。"

这是我去泉州探访的重要原因。

泉州自古是海上丝绸之路的起点，享有世界宗教博物馆之誉，历史上最鼎盛时期曾有两百多个宗教共存。泉州的建筑、习俗、生活方式以及食物等受到过外来文化的影响，因此这里是不折不扣的美食之城。我们在泉州作家郭培明、吴素明的安排下大快朵颐地吃遍了当地有名的面线糊、蠔仔煎（蚵仔煎）、润饼、姜母鸭、牛肉羹、咸饭等。其中最地道的特色美食是吴素明带领我们去往乡下参加父亲的祝寿宴，他的老母亲从厨房端出一面盆的面线糊，我想这一定是融入潘耀明先生日思夜想、魂牵梦绕的本地味道。

　　我最近读到潘耀明先生追忆他养父的文章，才知道他的亲生父亲在他出生前已经去世，母亲以四十高龄生育，以为他剋父，便把他卖给了另一位妇女。他现实生活中的养父是菲律宾华侨，他因此改姓为潘。

　　我读之很是感动，想到了要穿越时空，一一拼接潘耀明先生的记忆断片，从原籍地泉州起，去了解一个人走向文学的历程。

二、《明报月刊》

　　我回忆起第一次在香港读到《明报月刊》杂志是 20 世纪 80 年代。当时我是来度假的日本公司白领，从九龙码头的天桥上看人来人往，香港人的生活节奏很快，无论男女老少都带着匆忙的神情。在书店整齐而丰富多彩的书架上，我看到《明报月刊》与《争鸣》《香港文学》等杂志堆积在一起。世界商业最发达的香港，有一批文人在写作、出版、争论、思考文学和人类的问题，我感到文化在这里是有尊严的事。他们的音容笑貌、

灼灼其华

气息和文字散落在香港的各个角落里。我后来多次去往香港，渐渐发觉《明报月刊》有一种迥然不同的声响，从 20 世纪 80 年代创刊起，这本杂志严守"独立、自由、宽容"的信条、面向全球华人知识分子，积极探索文学艺术和思想文化，在每一期里都有一定的篇幅刊登诗歌、散文、文学评论等，卷首的字里行间，总是洋溢着浓厚的文化情趣和思想火花。

这份杂志与刘以鬯创办的《香港文学》杂志，立于当代文学之先，早已成为海外华人知识阶层推崇的文化品牌。这些繁体字版的印刷物，是要调动视觉、听觉和嗅觉感官来阅读的，它们身上有斑斓的色彩，能触摸到时代变化的脉搏和步伐，至今已成为研究香港城市文化的珍贵史料。

那时我孤身一人在日本打拼，文学在我心里沉寂了很久，但幸好没有彻底消亡，看到这些有生命力的文字，我心里有了跃跃欲试的感觉。

香港成了我的加油站，每次经过，非得买十几本书和杂志不可，回到日本后可以消磨很久。《明报月刊》上一个意味深长的话题、一个有独到见解的论谈，往往会带出我的共鸣和思考。香港的出版物使我认识到一个人离乡背井，反而能激发潜在的创作欲望，同时也验证只有优秀的纸质文本才能使读者难以割舍读书的爱好。我虽然没见过《明报月刊》的创办人金庸先生，但我对他无比崇敬。当我听说金庸先生新任命一位总编辑是潘耀明先生，时间已进入 20 世纪的 90 年代。

当时潘耀明先生在香港长期从事出版工作，曾担任香港三联书店副总编辑，据说是一个"宋江式"的人物，在文化圈广结人缘，呼风唤雨，颇有号召力和影响力。这为他后来出任香港作家联会会长，创建世界华文旅游文学联会，聚集一批海内外文化精英、知名学者和作家，铺垫了广泛的人脉和社会关系。

三、我与潘耀明

2008 年创价学会会长池田大作邀请潘耀明一行访问日本，不久潘耀明先生获得创价学会旗下《圣教新闻》报社颁发的"圣教文化奖"。"圣教文化奖"在致辞中指出："潘耀明先生多年来之努力及活跃，对推动世界和平、文化、教育做出了巨大的贡献，与本报指向建设'人类机关报'伟业之主旨相符。这光荣之功绩，将为开拓新的人类世纪而永远发放光芒。"

于是在东京的新大谷酒店，我与潘耀明先生有了第一次的握手。

尽管听闻潘先生是一位儒雅温和、有学者风范的著名人物，但是初次见面的我还是紧张得额头冒汗。我谈到自己在台湾人文杂志上撰写城市文化专栏，周游日本，读了许多关于旅游的书。潘先生很和蔼地说，《明报月刊》版面有限，他感兴趣的是人，是旅游文学，却难以扩充版面另开专栏。他建议我投稿给《中国旅游报》，这之前《香港文学》总编陶然先生也同样推荐过，我不知他俩都做过旅游报编辑，不知好歹的我笑着说它印刷质量太差，其实我并不知道的是，在香港这样经济高度发达的城市，办一份杂志和报刊要经历多少艰难险阻，顶受多大的压力。

之后我们在上海侨办组织的"金秋采风"活动中再次相遇，一起去参观上海文化地标和崇明岛，在旅游文学上有了更多的认同和新发现。进入新世纪以来随着旅游业的发达，旅游文学也进入了一个高峰。2009 年潘耀明先生在香港创立世界华文旅游文学联会，2011 年举办第三届理事会议时我很荣幸地受邀担任联会的理事。

四、2011 年日本大地震

在我与潘耀明先生的交往中，最令我感动的是 2011 年 3 月，潘耀明先生在电视上看到惨不忍睹的大地震和海啸造成了巨大灾难，即时向我表示问候和约稿。《明报月刊》编辑部迅速组织 12 位撰稿人编集灾难专辑，其中包括物理学家、核工程专家、大学教授、艺术家、医生等。我写了一篇《美丽的日本，我当怎样为你忧?》，痛思灾难降临日本，天地尚不能久，何况于人乎? 日本的核危机撼动了整个世界，人们对核污染心有余悸却无可奈何。悲哉，这就是人类必须面对的现实。《明报月刊》4 月号封面是一幅在楼顶避难的人拼写 SOS 字母呼救，身后海啸席卷学校大楼的画面。我含泪读完潘耀明先生写的编者按，"在严酷的事实面前雪上加霜的成语显得苍白无力。……悲怜是深植于心的，这种悲怜，不一定看见灾难才有，而是无时不可以没有的。"（摘自梁漱溟《人生的艺术，精神陶炼要旨》）"谨此向日本人民致以深切慰问，并与众读者共勉。"

正所谓"生命无价，人间有情。人同此心，心同此理"，潘

耀明先生以他的正直、正义和大悲大爱，编辑了一期日本大灾难特刊，读者捧起杂志无不动容，泪湿满面。

处于大震后动荡的灾难时期，潘耀明总编又安排我为《香港信报》撰写"环境"专栏。因此这一段经历成为我终身难忘的记忆，植入了心中。

五、行之足下，游之笔尖

潘耀明先生以毕生精力为弘扬中华文化、推动旅游文学做出卓越的贡献，他指出，把遨游山水之间的感受变成文字，保存历史变迁中每一刻的文明与精神，这是建立字游网平台的宗旨，也是世界华文旅游文学联会的宗旨。联会一共举行6届跨境学术会议和文化讲座，出版了6本书籍，旅游文学研究领域便有了这些重要的参考书。

在岁月的长河中，跋山涉水的旅游是何其短暂，然而它串起来的人生感悟和启蒙，足以改变一个人的人生状态。

著名作家李辉描述潘耀明的一段文字尤其精彩：自然界的花草树木，天际间变幻无穷的景致，包括性格各异的作家，都是诱发他心中诗意的对象。让他永远保持一种文人情趣的，不仅有作家们的人生和作品，还有故乡中秋月的记忆，来自爱晚亭的一叶三角枫，以及书房的梦、文人间纯真的友谊。有了这些，他才觉得人生是如此美妙。

我该知道，在潘耀明先生的心里，会有多少个梦想和航线，延伸向远方。

六、泉州的回归

作家禾素说过一句：潘先生几十年如一日，以激情耀动香港，以文心明净世界。

而泉州这样的地方，他同样倾注了爱心和梦想。

2004 年，潘耀明和泉州晚报社共同筹划，促成了金庸的泉州之行。金庸在《倚天屠龙记》一书中着墨最多的"明教"，终于在泉州找到佐证。明教教主的石雕是迄今为止世界上发现的最大的石雕，这个意外发现令金庸非常高兴。

潘耀明看好文化旅游在泉州的发展前景，在记者前来采访时他表示正在等待时机，通过世界华文旅游文学联会的活动将泉州推荐给世人。"丹麦是小国家，因为有安徒生，蔚然成为文学泱泱大国。这道理对泉州来说是一样的。"他如是说。

冥冥之中，泉州后来成为世界文化遗产，似乎是他心中能预料到的定数。在这样的古镇步行街上行走，一边听诗人朗诵"十里书声叫醒一朵春天"，一边在茶几上喝一杯醇香的闽南铁观音，我仿佛离潘耀明的文人情怀更近了一些。潘耀明先生正在香港和泉州之间，为两座城市搭桥和创造诗意。历史将留下一些篇章给他，好让他把这部伟大的诗集写完。

（2019 年 4 月 17 日初稿，2023 年订正。《香港作家》2023 年 4 月号。）

灼
灼
其
华

作家的名片

　　手里突然有了一大堆名片，各种各样的文字，就像联合国会议似的，来自世界各地的200多位作家汇拢于东京早稻田大学举办的大会开幕式，以及当晚盛大的欢迎宴。大会在"环境与文学"的主题下，探讨文学如何担当阻止环境进一步遭到破坏的义务，同时也讨论人类生存的社会环境冲击了文学的神圣领域。现代生活和信息的发达，以及市场经济功利化对文学构成了怎样的威胁？作家面临选择，我们现在书写什么，文学究竟能改变和带来什么？

　　作家的名片何止是一枚小小的纸片，它承载了个人对文学的执着、追求和理念，意味着自我表述的能力和心态，以及跟周边人、跟出版社和读者之间千丝万缕的关系。它赤裸裸地暴露作家的人生，以及小说中不能阅读的"作家"这种自由职业的全部。使用"作家"头衔的人，很多是从事小说、随笔、诗歌或非虚构等文笔业的人。"作家"是能"发挥想象力和创意"的个人。有些作家著作很多，却说自己是爬格子的，名片上不愿写"作家"两个字。我最喜欢的一张名片是上面只有一行脚印，浅浅印上白色的文字。此人说每天坚持走一万步，但他更在乎书写中留下怎样的脚印。

试问，当代的作家能不能受到全人类的尊重和理解？来自世界各国，不同政见的作家在这个会上自由发言、自由抨击，以致日本外务副大臣在开幕式上不得不幽默了一句："政治家最怕的就是作家手中的笔，所以我现在心情很紧张。"

　　人与自然共生，在中国古代文学可以找出很多优秀的诗词，例如柳永的《迷神引》："烟敛寒林簇，画屏展。天际遥山小，黛眉浅。"杜甫《绝句》："两个黄鹂鸣翠柳，一行白鹭上青天。窗含西岭千秋雪，门泊东吴万里船。"现今环境文学的视野超越国境和时限，加拿大作家协会主席、著名女作家玛格丽特·阿特伍德（Margaret Atwood）在会上介绍了自己创作的体会，她新出版的小说《The Year of the Flood（洪水之年）》描绘了生物进展发生异变，自然环境处于不安定状态，以科学宗教为混合体的动植物保护组织"神的园艺师"的教主预言世界行将毁灭。结果预言不幸言中，所有的人类从地球上消失，只剩下一男一女……

　　玛格丽特说她从小喜欢看神话故事，因此获取很多灵感。如果没有空气、水、食物，人们则无法生存。她强调环境保护是文学创作的前提，国际笔会对此予以极大关注，特别安排了小说朗诵和播放小说改编的电视剧。

　　我作为外国人加入了日本笔会，每年交两万日元会费，其中包括国际笔会的年费。实际上我是圈外人，在笔会根本没有什么发言权。26日晚宴未见到梅原猛、辻井乔等日本文学元老派。大江健三郎在1970年退出了笔会，村上春树不是会员。

现任会长阿刀田高先生在中国出版的译著不多，但他是高产作家，早稻田大学毕业，所以这次会议的重要讲座都安排在早大。海外来的华人作家我一个都不认识，偶然发现其中有一位是我中学时代的同学。40多年未见，互相照面竟认不出来。我们回忆学校的往事，不胜唏嘘。他们这拨人和我常接触的海外华人作家不同，大概很多年没有回过国，语言更西方化和自由化。

20世纪90年代国内成立了环境文学研究会，在文学史上留下了辉煌的一笔。王蒙和前国家环保局局长曲格平曾带动很多作家参与环境文学写作，积极关注生态问题。我有幸成为研究理事参加过碧蓝绿丛书的编辑和撰稿，了解环境文学研究会的情况。第一部反映环境保护内容的刊物《绿叶》试图在中国探索一条具有自身特性的环境文学创作路子，由环境研究会两次编辑出版的碧蓝绿文丛，呈现出中国作家的忧患意识和深度思考，以文学形式唤起人们的环保意识。曾几何时，市场经济发展的洪流冲击了非功利的环境文学研究会，真希望作家们与科学工作者能够好好坐下来交换名片，共同讨论人类生存环境的困境和文学主题，迎来地球文明的新时代。

正是重九月如钩

——2023年宝岛台湾纪行

2010年海外女作家协会在台北召开第10届双年会，全体女作家曾受到台湾地区领导人马英九的接见。除了台北和九份，我还去过新竹县和桃园，观看过男扮女装的歌舞剧团演出。屈指一算，宝岛台湾去过不下六七次，终因走马观花行程匆忙，未及深入它的细部。2014年世界华文作家交流协会承蒙一个财团基金会的赞助，组织宝岛采风团，我因此获得机会，环游宝岛一周。我在电脑中找出那时写下的游记：

台北兴义街上的所见所闻，令我相信这座城市既安全又十分便利。浓厚的人情味和多元文化形成了独一无二的城市风貌。我的书架上有好几本台湾作家的著作，他们的文字反映了台湾几十年的社会变迁。

女人心中永远放着一个账本，记录色香味美的饮食菜单和价格。士林夜市是台北人生活的基础。华灯初上时车水马龙，弥漫开来的香味很刺激人的嗅觉，熙熙攘攘的饮食街保持了良好的秩序。没有城管人员吃喝，没有小偷和流氓。人流队伍循序渐进，商贩在道路中间摆摊也不用担心被人挤扁或踏践。

在博物馆工作的一位朋友带我去参观中正纪念堂里的书法展览会。展会主题是《树卫时代》，80多位作家分别在传统和实验这两个框架下进行艺术创作。我看到他们的作品冲破传统书法的束缚,轻松幽默的泼墨手法令人耳目一新。它好比是喧闹城市中的诗意生活,很令人喜欢。

当我漫步台北最后的眷村——绍兴南街时,有感于以下的文字:"在大家的故事里我们才能理解现在的生活从何而来,这个城市除了亮丽光鲜还有什么样的深层的一种力量。"绍兴南街的重要意义,对于台北的大陆出身的人来说是毋庸置疑。它成为一种观照历史的"眷村文化"。

在台北逗留期间,有人赠送我们一人一套林文月的作品选集。我在日本见过会说上海话的林文月,她小时候住在上海虹口西江湾路,离我家很近,旧居已经面目全非。

采风团从台北市出发,马不停蹄地绕宝岛一圈,首先拜访佛光山和文学馆,举行文学座谈会。这一路上充满了刺激和喜闻乐见。台南美浓小镇上的"暖暖远人村,依依墟里烟",使我触摸到台湾原住民的土著文化。台南的台湾文学馆创建于1916年,收藏了极其丰富的书籍和手稿,台湾名作家作品悉数尽收。图书分类齐整,设有现代化的艺文大厅、图书阅览室等。走出文学馆,回头看红砖墙和圆拱大楼的西式建筑,十分气派。这是台南最好的一个文化景点。

疫情肆虐全球后的2023年,终于松动了旅游的封闭状态。时隔多年,我和日本的几位女作家决定飞往台北,来一次说走就走的闪行。

中国台北之行,一半是舌尖之旅,一半是旧地重游。一下飞机我们就去了华西街夜市,寻找米其林级的名店"小王煮瓜",点上他家最有人气的"黑金鲁肉饭""清汤瓜仔肉",以及隔壁家排长队买来的夹肉刈包。入味甚好,柔嫩喷香,我们吃得津津有味。这款美食,竟是日本所没有的。

因得到北美作家陈玉琳的热情指点,我们预订了一家著名素食餐馆"养心茶楼",大为惊喜于满桌佳肴超出了想象,就像是精美的艺术品,令我们十分感恩厨师煞费苦心的制作过程。道元禅师主张"烹调饮食与享用饮食皆为修行的一环"。台北有浓厚的宗教意识,有很多素食主义者,饮食上特别注重食材的充分利用,或许可说对佛教的信仰心是素食主义的基础,对比之下日本的精进料理似乎只注重形式,味觉远远赶不上台北的美食,是否信仰心日渐淡薄了呢?

再度来到氤氲旖旎的观光地九份,山上终于感受到凉风习习的秋天。不禁回想起数年前首次来这里时"正是重九月如钩"。因开采金矿而繁荣过的九份,在电影《悲情城市》里再现了一攫千金和衰败的过程。空气中似乎还飘浮着旧时代的氛围感,一条铁轨带走了多少人的淘金梦想和悲剧,如今映入眼帘的是一座废墟上的博物馆。

九份位于新北市瑞芳区,当地人称之为九份仔。此一地名由来众说纷纭,据说是汉人早期拓垦多以"股""份""结"为单位划分土地,九份代表着九户人家的持份数;早期采购物资要到山脚下的商业区,他们便商量着轮流下山采买,一次购足九户人家所需的生活物资。长此以往,山脚下的商家便熟知山腰这边的人来采购，一买就是"九份"，便化为当地的地名。

早年九份居民多以采樟树煮樟脑为业，基隆河产金在清朝时代即有传闻，而后因兴建基隆至台北铁路的过程中发现金脉，建筑工人一拥而上，发展出盛极一时的采金产业。

穿行于九份最为热闹的老街，半山腰上巷陌百转千回，在大红灯笼与五颜六色招牌的夹道中不禁眼花缭乱，几乎每一家饭馆都有一大片落地窗，可以游览整个基隆海边的景致。有许多电影在此拍摄外景，宫崎骏动画片《神隐少女》的背景设计，就是参考这里的场景。

因为在九份吃到了一碗正宗的美味牛肉面，我们心花怒放，连连竖起大拇指来称赞。

我写的一首诗里的"月如钩"，淡淡说出了对故人"剪不断"的离愁。以为还能再见失去音讯的旧友，不料斯人已逝。如今我在尝尽人间冷暖世态炎凉的晚年，也梗于"月如钩"这种难言之喻了。

每一座岛屿，既是连接版图的延长线，又可能是一个边陲，有着看不完的美丽风景。宝岛台湾拥有160多个岛屿、礁滩和沙洲，人们能够到访的可能只有50座左右，难以一窥全貌。若举"两岸三地相对望，一母同生是兄弟"这句来猜生肖谜语，不难带出"龙"字答案。我生肖属龙，今年已经游遍这三地，希望龙年来临，百姓安泰，风景依旧。

方明诗人的台北诗屋很有名，相距9年再访，还是对这里溢满诗情画意和翰墨书香惊叹不已。方明是法籍著名诗人，同时是一位很专业的国际艺术设计家，与洛夫、余光中、郑愁予、杨牧等诗人是至交挚友。他建立的诗屋至今接待了800多位世界各地来访学者和诗人，不断收到名人赠送字画书墨，因此诗屋也成了台北的文化地标。

字里行间，余光中的诗句留下了历史的刻痕，有朗读的音符在满屋里回荡。方明小心地保护它们不被岁月的灰尘所侵蚀。

我与方明诗人相识于2014年的环岛旅游。洛夫诗人曾推荐方明诗人的诗集《然后》，写下醒目的评语：

"文化传统一直活在方明的诗中，不论怎么读，你都可从他的诗中嗅出李白的儒侠之气、杜甫的沉郁之风、李贺的苦涩之味，读出盛唐衣冠上残留的战火余烬，和流离途中永远干不了的汗迹和泪水。"

"方明的诗典雅中带有一股森森逼人的冷隽，他的意象思维传达了他对历史、现实、生命与大自然的深层体悟，而他真正的诗性张力却系在一根纤细的、摆荡于两极之间的蚕丝上，一端是流连古典与浪漫情怀中的欢，一端是挥之不去的残酷岁月与战火硝烟织成的悲。于是悲与欢、笑与泪、色与空、现实与梦境便必然而又无奈地铸成他生命的铁轨。"

读毕不禁更加肃然起敬。方明诗屋里有不少洛夫的翰墨诗书，自然涌出他俩情同手足的深厚友情。

方明诗人特意为我们安排了丰盛的法国式下午茶，那些精巧名贵的茶具和果盘，能让人一秒一秒地呼吸东西方文明造化的艺术空气。一口口的热茶，在口舌间升起肉桂香味，拿起而放不下的，是一缕缕对不朽作品的回味。

诗的世界，既是想象世界，也是思考世界、意识世界。作为一个时代的符号，永远不会在星空上消失。

终于结束旅游，前往台北松山机场时酷暑难耐，毒日火辣辣地刺痛了肌肤。岂料在东京下飞机遭遇上瓢泼大雨，一把阳伞变雨伞，温度骤降，天凉好个秋。

中日友好使者

——悼念日本著名作家立松和平

3月27日下午晴转多云，渐阴。青山殡仪馆的外边排起了长长的队列，人们身穿一色的黑色服装。樱花欲开，天气乍暖还寒，众人的脸冻成了青灰色。

立松和平于2月8日因心肌衰竭而去世，享年62岁。生前著书三百多本，体裁有小说、散文、游记、戏剧和儿童文学等。1980年，以描写农村都市化为题材的长篇小说《远雷》登上日本文坛，获得野间文艺新人奖。立松先生以关注环境污染问题、描摹社会现实的行动派作家著称，他着眼于日本经济高度成长时期的种种社会问题和矛盾，其代表作《毒——风闻·田中正造》以纪实小说形式描述家乡农作物受到铜矿污染，"明治义人"田中正造为民请命、四处奔波，直到最后殚精竭虑地倒下而亡的故事。此书获得每日出版文化奖。另一部人物历史小说《道元禅师》，是立松多次前往中国取材，耗费9年心血，依据宋代浩瀚的历史史料，突破难关写下道元禅师的生涯形象和思想全貌。这部最后的遗作，成为他独树一帜的生命之碑。

立松先生生前足迹遍及全世界，1984年参加3000名日本青年组成的访华团来到北京，后来他的身份是作家、旅行家、探险家、摄影家、评论家和电视节目主持人，不断出现在媒体上，成为日本家喻户晓的著名作家。

我参加了立松和平的追悼纪念会，祭坛上装饰着被白百合包围的立松先生的遗像。看见他的笑容，我忍不住眼里涌出泪水。玄关前的走廊里，摆放着近 100 本著作。立松先生还活在笔墨中，通过传世的著作深深铭记在很多读者的心中。

我认识立松先生是在 1997 年的一次文学交流会上。那天他被很多人包围着，语速非常快，似乎没有时间剃去满脸的络腮胡子，浑身带有独特的气场和魅力。人们争相与他握手。我作为会场翻译人员与中国作家代表在一起，他突然走过来要我帮他翻译，我很惊讶他对中国非常熟悉，数不清有多少次去旅行和采访，认识多少中国作家。他问我，你看过我的书吗？我可以送给你几本。果然几天后就得到了他寄来的几本书。次年我去北京访问中国作协，又获得作家出版社赠送的一套立松和平文集，并且见到与立松先生交往颇深的翻译家陈喜儒先生。这样我对立松和平就有了由远及近的认识。读立松和平的《海之生》《山之生》，感觉作者提示了要成为真正的人，就是成为海和山。我去立松和平的事务所，立松先生问起中国作家陈建功的近况和著作，他跷起大拇指夸奖这位中国作家。因为在环境保护观念上，他们有着一致的看法和见解。陈建功在环境文学研究会出版的著作中指出，日本正是因为有立松和平这样的一些进步作家，不断进行社会调查和深度思考，使得日本在推进环境生态保护方面领先于周边国家，民众具有良好的环保意识。

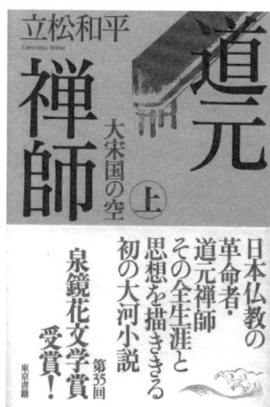

Tatematsu Wahei

道元
禅師
上
大宋国の空

日本仏教の
革命者・
道元禅師
その全生涯と
思想を描ききる
初の大河小説
泉鏡花文学賞
受賞！
第35回
東京書籍

我怀着几分怯生生的惴惴感，将作家出版社出版的长篇小说《沙漠风云》送给了立松和平、尾崎秀树、梅原猛、长谷川泉等日本著名作家和学者，他们知道我写了一部环保小说，都加以赞赏和鼓励。立松先生推荐我加入日本唯一的作家团体——日本笔会（日本ペンクラブ）。获得新会员资格需要三名理事推荐，因此当时的笔会会长尾崎秀树先生和评论家长谷川泉教授也一起联名推荐。就这样我加入了日本笔会，接触到更多的优秀作家。同时还第一次去俄罗斯参加了在莫斯科举办的国际笔会大会，见到好几位获得诺贝尔文学奖的作家，开阔了国际视野。

东奔西走、活跃在世界各地的立松和平先生，却很少出现在东京的社交场合。2001年他的作品《光雨》被改编成电影《突入せよ！あさま山荘事件（中译：攻进去！浅间山庄事件）》，由著名演员役所广司出演主角，以执行围剿任务的警察的视角描述了这一事件的过程。然而，这部小说自1993年在《昴》杂志上首次连载后，因发现多处抄袭日本联合赤军的死刑犯坂口弘的小说《清晨的山庄1972》，杂志终止了连载。后来事态起了变化，立松和平很诚恳地向读者示歉，在杂志登载写给坂口弘的谢罪信件，以及被关押在监狱里的坂口弘通过律师转来的回信。《清晨的山庄1972》的作者坂口弘原为日本极端恐怖组织联合赤军的骨干分子，在进行武装暴力行动时被捕，在法庭上被宣判死刑。

坂口弘在回信中表示接受立松和平的道歉，希望《光雨》这部小说能够出版。立松和平对这部小说重新改写，5年之后在《新潮》杂志上发表。

后来又通过媒体、杂志悉知立松先生在世界自然遗产地北海道知床的山里，和当地志愿者一起建造了一座佛堂。佛教被称为慈悲的宗教，在其发展过程中，贯穿着一种伟大的慈悲精神。立松先生在知床的深山老林里，虔心研究佛法及禅修，写下了这样一段文字（2006 年春秋社刊《知床、森林和海的祈祷》）：人类的生存是建立在自然生态之上，在此基础上我们才能传宗接代。以排除人类的形式而紧紧封闭的自然，与我们无缘。我们真正需要的是，首先认识到我们生活在美丽而丰富的生态环境中，对自然的形态要给予最大的敬意，并学习和生活在这样的环境。这样我们才能与自然和谐。那是人生的终极目标，我们活着就是为了这样。

因此现在我能明白的是，立松先生的大量著作，绝不是在书房里诞生的。他已经变成了海，变成了山，写下灵魂对话的立松和平之旅永远不会结束。

追悼会上，自学生时代就与立松先生有深交的一位住持在灵前诵经后，带领众人向先生遗像惜别。宗次郎先生用奥卡利那笛（陶笛）吹奏起镇魂曲，著名作家北方谦三宣读悼词。接着众多名人纷纷上前烧香祈祷冥福。法昌寺住持念诵《法华经》，我移步向前，听闻奥卡利那笛发出共振，钟声回荡，香烟遇风，从我的指间悠然而去。

2010 年 3 月 28 日

笑里藏"道"的幽默作家吴玲瑶

　　传来噩耗，友人告知北美文坛上健谈活跃的幽默作家吴玲瑶已于 7 月 15 日往生。震惊之余，翻看一个月前的微信记录，从未见她提起过身体不适，说的都是让人开心的事，分享她在报刊上发表的文章。逐一转告与吴玲瑶亲近的文友和同窗，也都大惊，难以置信这样一位性格开朗、笔耕不辍的作家突然撒手人寰，悄声无息地走了。虽说人生总有一别，但无论如何都没想到玲瑶早走一步。不禁怅叹这生死离别，正如小林一茶俳句：「露の世は露の世ながらさりながら」（译：我知这世界，本如露水般短暂，然而，然而……）。

　　我与吴玲瑶相识是在 2006 年前广西师大举办的国际研讨会。我们一起去越南旅游。她给人的印象就是身穿浅粉色短袖衣，戴方框眼镜和心形耳饰，一头蓬发的卡通形象。她毕业于高雄师范大学英语系，获得美国加州大学语言学硕士，曾任中学英语教师和大学助教，是美国电视 KTSF《文化麻辣烫》节目主持人。海外女作家协会第九届双年会在复旦大学召开，我协助会长周芬娜联系会场。那次大会很成功，得到了复旦中文系、解放日报和上海妇协的大力协助。年会上女作家协会历届会长吴玲瑶和陈若曦、周芬娜、赵淑侠、曹又方、简宛等坐在一起，我为她们拍下了一张纪念照。这张照片象征着海外华文女作家协会走向新的里程碑。

以笑藏"道"闻名遐迩的北美作家吴玲瑶，是一位言谈十分幽默的能人。有一位北美理工系的退休教授，转来一篇《明天会更老》：有首歌唱的是明天会更好，是为了给人信心与鼓励，其实现实生活里明天会不会更好不知道，但明天会更老是确定的。岁月要走过，才知道它的凌厉，到了某个年纪不得不承认地心引力的厉害，器官样样俱在，只是都下垂，所谓的"万般皆下垂，唯有血压高"。

我笑问是谁说的，答吴玲瑶。吴玲瑶为美国华人社团多次讲演，滔滔不绝的幽默故事令台下人笑得捧腹不止。

上海双年会闭幕后我约上吴玲瑶、白舒荣大姐和加拿大的林婷婷去常德路上的张爱玲咖啡馆小坐，对于张爱玲这个人物，我们各抒己见，谈到张爱玲的作品有两面，既有纯文学的一面，也有大众通俗的一面。张爱玲的文学成就毋庸置疑，但是如果将张爱玲放到周作人、郁达夫、茅盾、老舍、沈从文、钱钟书、闻一多、丁玲等人构成的文学史的语境中，张爱玲会是一个在"五四"文学史中无法安放的作家。

吴玲瑶眉飞色舞说起张爱玲怎样描述女人：

娶了红玫瑰，久而久之，红玫瑰就变成了墙上的一抹蚊子血，白玫瑰还是"床前明月光"；娶了白玫瑰，白玫瑰就是衣服上的一粒饭渣子，红的还是心口上的一颗朱砂痣。(《红玫瑰与白玫瑰》)

薇龙那天穿了一件磁青薄绸缎旗袍，给他那双绿眼睛一看，她觉得她的手臂像热腾腾的牛奶似的，从青色的壶里倒了出来，管也管不住，整个的自己全泼出来了。（《第一炉香》）

她再年轻也不过是一棵较嫩的雪里红——盐腌过的。（《金锁记》）

引得我们不禁哈哈大笑，不得不佩服吴玲瑶，妙语连珠，点石成金。吴玲瑶解释自己写幽默作品的动机："人生苦短，需要更多的欢笑来为世界添色彩，我们不要笑里藏刀，期待的是有启发性的笑里藏道。不喜欢病态的笑，要的是积极乐观发自内心的笑，看开了悟豁达的笑。"

她还举过几例笑话；中国旅馆贴有"请勿打骂顾客"，那看过之后谁还敢住？某校在大门口张贴"热烈欢迎人大代表来我校明察暗访"，这吓唬的是谁呢？听了不觉莞尔。虽然她说的都是身边琐事，却让人悟出小事情里有大道理。

说实话，我原本都是听过就忘，后来被她一本本的畅销书打动，出版社和许多读者肯定了她执着于幽默文学的价值。现今谈文论艺，怎能少得了这种精神润滑剂。在文学家的笔下，不能总是话题很严肃很深刻吧。看到上海书城在一楼显要位置上堆放她十多本畅销著作，我对她有了更多的了解。前年日本华文女作家协会组织一场线下文学讲座，我特地邀请北美的张凤会长和吴玲瑶来助阵。

我记得关于海外华文女作家的使命，玲瑶有一句特别中肯：女人要创造新一页历史，要靠自己在观念上的突破。如何让姐妹们站起来，如何以文会友互相砥砺，为缔造两性双赢的和谐世界而努力，将是一桩责无旁贷的美丽负担。

世事无常，人终归要回到"一生一死"的应对力上。我们渐渐步入暮年，"断舍离"会成为日常。人生宛如搭着生命的列车，在喜怒哀乐中穿梭。吴玲瑶的逝去，使世界华文文学失去了一位幽默文学作家，她依然会活在那些让人难忘的经典的幽默作品中，见证长久的生命力。

安息吧，亲爱的玲瑶。

照进三宝山的一束柔光

——悼念马六甲华教元老林源瑞先生

今天是农历九月初九重阳节。下午传来了马六甲华教元老、拿督林源瑞先生逝世的消息。逝者享年 92 岁高龄，福寿全归，音容宛存。马来西亚媒体发布讣告评价"林先生的言行，处处儒雅；修身齐家，树木树人，是国人的楷模，也是大家见贤思齐的榜样。如今他走完圆满的一生，儿孙满堂，都有大成就，显见了他的大福报"。

我与林源瑞先生认识，是缘于马来西亚著名作家戴小华女史的引荐。2016 年夏天，我飞往吉隆坡参加马来西亚文化节活动，戴小华亲自驾车从吉隆坡驰往世界文化遗产地的马六甲古城。到达那里，林先生已经在侨生餐馆等候着我们。古意盎然的欧式建筑与娘惹风情仿佛把时光拨回到一百年前。有一条古董街叫"鸡场"街，是个活生生的古城。能看到许多明朝文物古董和书画。林先生带领我们去参观圣地亚哥古城和荷兰广场，一路上滔滔不绝地解说马六甲华人历史，如数家珍，思路非常清晰。

从圣保罗教堂走下阶梯，山脚下是圣地牙哥古城门。这是葡萄牙人当年留下的法摩沙堡遗迹，因先后被荷兰、英国占领军炮轰和炸毁，只剩断墙残壁。林先生让我和戴小华女史在城门前拍照留影，然后去参观他的家和书房。

林家姓是东南亚华族大姓，在马六甲王朝就形成了一脉血缘，呈现出独特的宗族文化，附庸于数百年的马来华人历史和生活。他们在当地被称为唐人。明朝郑和指挥两百多艘船下西洋，五次经过马六甲，因此林氏族裔大多从福建下海，最早来到马来西亚的马六甲。马来华人为纪念郑和出使西洋，在三宝山建三宝庙，将这位明朝的大使当作神明来崇拜。此庙建于1795年，据说，因郑和信奉伊斯兰教，雕像被置于庙外，庙里供奉福德正神。三宝山上能看到很多的古墓。中国汉丽宝公主与马六甲苏丹满速沙联姻，也是马六甲与中国建立密切外交关系的开始。那些随行人员便在这里生存到老死。古代的马六甲王国是东南亚经济繁荣的国家，1511年沦为葡萄牙殖民地，1641年为荷兰占据，1826年被迫成为英国海峡的殖民地。1956年马来西亚宣布独立。这些历史知识源于林源瑞先生的介绍。

马来西亚华人很好地保存了中华传统，处处有浓厚的尊儒崇孔的氛围，一代又一代地守卫着汉字文化和教本。在林源瑞先生的家中，我看到墙壁上挂着许多奖状和名匾，林先生热情地赠送笔墨字画，还赠送一本他编著的厚书《漫步古城老街》。离开他家后，我对马来西亚这个国家好感倍增。十分庆幸戴小华女史这样的中马文化使者穿针引线，让我多了一个视角。东南亚的华人有最为特殊的习性，聚族而居，祭祀祖先，中华传统文化物化地反映在传统的建筑格式和祭祀典礼上。很感佩林先生被敬为一代侨英豪杰。

又一年我再次出访吉隆坡,参加由马来西亚华人文化基金会发起的"一带一路"旅游文学研讨会。借会议上发表的数十篇论文,对郑和七下西洋的历史意义有了更全面的观照。

郑和与马六甲荣登世界文化遗产之名,是因为不论哪一种族或哪一宗教,都一致认为郑和将军是一位对马六甲王朝及本邦有莫大贡献的历史人物。文化基金会主席戴小华女史让我们有机会了解,中马建交40周年,从600多年前郑和的敦亲睦邻,到现今两国之间的饮水思源、互敬互信、合作共赢,展开了传承中华传统文化和华文教育,成为马来西亚多元文化重要一环的民情风俗画卷。

三宝山可说是促进马六甲申遗成功的重要景点。每年马来华人社团举办文化节,都是在三宝山的烽火台上点燃文化薪火传至各州。2008年联合国申遗成功,三宝山居功殊伟,世界公认郑和出使西洋的丰功伟绩,高高矗立的郑和石像便成为华巫民族和睦亲善的象征。

拿督林源瑞,不仅是马六甲家喻户晓的文化名人,同时也是一位德高望重的林姓宗族传人。他是土生土长的马六甲住民,在这一片土地上生根开花,却从未中断过对汉字文化的膜拜和追求。林源瑞生前从2007年开始,每年都出席三宝山的重阳登高活动,向年轻人讲授传承中华文化的重要性,从文字、语言、习俗、节庆日活动等共同象征凝聚民族意识和文化乡愁上的认同感。2020年的今天,他在早晨登山活动结束时往生极乐世界，永远闭上了眼睛。

　　由于马来西亚几代华族精英坚持不懈地努力，这里浓厚的传统文化比任何一个地方都要翔实具体。马华族群也很亲切、好客，华人与其他民族同化于马来的多元化社会和习俗。林源瑞先生的毕生贡献成为照在三宝山上的一束柔光，以不朽的隽永留存于马华历史的史册上。

2020 年 10 月 26 日发表于马来西亚《星洲日报》

难忘的城市：聂耳终焉之地

东京郊外连接湘南海岸的版图上，有一个承载历史之重的海滨小城——藤泽。1935 年，一位年轻人背着小提琴来到日本，完成了谱写《义勇军进行曲》的使命。不幸的是，这位才华横溢、为中华民族谱写时代强音的音乐家，却于同年 7 月 17 日在藤泽海边溺水而亡，享年 23 岁。岸上竖一块刻有郭沫若手笔的大理石，"聂耳终焉之地"赫然入目。

2015 年 7 月 17 日是聂耳逝世八十周年忌日。我起早出门，前往纪念会场。夏季有台风肆虐，从前夜起日本东部地区大雨如注，拂晓时分才渐渐减弱。往藤泽方向的电车不似平时满载海水浴场旅客那样拥挤。天气闷热，黑色衣裙粘上湿气和汗水，在冷飕飕的电车空调下让人难受。从鹄沼海岸车站出站后我加快步伐向海边的聂耳纪念广场走去。仪仗队开始演奏管弦乐，藤泽市市长铃木恒夫和各界来宾在临时搭建的雨棚下入座，神情庄重地注视前方。广场中间矗立着一座石碑，聂耳年轻英俊的脸清晰可见。背后天穹底下，海水吞吐着白色泡沫，舔舐沙滩，发出哗哗的声响，给会场更增一层肃穆的气氛。

在此前不久，田汉的侄女田伟女史，向中日新闻社驻上海记者加藤直一介绍了田汉、聂耳为《义勇军进行曲》作词谱曲的历史经纬。当时在座的我闻言深受感动。

田汉是中国戏剧改革运动的先驱者，在留日期间曾与郭沫若、叶以群等人组织"创造社"，倡导新文学；后来去上海创办"南国社"，领导戏剧、电影音乐等创作活动。1934 年应电影公司之约，田汉创作电影剧本《风云儿女》。但电影尚未拍成，田汉就被国民党拘捕。他在香烟盒锡纸背面写下《义勇军进行曲》歌词初稿，由夏衍和孙师毅抄录下来，交给聂耳谱曲。

聂耳是云南玉溪人，从小对音符有很强的辨别力。1933 年，年仅 21 岁的聂耳经田汉介绍加入了中国共产党，并在短短两年里多次与田汉合作创作电影插曲。田汉和阳翰笙相继被捕后，聂耳受党组织保护离开上海赴日本避难，一落定即为《义勇军进行曲》谱曲定稿，用挂号信寄回上海。后来随着电影《风云儿女》在全国公开上演，这支斗志激昂的插曲，以震撼人心的力量号召人民抵御外侮，共筑新的血肉长城，很快传遍了全中国。

为纪念聂耳逝世八十周年，田伟女史特意从神户赶来。上午 10 点，藤泽市代表、日中友好团体和华侨、日本华文文学笔会作家等，在聂耳纪念广场全体肃立默哀，倾听田伟女史引吭高歌《义勇军进行曲》。市长铃木恒夫箭步上前，向聂耳纪念碑献花鞠躬。而这时突然下起了暴雨，迅疾的雨水浇向排队献花的行列，但人们并未逃离现场。见此情景，我不由得感慨日中关系的改善主要来自民间友好人士的推动。藤泽市早在 1954 年建立第一座聂耳纪念碑，之后每年自发举行追思活动。1981年，藤泽市又与聂耳的家乡——云南省昆明市结成友好城市，进一步推动民间交流，为改善日中关系出力。

聂耳在日本民众心中的形象，也许更具有人情味，不像中国那样通常被当成传奇性的"圣人"。这一点于聂耳纪念碑保存会原会长叶山峻题写的说明碑文中可见分晓，其大意翻译如下：

"聂耳在此处下海成为不归之客，如今他梦一般的身姿在这里苏醒。聂耳出生于1912年春，在中国云南省昆明湖畔呱呱落地，在清澄雄壮的大自然怀抱中成长，他天生的音乐才华得以开花结果。作为中国现代音乐的先驱者，他为中国国歌《义勇军进行曲》谱曲，留下了阔步前进的脚印。聂耳离开故国时正值青春年华，在日本行旅中让其甚感慰藉和魅力的地方必是藤泽的鹄沼海岸无疑。我们时时为这个因缘关系而深感与之有缘。我们确信，在波澜壮阔和时间的永恒中，歌颂和平的聂耳将永远带着微笑，成为日中友好关系的一个基石。"

聂耳与日本海边的这个小城似乎发生了不可思议的微妙关系。从小听国歌长大的我们，对聂耳以普通人度之的生活闻所未闻、见所未见。纪念仪式结束后我和其他作家去参观了藤泽市举办的聂耳生平事迹展览，黑白照片将我们带入聂耳生前的时代。昆明成春堂药店以及聂耳坚强的母亲、年轻的恋人等图片真实地记录了音乐家成长的过程。遗物的照片里有一把小提琴和吉他，还有几支乐笛。这就是聂耳在日本的全部财产。日本作曲家团伊玖磨曾从上海作家杜宣那里获知，在小提琴内壁发现聂耳藏入的700日元。当时聂耳租住一间日本小屋，月租为6元40钱，看一场电影票价1元，坐巴士6钱，足见700

日元是一笔相当大的金额。这笔钱的来源是在上海创作电影插曲时的不菲的收入。来日之后的聂耳为了开阔艺术视野，多次买票观看日本电影或戏剧歌舞演出，出手相当阔绰。这一时期日本法西斯变本加厉地发动侵略中国的战争，特高课加紧逮捕日本进步人士，血腥镇压日本共产党。1933 年 2 月 20 日，小说《蟹工船》作者小林多喜二被特高课逮捕后惨死于严刑拷打。不久中国留日学人胡风也被暗探带走，警察凶狠地打胡风耳光，最后将他驱逐出境。聂耳闻知这些，很清楚自己处于危险境地，随时有可能被敌人暗杀，因此在提琴里藏钱是一种自卫手段。

下午回到东京，我在书店里寻到了一本介绍聂耳生前日记的书，反复阅读他在藤泽居住期间的日记，隐隐约约找到了入口。

聂耳在 1935 年 7 月入住藤泽一位日本友人家，每日流连忘返于鹄沼海岸和江之岛之间，字里行间流露出对海滨小城的纯粹感情。这些欢跃的情绪，甚至盖过了 11 日夜间发生的一场地震的恐怖。六级以上的大地震是死了很多人的，日记只字未提，却这样写道："沿着海岸走到鹄沼海水浴场，一路上看不到任何人影。大声歌唱，蛇起而鸣，啊啊，真没想到，自从来到藤泽以后，这一天最是好玩。"

或许笔者在这里不得不吞咽下人生无常的幻灭感。

尽管身处敌国，痛感家国失落，勤勉好学的聂耳仍不失孜孜以求的上进精神。因此制订了四个"三月计划"。7 月 16 日的日记提及完成的第一个"三月计划"。笔者总结：日语会话、阅读能力上大有进步；音乐修养在"听""闻"的训练下也获得相应提高；平时坚持练习小提琴，却苦于没有老师指教。这一时期没有进行音乐创作，他责问自己，究竟为何来到日本？三言两语带出思考和自我批判。按照笔者自己推算，7月17日是第二个"三月计划"的开始日。可惜那天日记再也没有延续，音乐家的生命遽然终止。

聂耳纪念碑保存会会长叶山峻在建碑时担任藤泽市市长，这个小城与中国国歌作者结缘，是因为他们看到等身大的聂耳的真实形象是一位好学上进的青年。音乐家被迫远离祖国，但血肉之躯里的爱国之心从未离开国境。这样的爱国音乐家，是为和平世界而降生。

在过去与现在的历史支点上，这个小城的市民60多年间始终保护着聂耳纪念碑并念念不忘这个中国人。他们似乎没有什么杂念，与其他民间交流的贡献度相比，这些小小的草根交流也带来了促进两国人民和平友好的动力，修正着"历史意识欠缺"。在这里，我多记录一笔，聂耳研究家冈崎雄儿教授在著作中写下意味深长的一段话："了解聂耳的一生，实际上也是在重新思考日本的近现代史。日本只有重新认识那段历史，才能真正回到与周边邻国友好相处的原点。"（引自《以歌曲鼓舞革命的人——聂耳和日本》，日本新评论出版社）

发表于 2017 年《中国作家》杂志，收入 2019 年 9 月浙江文艺出版社《故乡的云》一书

汉魂终不灭

——追思菲律宾华裔作家吴新鈿

我很荣幸来到了向往已久的菲律宾，马尼拉有亚洲"纽约"之称，是一座文化上东西合璧的城市。我侄女的丈夫曾是西班牙派驻菲律宾的商务参赞，他每年带家人去菲律宾度假，照片上有浪漫的南国风情和海滩。借这次东道主邀请访问和交流之机，我想在此追思一位受人崇敬的菲律宾华裔作家。我对菲律宾最早的印象是来自这位菲律宾朋友，此人就是吴新鈿先生。

1999 年 2 月，新加坡作家协会和新加坡国立大学联合主办"人与自然——环境文学"国际研讨会，有来自美国、中国、日本、马来西亚、菲律宾等国的 50 多位作家出席。其中，菲律宾作家协会会长吴新鈿先生的论文引起了我的注意。他在论文中介绍以色列人在沙漠中大力植树造林，植树人都是前线阵亡军人的亲属和友人，最大的一处园林是纪念在希特勒法西斯暴力下遇难的犹太人。以色列人用种植绿树来代表心意。树林在沙漠国家尤其珍贵，他们甚至把任何一个回归的犹太人先安置在这样的森林里，去学会从事一项保护森林的工作。因此形成了一种精神联系。会后我和吴新鈿夫妇成为好友，我在书信中得知举止儒雅的吴新鈿先生是菲律宾某国际汽车集团与国际贸易公司的董事长、总经理。

接着在 2000 年 11 月，吴新鈿的微型小说《定时炸弹》和我的短篇小说《再见》同时获得中国文联《世界华文文学》主办的"盘房杯"世界华文小说优秀奖。我们又在云南相遇，一起走过了文学采风的旅程。

菲律宾的华人差不多只占菲律宾总人口的 2%，吴新鈿先生完全是白手起家，逐渐发展为多元化企业，跨国跨界，获得了成功。我很好奇，像吴新鈿这样典型的商人，如何将文学奉为至宝？他身上散发着欧美文化的香氛，甚至笔名都用"查理"，体现了菲律宾社会"西化"的潜移默化。

不久前，他给我寄来了一份报刊——菲律宾的华语世界日报。纸张质量虽然很差，却是整整齐齐码着繁字体的汉字，颇有点像解放前上海街头发行的小报。菲律宾华文文学作家协会的会刊名为"薪传"，从 1996 年成立菲律宾华人作协起，吴新鈿连续十几届担任会长。1979 年—1989 年是海外华文文学的拓荒期，大陆学者对菲律宾和印尼华文文学的研究刚开始启动。而在 1990 年—1999 年，菲律宾华文文学在文化寻根上取得长足发展。诚如王列耀教授在《全球化背景中菲律宾华文文学的文化取向》一文中指出："菲律宾处在亚洲和西方文化碰撞的最前沿。菲律宾的现实世界和文化之根都深受美国文化支配。在此西方文化强势主导的社会，菲华文学关注全球化背景中的'菲律宾的焦虑'和'菲律宾华人的焦虑'，这是菲华作家极有意义的文化选择。"

我读到了《薪传》刊物的大量文章，在《菲律宾华文文艺七十年》一文中，吴新钿先生指出在发扬光大时期的 20 世纪 90 年代，因年龄、时间、环境等影响，写作人口虽减至 120 余人，甚至其中经常执笔的仅有半数，但各文艺园圃都已灌溉成绿洲，果实累累。

我看到时常组织座谈会和出席华文文学创作会议的吴会长，不愧是菲华文学的领军人物、中菲两国之间的亲善大使，更是海外华文文学的薪传者。吴新钿会长在《世界日报》上不断推荐我的作品，转载了我的长篇小说《沙漠风云》以及中短篇小说。吴新钿的夫人林秀心告诉我她亲自编辑排版我的作品，令我在惊讶中十分感恩感谢。在我的印象中，吴新钿伉俪是基督教教徒，本着对上帝的信仰而待人热心诚恳，乐于施人，广结善缘。有一次偶尔读过他的情诗（1998 年出版的《吴新钿诗集》），题目是《爱，永不变黄——赠爱妻心羔》：

给你一世情长／从心底流成文字／一页页像花瓣／一张张像磁铁／好好珍藏在／银丝岁月里／翻开来重温／爱，永不变黄。

我不禁想起裴多菲的爱情诗：我愿意是急流／山里的小河／在崎岖的山路上／岩石上经过……／只要我的爱人／是一条小鱼／在我的浪花中／快乐地游来游去。

吴新钿的诗歌同样包含了无比厚重、深切的情感，任思绪飘扬，生动地传达出爱的真意和承诺。

菲律宾诗人王勇先生在《吴新钿诗集》的跋里写道，他以"整个世界醒在／爱的起点"，作为人生的终极关怀，见证"爱的终点／竟是自己的家／亮着一盏／温暖的灯"。其诗除表达自己对爱的诠释外，也指出对生命圆融无碍的至真至善至美的期许。

吴新鈿在这本诗集的自序中写道：培养一颗仁慈的心，要从小开始。培养一颗热爱大自然、欣赏人生、充满爱的心，要从读诗开始。在世俗的功利竞逐下仍愿意保持心中的一股清流，用心来写爱诗，所以我八年前重返文坛，重新学习写诗、译诗。

直至读到了这一段，我终于明白，吴新鈿是一位富有社会责任心的作家，他离开商业投入写作，是要让读者受惠于有南洋风味的"融合本土，薪传生根"的华文作品。

请看吴新鈿的这一首诗：

一片又一片的 / 树叶 / 结伴飞扬 / 对于生命 / 即使再枯黄 / 也有枯黄的理由 / 然而 / 落叶的方向 / 不是死亡 / 而是寻找 / 春天的路

我在瑞士通往少女峰的徒步小径上，一遍又一遍地背诵这首诗，觉得这是对逝者最好的追思和纪念。吴新鈿先生已经逝世六周年了，他依然鲜活于我们心中。我们一定会继承他对大自然对人类的博爱精神，以文字传情，以故事写意，让传统中华文化在海外保留住游子心中的一块绿地。

2019年9月2日

灼灼其华

悼念大江健三郎
——诉诸人物形象的政治态度和批判精神

3月13日日本各大报纸都在头版发布号外新闻,悼念3月3日因衰老而逝世、享年88岁的诺贝尔文学奖得主大江健三郎先生。

作为一位日本战后民主主义的旗手和伟大作家,他一生都在主张世界和平,思考人类命运,其交织着神话与灵魂的救赎、具有国际主义色彩的文学创作是"用诗意的力量创造了一个想象的世界,包括将生活和神话浓缩成为当代人类境遇的一幅令人难堪的图画(瑞典学院诺贝尔文学奖评语)",引起了许多人的缅怀和深思。

笔者久居日本,至今仍记忆犹新,1994年大江健三郎继川端康成之后成为第二位荣膺诺贝尔文学奖的日本作家,在日本全国引起轰动。如果说川端康成是以唯美的样式和浓重的感情,钟情于日本美的象征;那么大江健三郎则是指出日本处于世界文化格局两极分化的模糊中被贯穿的一种尴尬处境和困惑。

著名文化评论家弗雷德里克·詹姆逊说:大江健三郎是日本最尖锐的社会批评者。最无日本传统的陈腐的民族主义气息,在某种意义上,他既是日本的同时也是最美国化的小说家。

《万延元年的足球》描写了1860年在故乡村庄里发生的民

众起义，因国家暴力而疲惫不堪的战后阴影下的人性和历史、现实社会的纠葛，主人公故乡的大森林，成为象征性的存在。大江健三郎积极寻找自己的出生地——四国岛那些村落里散落的神话传说和民间故事，并且将之与日本社会现实联系起来，例如书中的主人公决定效仿 100 年前曾祖父领导民众起义的办法，组织一支足球队，鼓动"现代的暴动"来抵抗自己坚决反对的日本政府制定的政策，探索人类如何走出那片象征恐怖和不安的森林。

诺贝尔文学奖评委会认为它集知识、热情、野心、态度于一体，深刻挖掘了乱世中人与人的关系。

当我跟一位日本作家谈起我阅读过这本书时，对方惊讶地睁大了眼睛，作品的主题和内容自不必说，但你真能读完它？文体上的晦涩和黏糊糊的感觉真不容易看明白啊。我告诉他我读的是中文版，他不禁感叹，能把难懂的日文翻译成外文，让人好读好懂，可见翻译家相当辛苦。

其实正是这本书，引起了我对大江出生地的关注和联想。

大江的故乡

1935 年大江健三郎出生于日本四国的爱媛县喜多郡大濑村（现名：内子町）。1941 年进入大濑小学，这一年发生了太平洋战争。1944 年大江的父亲因心脏麻痹而急逝，不久大江进入大濑中学，后来转学到县立松山东高等学校，在文艺部创办的刊物《掌上》担任编辑，开始发表诗歌和评论。1958 年在东京大学文学部攻读法国文学专业的大江健三郎以一部短篇小说《饲养》获得日本最高文学奖芥川奖。他阅读了大量欧洲文艺复兴的经典作品，深受欧洲人文主义思想的影响，从此走向创作高峰。

大江在位于深山老林的山间村庄度过童年，故乡是大江健三郎创作的起点。飞上天空的死者的灵魂，不久还会回到森林里，催生和出现新的生命。这里有着沉重的历史，曾经充满暴力和血腥，围绕着死亡和再生的土地传承改变了乡间生活的形式，流入了小说故事，折射出战后民主主义思想的萌芽。大江健三郎立足于故乡的森林，却营造了一片文学的森林。

大江与中国

1959 年，24 岁的大江健三郎参加了学生发起的"安保"运动，还参加了维护宪法九条的护法和平运动。大江后来回忆这段历史说："日本在亚洲的孤立，意味着我们这些日本年轻人的未来空间将越来越狭窄，所以我参加了游行抗议活动。"这之后他开始出国之旅，与一些日本作家一起访问了中国。访中代表团一行人受到时任中国作家协会主席茅盾和周扬先生的接见，进而又受到毛主席、周恩来总理的接见，产生了大江健三郎终生难忘的场景。毛泽东主席一手握住大江的手说："你年轻，你贫穷，你革命，将来你一定会成为伟大的革命家。"恰逢日本民众在东京连日举行大规模示威游行反对日本岸信政府签署"日美安全保障条约"，迫使岸信内阁下台，因此中国方面给予日本代表团足够的重视和欢迎。

在此不得不说，战后 70 年日本人民之所以拥有和平宪法而没有进行战争、在亚洲内部坚决地走和平发展的道路，就是因为有大江健三郎与加藤周一、奥平康弘等人共同发起"九条会（维护和平宪法第九条之会）"，联合各界进步人士，坚决反对政府修宪，并以小说随笔和对谈等方式深刻反省那场非正义的侵略战争。大江获诺奖后接受外国媒体访谈，就毛泽东预言他会成为伟大的革命家之事不无幽默地说：我虽未成为伟大的革命家，却成为伟大的小说家。

牢记鲁迅的醒世恒言

从青年时代到晚年，大江始终是下意识地站在政治边缘，用审视批判的眼光注视着权力和政治，以鲁迅的醒世恒言鞭策自己的创作。据日本新闻报道，从 2000 年到 2009 年，大江先生先后 7 次访问中国，多次走访了作家莫言的家乡山东高密，与莫言促膝长谈。在题为"荒诞写实主义"的访谈录中，大江将自己的文学与中国作家莫言、郑义和韩国作家金芝河并列在一起比较，从中探索文学的相通点和世界性。郑义作为在美国漂流的华人著名作家与大江第二次重逢是在日本，他们用对谈的方式一起讨论跨越国界的文学和小说理念，以及文学的"表达自由"。用日文翻译和出版郑义《老井》《神树》两部书的东京大学文学部教授藤井省三主持了交流会。我在会场聆听两位作家的对谈，出于一个知识分子难以泯灭的良知，大江强调小说描写需要突出人物个性，捕捉时代的变奏。正像大江先生

2000 年 9 月在清华大学演讲中所说:"我的作品,无论是小说还是随笔,都反映了一个在日本森林深处出生、长大的孩子所经验的边缘地区的社会状况和文化……在作家生涯的基础上,我想重新给自己的文学进行理论定位。我从阅读拉伯雷出发,最后归结为米哈伊尔·巴赫金的方法论研究。以三岛由纪夫为代表的观点,把东京视为日本的中心,把天皇视为文化的中心;针对这种观点,巴赫金的荒诞写实主义理论,成为我把自己的文学定位到边缘,发现背景文化里的民俗传说和神话的支柱。巴赫金的理论是植根于法国文学、俄国文学的欧洲文化产物,却帮助我重新发现了中国、韩国和冲绳等亚洲文化的特质。"

巨大的转折点

对于善于用文字描写诅咒战后社会的绝望青年像的大江来说,巨大的转折点是 1963 年长子的诞生。以接受智力不全的儿子的矛盾心理为题材的《个人体验》展开了后半生的变奏。从弱者的边缘立场出发,与后来成为作曲家的大江光共生的步伐,使得他笔耕不辍,把个人的、家庭的痛苦升华为对人类命运的关注和清醒认识。《两百年的孩子》深深饱含着他对人类的关爱和对未来的忧虑与企盼,展现了历史、现在和未来的关系。大江告诉人们必须朝向未来而活下去,必须努力创造一个体现人的尊严的未来,必须寻求绝望中的一线希望。2011 年日本大震灾之后发生福岛核泄漏,大江更是以作家身份发表声明要求政府停建核电站,保护生态环境和生命安全。

我不由得想起了大江在获得诺贝尔奖后致辞《暧昧的日本与我》中的一段："日本现在仍持续着开国 120 年以来的现代化进程，正从根本上被置于暧昧 ambiguity)的两极之间。而我，身为被刻上了伤口般深深印痕的小说家，就生活在这种暧昧之中。"

眼下，像大江健三郎这样深深植根于日本传统文学，懂得借助中国文学元素进行中日两国文化交流的老一辈作家、文化学者，正在一个个地逝去，笔者不得不喟叹中日恢复邦交后友好往来曾带来文化交流的辉煌，不得不仰望一个时代的文学坐标会带来怎样的启迪。

上海大学中文系教授葛红兵对大江健三郎有这样的评语：大江健三郎的作品涉及广泛的主题，包括历史、政治、自然和人类关系等，以及对个人和集体记忆、身份和文化认同等问题的深入思考，被广泛认为是现代日本文学的重要组成部分，积极地参与了日本现代社会思想的建构。但是，从政治立场来看，大江健三郎的思想观点，极端反对核武器和核能，同时支持左翼政治立场，甚至他对威权政治还抱有好感，进而对日本政治和社会现状表达批评和不满。但也许正是因此，可以说，他是一个让人们能更好地认识和理解日本文化和社会现实的复杂性和多样性的作家——政治和文学的复杂关系，恰恰是一个优秀作家的一体两面，他的作品在文学领域仍然被广泛赞誉和认可。

最后以日本南山大学名誉教授蔡毅的挽联作结：

挽大江健三郎

力排暧昧力保九条此生扶桑甘小众

心悯伶仃心存五岳来世华夏赋大江

香港《明报月刊》2023 年 4 月号

化为千风

　　最近整理书橱和仓库，重新发现一位著名学者赠送我的10本书。翻阅她的著作，回忆起当年她来日本给一个追求过她却已早逝的日本学生扫墓，将一段情深往事埋入心底。日本学生的死讯还是我替她打听到，根据几十年前的线索我在日本与中国台湾有贸易往来的大公司名簿中，一个个查找，很遗憾听到了意外的结果。她在邮件中哭泣，我怕她落入悲伤的深渊，寄给她一盘 CD，是日本秋川雅史演唱的《化为千风》，我将日文歌词翻译成中文。那首歌我和她听了无数次。

　　情为何物，能令一位花甲之年的女人远渡重洋从美国来到东京寻找被埋葬的一段爱情。她有那个年龄段上别人无法复刻的美丽和优雅。见面那天，她穿了一身鹅黄的呢子上衣，耳朵上挂着一对雪白珍珠耳环。她刚从墓地回来，竹内太太默默地引她去了丈夫长眠的地方。"华纯，幸亏你给了我那首歌，在墓前，我忍住了泪水。抬头看见他在天空，仿佛在说：

请不要站在我的墓前哭泣

因为我并不在那里

我并没有长眠

而是化为千风

我已化为千道风

翔翔在这广阔的天空里"

她又说："我第一次听这首歌时，泪眼模糊地追忆起往事，那时我在学校里任课，学校有规定，不准师生恋爱。竹内桑长得像竹子那样又高又瘦，他是一个学习勤奋、头脑聪明的学生，却不知怎样表达心中的感情，后来我收到了他送来的礼物，就是这一对珍珠耳环。"她指了指耳垂，"等到我明白他的心意，他却要离开台北回日本了。有一段时间他用中文写信，诉说如果能留在我身边该有多好。正好那时我经历了一场离婚的波折，我至今能感觉到那时的他是全心全意地爱我。而我断然不想跟侵略过中国的日本的年轻人谈恋爱。后来听说他结了婚，我们就断了联系。最近我回到台北老家，发觉竹内桑来过几封信，告知他被派驻到台北工作。我想他一定很难受，不知我移居美国。在他病危的时候，没有收到我的回信，一定是怀抱着遗憾走了。"

她顿了顿，克制着声音："这么多年来，我发觉我其实是喜欢他的，忘不掉他的音容笑貌。"

那天傍晚，我想请她吃饭，她摇头，表示没有食欲。她的心就像夜空一样深沉，闪烁着那颗温柔的亮星。

我带着莫名的惆怅回到家里，又听了一遍新井满谱曲的《化为千风》。2003 年，多才多艺的日本作家兼歌手、获得日本芥川文学奖的新井满，把一首英文诗歌译为日文版本，并取原诗中的第三行，将歌曲命名为《化为千风（千の风になって）》。

这首歌最初在日本发表时，并未广为流传。在 2006 年
NHK 电视台的"红白歌会"上，经演员木村拓哉朗读，男
中音歌手秋川雅史演唱，一下子走红，迅速地传开。人们
认为它表达了生与死的觉悟，能帮助逝者家属或亲友挥别
生离死别的哀戚，得到治愈的效果。

　　但愿如此，死者并不长眠在冰冷的墓地里，而是化作风吹
向了远方。他们的灵魂也许会在天上或是在周围的什么地方看
着你，关心着你，留在你思念的心中。

浅谈吴民民的创作风格和意识流

每一个作家都有着自己独特的创作历程，吴民民也是。应该说他是一位很了不起的文学作家。人民文学出版社推出吴民民最新力作《冬季的花园》时，有一个很醒目的注语：磨砺二十年，吴民民归来之作。其实，据我所知，吴民民在《海狼》原创版出版后的这二十年里，从未中断过艺术创作的潜流。在他生命之树最茂盛最能开花结果的时候，他写了大量作品，并且还因为多才多艺，在艺术文化领域也发挥了独特的才华，策划编导了很多大型文艺节目，在舞台上成功展示五彩缤纷的另一世界。

下面我搜集一部分吴民民的创作成果，由此可见他不仅是纪实文学和长篇小说家，而且很早就崭露舞台艺术才华横溢的一面。

长篇小说《海浪》四次易名和出版：

2004年2月，第一版《海狼事件》（群众出版社）。

2005年，第二版日文版《海狼》（日本小学馆）。

2008年8月，第三版《人海狼影》（上海文艺出版社）。

2019年8月，第四版《海狼》（社会科学文献出版社）。

2004年，《留日作家吴民民文选》（群众出版社）。

1994年长篇小说《世纪末的挽钟》（人民文学出版社），并翻译成日语，书名为《天涯の爪痕》，由日本角川书店出版。同时在台湾远流出版社、香港勤缘出版社出版。

中央人民广播电台将其改编成 60 集广播剧进行播放，北京人民广播电台在小说连播节目连播了半年。

1998 年 12 月，芭蕾舞剧《鹊桥》在上海大剧院落成典礼的开幕式上公演，吴民民担任编导和总制作人。

2000 年，中国中央电视台将《世纪末的挽钟》改编成 26 集电视连续剧播出，创下最高收视率。

2007 年 10 月，芭蕾舞剧《鹊桥》再次在上海大剧院公演。

2008 年，吴民民应日本文部省文化厅和上海市委宣传部、上海国际艺术节组委会邀请，担任"上海国际艺术节日本文化周"的总制作人。

2008 年 8 月，长篇小说《欲望的地平线》在上海文艺出版社出版。

2010 年吴民民再次受日本文化厅委托，作为总策展人，在上海国际艺术节举办《日本国宝展》。

2016 年，吴民民应国内著名导演邀请，编写电影剧本《我的日本房东》。

2023 年，吴民民完成一部音乐剧剧本，剧名叫《最后的避难地》。

20 世纪 80 年代，吴民民从上海赴日留学，进入日本早稻田大学大学院演剧系电影学专业，获得硕士学位。最初是从纪实文学开始，写了大量的人物传记，访问对象都是日本引人瞩目的大人物和重大事件。例如《冈田首相的八十四小时》《三岛由纪夫之死》《通向中国之路》《天皇陛下和他的臣民》《山下奉文藏金之谜》等。

《一夜风流》于1988年四川文艺出版社出版。当时日本松山芭蕾舞团在中国受到了热烈欢迎，吴民民采访松山芭蕾舞团团长清水正夫和夫人松山树子，根据他们感人的爱情生活和艺术奉献精神，写下了长篇报告文学。

吴民民经过数年人物采访的锤炼，逐渐将笔尖转向长篇小说的写作。一连创作了悲情小说三部曲，包括《海狼》《世纪的挽钟》《欲望的地平线》。这些小说的历史背景集中在第二次世界大战前后。作者从包罗万象的浩瀚史料中挖掘素材，运用虚构手法和卓越的叙事才能，构建了长篇故事的框架。作者自己说，从纪实文学到虚构小说，他的小说里的人物在现实生活中，或多或少都有着真实的"原型"。

在《冬季的花园》这部新小说里，我发现吴民民具有语言的天赋。小说行文精练，营造了一个让读者一旦进入就会执着于人物故事的来龙去脉。小说善于在悬念上留白，给读者留下想象空间。有意让读者顺着故事的脉络深入人物命运的走向，朝向生命观的内视去探索。40万字小说能让我通宵达旦地读完，后来又反复再看一遍。深深感受到他的作品里每一个字每一个词，都像是精心弹奏一首命运交响曲，成为意向化的音符，传达着人间的情感和意境。

小说之所以精彩，不仅是对人物心理的精准把握，还有许

多一段段的散文诗般的文字描述:

"此刻，天气闷热难熬，天边还时不时地响起了雷声，那一道道紫铜色的光线常常会从天庭里突围出来，虽然只有一眨眼的工夫，但却照亮了天上人间，把所有的鬼影都映射出来了。幸亏天上还没有落下雨滴。它痉挛着、震撼着，但却留下了余地，在严一龙逃进山林，躲到山麓边的洞穴里面之前，一直收住手脚，忍住了淫威，忍耐着过了二十多分钟以后才开始发作……

终于，它滚着黑雾，轰隆隆地响着，卖弄着天象，歇斯底里地扑过来，让倾盆大雨在顷刻之间倒进山川河流，使整个世界都为此瑟瑟发抖起来了。"

"天色已近黄昏，风向也有点变了。那时，一股不知道从哪里钻出来的黑雾突然掠过地平线，肆无忌惮地升腾起来，使得那些本来笼罩着白雪的山峦，一下子地就像是被墨汁浸染了一般，变得昏黑幽暗起来了。

有几只老鸦在雪原上扑腾着。它们刚才还在野地里觅食，现在却鸣叫着，焦躁地朝已经落尽了树叶的枝杈上飞去，寻找着自己的巢窝。

这样的天色会意味着什么呢？这种由雾霭、白雪、原野和乌鸦形成的神秘，和严一龙的命运有着什么关联呢……

没有人会知道!"

"大自然在显示它的某种意境时，是从来不会让我们去认识它，推测它 的。它要让我们望着黑暗，去感受恐怖，想着未来，去赌咒现在!

晚上七点多钟，严一龙走进了黄花沟的村子里。那时，天色已经完全黑了。虽然，大地上的雪块还在不甘寂寞地闪烁着，把光影投射到村子里那一幢幢的房檐上，让屋顶上的瓦片铮铮发亮，但一切都已经无济于事了。因为，黑暗已经压抑在大地上，把那些魑魅魍魉完全地掩藏在黑暗的深处了。

那是劫数，也是天命……"

1982 年，《百年孤独》的作者马尔克斯获得了诺贝尔奖，他让中国的文学作者和大学中文系的年轻学生了解到了《百年孤独》是一本魔幻现实主义文学的代表作。它反映了拉丁美洲一个世纪以来的风云变幻的历史。马尔克斯的作品融入了神话传说、民间故事和宗教典故等各种神秘的因素。它巧妙地把现实与虚幻糅合在了一起。随着《百年孤独》在中国的传播，它也促使了一批中国作家在写作风格上的转向。

吴民民也许早就如此。他的现实主义小说融入了历史叙事、自然景象，以及不同的象征性、隐喻、梦幻和神话寓言等现代的写作技巧，可说是独树一帜，早已超越了海外华文离散叙事框架的束缚。

海外移民文学在近十年来发展迅速，有很多人加入了写作大军。海外华文文学中的离散叙事的主题，以及"讲好中国的故事"中所包含着的文化乡愁，一直影响着海外华文作家的写作选题。

我认为，《冬季的花园》在写作题材、情节构思和审美意趣上达到了日本华文文学甚至是全球海外华文文学的一个高峰。这部长篇小说展现了近代中国史乃至亚洲和远东的历史背景，它在中日两国政治势力的博弈中，促成了小人物命运的跌宕起伏。

小说的主人公严一龙在19世纪末和20世纪初的大时代的动荡中，与中国革命中的大人物擦肩而过。他既不是英雄也不是叱咤风云的革命党人，他以其特有的和他人不同的反抗姿势，与命运搏击，企图去守住自己的生存空间。最后，他和高虎娃、安勇警长一起，都被埋葬在思无量尼姑庵的墓地里。他心爱的女人许文娟成为出家的尼姑、思无量尼姑庵里的住持。这情形就像是一幅浮世绘，一滴露珠折射大千世界。然而，动乱的年代仍然在继续，年复一年如江河行地。这些人物和身世，就像淹没在黑夜的雾霭中一样，消失得无影无踪。没有人能够掌握历史的钥匙，自然，悲歌里的故事也不会有完整的答案。

历史是真实的，夹缝之中的小人物却任人荼毒，命运多舛。这种刻画，让人印象深刻，难以忘怀。

吴民民立足于广阔和多重意义的地平线，通过大川江海千山万壑的地理上的跋涉、天宇星象的变化，来表现小说人物的归宿和终极。读完这部小说，我不能不感受到罗曼罗兰所说的一句话的深刻含义：不幸，才能产生一切艺术中的最辉煌的艺术。

因此，我读吴民民的小说就感到特别服气。吴民民是独来独往的资深作家，他一边做一个尽职的 NHK 节目制作人，一边笔耕不辍、留下丰硕成果。他把文学使命扛在肩上，并没有特意地去站在文学名人耀眼的光环里。吴民民曾凭借报告文学《冰海沉船》《留日学生心态录》和长篇小说《世纪末的挽钟》，获得过中国作家协会优秀报告文学奖和人民文学荣誉奖，实在让人敬佩和敬重。

　　中国国内对于世界华文文学的研究，至今已经历了30多年，从最初的港澳台文学的研究开始，到如今的遍地开花，很多大学开设了海外华文文学这门课程，研究海外华文作家的作品。我想，随着《冬季的花园》这部巨著的出版，以及目前日本不断涌出亦夫、黑孩、陈永秀、孟庆华、春马、琪官等人的长篇小说，确实展现出日华文学多姿多彩的文学版图，贯穿了对人类命运的悲悯和关怀。而吴民民小说的独树一帜，由于不断受到高度评价和读者热烈的反响，足可告慰他本人的努力和付出的心血。据说吴民民又开始了新的长篇小说的构思和创作。当我在讲座上发言抒发读后感之前，吴民民发言里提到了路遥对他说过一句"你要注意啊，写长篇是要死人的。写长篇不是个好活儿"，让他产生共鸣之感。他在我们面前言不由衷地说，写长篇小说对身体不好，那确实是真实的。每次动笔之前，我都会紧张、不安，想到以后几个月，甚至几年，这些漫长的时间里，要放弃去做其他的事情，为了那么一个故事、那些人物，去花时间、花精力，并把这些事情时时刻刻地放在脑子里，费心费力、睡不着觉、备受煎熬，真的会为此不寒而栗的。这真的是人生中的一个非常苦的事情啊！30年前动笔写长篇小说之初是不知道何时才能完成这部作品。"彼岸"可以想象、可以瞭望，但无法预测。到达彼岸的这个过程是非常辛苦的，对此必须要有清醒的认识。因为，长篇小说不好写，它需要心力、体力、脑力，是一场消耗战，是会让作家"为伊消得人憔悴"的。

正所谓老骥伏枥，壮心不已，吴民民有许多人生计划和工作任务，然而他放不下文学使命感，要释放内心的一种激情和积累，释放对社会和人类命运观察的通性思考，释放美学意义上的透视力。他就像一位诗人，专注沉吟命运的悲歌，重组笔下深沉的符号，探索那藏在不可知之处的真实。

（注：此文是 2023 年 10 月 21 日《冬季的花园》吴民民创作谈暨新书分享会上的发言，经文字整理。）

后记

　　《灼灼其华》即将出版，在非虚构散文集里收入了近60篇，它是生命的一份厚重，认识世界，也认识自己。

　　草木物候皆有气场，书名《灼灼其华》是对大自然释放爱和善意，是遇见有趣的灵魂对话，深蕴着一份情感与思索。笔者的"跨界"和"在地"书写，自然而然带出了中日文化混血的特质。一棵树上能绚烂两种花色，像樱花，也像桃花。灼灼与时代的华彩，流泻于字里行间。

　　人生是一种阅历，无论走过多少国家，遍历天下山水，地图上的纵横经纬却意味每向它前进一步，都会发现新的远景和天地，永无止境。这本图文并茂的书既有结合人文探索的旅游纪行，也有关注人类命运共同体、表达文学情绪和心智的思考。文笔坦诚着悲悯、自由的心灵，充盈着对人文社会的认知见解。似乎所有的努力，就是要为这个喧嚣的时代安放一颗诗歌的心。

　　也因此，我的笔尖同时转向了诗歌，今年已在北京出版了一本新诗集《缘侧》。

　　不得不说2009年我的第一本散文集《丝的诱惑》在文汇出版社出版后，即斩获了首届全球华文文学中山杯优秀散文奖。在广东中山举办的仪式隆重的颁奖会上，海外获奖作家展现了海外华文文学高屋建瓴的阵容。

时光荏苒，国内外的学术领域不断拓展专业研究并在大学建立海外文学研究学科，各国普及华文教育以及华人文学团体的活跃有力地促进了海外华文文学的发展，优秀文学作品受到了更多人的关注和奖励。但另一方面，具有中华文化特征又有独特视角的海外华文文学同样遭遇全球文学日益衰退的困境，大环境的变化考验每一个写作的人，令人思索如何秉持对文学的热情和操守，从个人的生存境遇出发，从历史和记忆中汲取力量，在残缺的世界里辨认真善美与光明。

诚然，斗转星移，人生已进入白发鹤年，不由得要喟叹"背靠着异域的唐宋山水，青春与云一道流走了"。聊以自慰的是人可以退休，阅读和写作却没有年限。

案牍劳形，于四月天付梓，欣慰之余，在此躬身感谢文汇出版社再次出版拙作，感谢出版人陈先法先生、资深编辑戴铮和美编智勇的加持和辛勤工作，感谢为本书作序的葛红兵教授、杨剑龙教授！

华纯

2024 年 5 月

图书在版编目（CIP）数据

灼灼其华 / 华纯著 . -- 上海：文汇出版社，2024.5
ISBN 978-7-5496-4230-4

Ⅰ.①灼… Ⅱ.①华… Ⅲ.①散文集—中国—当代

Ⅳ.① I267

中国国家版本馆 CIP 数据核字 (2024) 第 050095 号

灼灼其华

作　者	华 纯
责任编辑	戴 铮
装帧设计	智 勇

出版发行	文匯出版社
	上海市威海路755号 （邮政编码200041）
经　销	全国新华书店
印刷装订	上海颛辉印刷厂有限公司
版　次	2024年5月第1版
印　次	2024年6月第2次印刷
开　本	890×1240　1/32
字　数	200千字
印　张	10
书　号	ISBN 978-7-5496-4230-4
定　价	68.00元